*HELENA WOLF*

# DER JADEFLUCH

## SCHATTEN DER BLUTMAGIE – BAND 1

Das Originalwerk erschien unter dem Titel “Jades of Lin”.
Die Übersetzung ins Deutsche erfolgte durch die Autorin.

# Prolog

*Himmelspalast auf der Milchstraße*

Zhinü, die einsame Weberin, rief zum Himmel: „Vater, Brüder, Schwestern! Wenn ihr mir nicht erlaubt, meinen Geliebten zu sehen, dann lasst mich sterben!“

Die Götter konnten ihrem Flehen nicht länger widerstehen und so erbarmte sich die Mutter des Westens: „Für einen Tag im Jahr werde ich es erlauben. Am siebten Tag des siebten Monats wird dir eine Schar Elstern eine Brücke bilden, damit du einen Tag und eine Nacht mit ihm verbringen kannst.“

„Aber was ist mit den anderen Tagen? Lasst wenigstens meine Kinder zu mir kommen! Wie könnt ihr so herzlos sein?“

„Es war deine Entscheidung, dich mit einem Sterblichen einzulassen, also musst du jetzt die Konsequenzen tragen. Deine Kinder werden bei ihresgleichen bleiben“, entschied die Göttin streng.

Der Jadekönig hingegen hatte Mitgefühl mit seiner Tochter und versprach: „Um deine Einsamkeit zu lindern, gestatte ich dir, dein eigenes Gefolge von Unsterblichen zu erschaffen. Sie werden dir dienen und dich für alle Zeiten begleiten.“

Er schenkte ihr eine Haarnadel aus edelster weißer Himmelsjade, in die er einen kleinen Teil der mächtigsten Magie des Universums einfließen ließ – einige Funken der ersten Schöpfung. Mit diesen göttlichen Funken und Zaubersprüchen, die nur den Unsterblichen bekannt sind, erschuf Zhinü ihre drei Weißen Hofdamen und drei Rote Wächter, die ihr dienen und sie unterhalten sollten.

Doch die Sehnsucht nach ihren Kindern wurde dadurch nicht gelindert. Als sie auf die Welt der Sterblichen hinabblickte, sah sie, wie ihre Söhne von schönen Jünglingen zu stattlichen Männern und Kriegern heranwuchsen und schließlich an Altersschwäche starben. Für ihre Söhne war es ein langes Leben gewesen, doch ihr – der Unsterblichen – erschien es erbärmlich kurz.

Als sie trauernd durch ihren himmlischen Garten wandelte und die wunderbaren Gaben darin berührte, webte sie mit den Funken der Schöpfung ihren letzten großen Zauber: „Ich werde einen Sohn haben, den der Tod mir nicht entreißen kann. Groß, anmutig und schlank wie dieser junge Baum soll er sein, biegsam, aber unzerbrechlich. Mandelförmige Augen soll er haben und Kirschblütenlippen auf einem Gesicht wie weiße Jade. Er wird die Verkörperung jugendlicher Schönheit sein und ich werde ihn Wan Mei (Ideal, Vollkommenheit) nennen.“

# Kapitel 1

*Lia / Seoul, Südkorea*

Lia war nicht in Partystimmung, aber sie folgte ihren Freunden trotzdem in den Club. Ihr war nicht danach, alleine ins Hotel zurückzukehren. An Schlaf war auch nicht zu denken, denn die Augen zu schließen, hieße wieder einmal von schlechten Träumen und noch schlimmeren Erinnerungen heimgesucht zu werden.

Sie alle konnten etwas Ablenkung vom Chaos der letzten Tage gebrauchen und eine Stadt wie Seoul bot reichlich Gelegenheit, um sich zu amüsieren.

„Ich wünschte, wir wären hier im Urlaub", seufzte Nico sehnsüchtig.

„Heute Abend bist du nicht im Dienst. Wir werden nichts tun, bevor wir mit Master Su gesprochen haben. Tu einfach so, als wärst du im Urlaub und hab Spaß. Das habe ich auch vor", bemerkte Julien und nahm seine Krawatte ab.

Jass grinste und sagte: „Wenn die Gerüchte, die ich über deine Studienzeit in Oxford gehört habe, wahr sind, könntest du aus Spaß einen internationalen Skandal verursachen."

„Das ist schon ewig her!", protestierte Julien.

Wie üblich, nahm Nico die Bemerkung ernst. „Wir dürfen die Mission nicht durch unangemessenes Verhalten gefährden. Erinnert euch, warum wir hier sind."

„Wir sind wegen der Mission hier, Nico. Er ist nur schmückendes Beiwerk", neckte Lia und klopfte Julien auf die Schulter.

Ihr Hexenbruder zog eine Augenbraue hoch. „Wie bitte?"

Jass boxte ihn kumpelhaft und sagte: „Du weißt, dass wir mit ein paar Elementhexen alleine fertig werden. Der Hohe Hexenmeister hat dich nur geschickt, weil er befürchtete, es könnte respektlos wirken, wenn er nur uns niederes Volk ohne unseren Kronprinzen losschickt."

„Er hat mich geschickt, weil keiner von euch Komikern auch nur einen Funken Diplomatie besitzt", erklärte Julien.

„Was denkst du, wie lange wir noch in Seoul bleiben werden, du Diplomat?", fragte Lia.

„Noch ein paar Tage. Warum? Es würde dir auch guttun, etwas Neues auszuprobieren", antwortete Julien.

„Ich bin mir sicher, die Mädels hier würden gerne etwas Neues ausprobieren", behauptete Jass und zwinkerte einer kichernden Gruppe von jungen Frauen zu.

Er wäre in jedem Nachtclub mit seiner Größe von fast zwei Metern und seiner muskulösen Statur aufgefallen, aber hier überragte er jeden in der Menge. Die Leute warfen ihm faszinierte Blicke zu, aber niemand schien feindselig.

„Die Männer vielleicht auch", sagte Julien und deutete diskret mit dem Kopf auf einen jungen Mann, der ein paar Meter entfernt auf einem Podest saß und eine Gruppe kichernder Mädchen und ein paar Jungs ignorierte, die alle versuchten, seine Aufmerksamkeit zu erregen. Er hatte das Gesicht eines schönen, kalten Engels, mit mandelförmigen Augen und vollen Lippen. Sein Haar war kunstvoll zerzaust und in verschiedenen Blautönen gefärbt. Einer seiner asymmetrischen silbernen Ohrringe hing von seinem Ohrläppchen bis zu den Schultern seines weißen Hemdes, das sich an seinem schlanken, aber gut proportionierten Körper schmiegte und in hochgekrempelte blaue Jeans mit einem kunstvollen Gürtel gesteckt war.

„Ich dachte, du magst keine Paradiesvögel", kommentierte Jass.

„Für den da mache ich eine Ausnahme", sagte Julien und stieß Lia an. „Ist er nicht heiß?"

„Er ist ästhetisch ansprechend", erwiderte sie steif und setzte sich auf einen Barhocker neben Jass. Egal, wie süß die Typen hier waren, Flirten war das Letzte, woran sie dachte.

„Angesichts all dieser Bewunderer um ihn herum ist er wahrscheinlich ein K-Pop-Idol", sagte Nico.

„Ich fange an, mir Sorgen zu machen, dass du so viel über K-Pop weißt“, beschwerte sich Jass und stieß dann Julien an. „Kannst du uns was zum Trinken bestellen?“

„Wieso ich? Ich spreche doch auch kein Koreanisch. Versuch dein Glück auf Englisch.“

„Er hält mich für verdächtig und wird eher auf deine hochnäsige Art reagieren. Deine verdammten Vorfahren haben es geschafft, Tee in den Dschungeln Indiens serviert zu bekommen, also wirst du auch einen koreanischen Barkeeper wohl dazu bewegen können, einen Gin Tonic herauszurücken. Bedient zu werden, liegt dir im Blut“, erklärte Jass.

Julien hob eine Augenbraue, tat aber, worum er gebeten wurde. Der Barkeeper schenkte ihm auch sofort seine ganze Aufmerksamkeit. Es verwunderte Lia immer wieder, wieso Leute sich fast immer überschlugen, Julien zu gefallen. War es aufgrund seiner aristokratischen Abstammung oder weil er ein Hexenmeister war? Aber das wusste doch hier keiner. Vielleicht war es einfach sein Selbstvertrauen. Sie wünschte, sie könnte sich etwas davon ausleihen.

„Der Schönling kann richtig gut tanzen“, kommentierte Jass etwas widerwillig und Lia drehte sich um. Der gutaussehende junge Mann war völlig in den Rhythmus versunken und bewegte sich wie in Trance.

„Er muss ein professioneller Tänzer sein“, schloss Nico und nippte an seinem giftig aussehenden grünen Cocktail. Wie üblich probierte er etwas Lokales und Unbekanntes.

„Ja, aber Alter, diese Frauen sind verrückt. Mindestens zwei von ihnen knien und kreischen, als seien sie bei einem Konzert.“

Lia starrte den jungen Mann aus anderen Gründen an. Je länger sie ihn ansah, desto offensichtlicher wurde es.

„Er ist einer von uns“, informierte sie ihre Begleiter.

„Was meinst du?“, fragte Julien.

„Sie knien nicht, weil er so ein guter Tänzer ist. Er ist ein Hexer. Vielleicht ein Seelenspieler. Sieh mal, er funkelt“, teilte Lia ihren Freunden telepathisch mit.

Julien runzelte die Stirn und konzentrierte sich auf seine Hexer-Sinne.

„Er ist ein Magier. Ich kann nicht sagen, was für einer. Etwas, das ich noch nie gesehen habe. Was siehst du, Lia?“

„Es ist schwach, aber ich habe so etwas noch nie gesehen. Wie Spuren von weißer und silberner Elektrizität."

Nico kniff die Augen zusammen, als würde ihm das helfen, die magischen Energien zu identifizieren.

„Hat irgendjemand von euch tatsächlich schon einmal einen koreanischen Hexer getroffen?", fragte er.

„Sa-Ras Eltern sind Koreaner", sagte Lia.

„Ja, aber Sa-Ra ist eine einfache Naturhexe und wurde so ausgebildet wie wir. Sie haben hier teilweise ganz andere Methoden der Magie. Korea stand lange Zeit unter chinesischer Herrschaft. Chinesische Kaiser waren oft von Hexen und Hexenmeistern umgeben. Die Letzteren sollen außergewöhnlich grausam gewesen sein und das Land praktisch jahrhundertelang regiert haben, indem sie die verschiedenen Dynastien als Marionetten benutzten. Sie jagten weniger mächtige Hexen und raubten ihnen ihre Kräfte. Die Hexenmeister bekämpften sich auch gegenseitig. Die wenigen, die übrig blieben, wurden von den Kommunisten getötet. Es gibt eine Geschichte, dass der letzte von ihnen alle mächtigen Hexen Chinas an einem Ort versammelte, um einen Übernahmeplan zu schmieden. Bevor es jedoch dazu kam, wurden sie alle vernichtet. Tausende Soldaten starben dabei, aber am Ende erreichte die Partei ihr Ziel. Ich bezweifle, dass es in China noch eine einzige aktive Hexe gibt. Die letzten verließen Hongkong, als es an die Volksrepublik zurückgegeben wurde. Wie Xiao Ling Sang", erklärte Nico.

„Einige von uns haben Harringtons Vorlesungen aufmerksam verfolgt", sagte Lia mit einem nachsichtigen Lächeln.

„Ich nicht", gab Jass zu und stieß Julien erneut an. „Alter, fang nicht an zu sabbern."

„Wie wäre es, wenn du hingehen und dich vorstellen würdest? Er wird erkennen, was du bist. Das ist ein guter Gesprächseinstieg", schlug Lia vor.

„Ich rate davon ab. Es könnte als Beleidigung aufgefasst werden", mischte sich Nico ein.

„Wie soll ich mich konzentrieren, wenn ihr alle gleichzeitig in meinem Kopf redet?", beschwerte sich Julien.

„Ich werde mein Glück bei der Dame dort drüben versuchen. Wehe, ihr unterbrecht mich für irgendwas, was kein Notfall ist“, sagte Jass laut und stand auf.

„Sei vorsichtig“, warnte Nico und wandte sich anschließend an Julien. „Wir treffen uns morgen mit Master Su. Er wird bestimmt etwas über K-Pop wissen.“

Julien runzelte die Stirn. „Ich muss herausfinden, was er ist. Er könnte ein Problem darstellen. Wo ist er jetzt hin? Er war gerade noch da.“

„Er ist in diese Richtung gegangen“, informierte Lia ihn und deutete nach links.

„Folge ihm nicht. Du hast selbst gesagt, dass wir nichts tun dürfen, bevor wir mit Master Su gesprochen haben“, erinnerte ihn Nico.

Julien setzte sich wieder hin und Lia fragte: „Gilt das auch für mich? Ich muss dringend auf die Toilette und die ist in die Richtung.“

***

Lia kehrte nicht sofort in den lauten Tanzbereich zurück, sondern suchte nach einem Weg, um etwas Luft zu schnappen. Sie entdeckte einen Notausgang mit einer teilweise geöffneten Tür und drückte sie auf. Die Luft in Seoul war generell nicht sehr sauber, und der Ausgang führte in eine ziemlich zwielichtige und schmutzige Gasse, aber im Vergleich zu der stickigen Luft im Club war es eine Wohltat. Ein leises Geräusch rechts von ihr erregte ihre Aufmerksamkeit. Eine Hexe ihrer Art neigte nicht zu Ängstlichkeit, aber trotzdem fühlte sie sich in einem fremden Land, auf einem fremden Kontinent sogar, ungewöhnlich nervös. Der junge Mann, den Julien bewundert hatte, stand vollkommen regungslos und betrachtete sie mit einem nicht zu deutenden Ausdruck auf seinem makellosen Gesicht. Sie fühlte sich einen Moment lang wie erstarrt und fand es schwer, sich zu konzentrieren. Eine kaum sichtbare Energie schien in der Luft zu knistern. Sie hob ihre Hand, um sie zu berühren, und die Energie verschwand, als wäre sie in tausend silberne Stücke zerbrochen.

„Verzeihen Sie bitte. Es war nicht meine Absicht, Sie zu stören. Ich wollte nur etwas frische Luft schnappen“, sagte Lia auf Englisch.

Seine vollen Lippen öffneten sich leicht, aber er sagte nichts, sondern betrachtete sie immer noch mit einem ernsthaften Ausdruck, als stelle sie ein unüberwindbares Problem dar. Ihr kam der Gedanke, dass er sie vielleicht für eine seiner Fans hielt und nun dachte, sie sei ihm schamlos gefolgt, um einen Moment alleine mit ihm zu erhaschen. Wie peinlich.

„Ich wusste nicht, dass jemand hier ist. Ich entschuldige mich für die Störung und werde jetzt gehen."

Seine Lippen zuckten zu einem kurzen Lächeln und er schüttelte den Kopf, als er einen Schritt näherkam. Er war größer, als sie erwartet hatte.

„Können Sie mich verstehen?", fragte sie nervös.

Der schwache Schatten eines Lächelns war wieder da, bevor er sich leicht verneigte und sie verließ.

* * *

Als sie zu ihren Freunden zurückkehrte, war Julien aschfahl und sogar Nico schien etwas erschüttert.

„Was ist passiert?", fragte sie. Das Herz klopfte ihr in der Kehle in Erwartung weiterer schlechter Nachrichten.

„Die Queen ist tot", informierte Nico sie.

„Die Queen? Ich dachte, sie würde uns alle überleben."

„Ich habe plötzlich keine Lust mehr auf Party", sagte Julien.

Sie nickte und bot ihm an, mit ihm ins Hotel zurückzukehren.

# Kapitel 2

*Lia / Seoul, Südkorea*

Park Su residierte in einer Villa außerhalb von Seoul. Sie war groß, weiß und modern, sehr zur Nicos Enttäuschung, da er gehofft hatte, eine traditionelle koreanische Festung zu sehen.

Sie wurden in einem prachtvollen Garten hinter dem Haus empfangen und Master Su verbeugte sich zur Begrüßung. Er war jünger, als Lia erwartet hatte, aber auch ziemlich klein. Seine Schüler waren alle größer als er, sowohl die zwei Jungen als auch die drei Mädchen. Sie neigten nur respektvoll den Kopf und blieben regungslos hinter ihrem Lehrer stehen.

Dieser hieß sie mit großer Höflichkeit willkommen, jedoch mit einer Formalität, die bereits erahnen ließ, dass er auf Distanz zu bleiben wünschte. Sein Englisch war ausgezeichnet, aber mit einem Akzent, der seine Worte hart klingen ließ. Julien erwiderte die Begrüßung angemessen und der ältere Mann neigte wieder den Kopf, hörte aber auf zu lächeln.

„Es hat mich sehr betrübt, vom Tod eurer geehrten Monarchin zu hören. Waren Sie mit ihr verwandt?“

„Nur sehr entfernt. Dennoch muss ich sofort nach Hause zurückkehren. Mein Flug startet in wenigen Stunden. Ich hätte gerne mehr Zeit hier verbracht, aber die Umstände erlauben es nicht“, erwiderte Julien.

„Ich bin sicher, Sie haben einen Moment Zeit für eine Tasse Tee und um mir zu erzählen, wie ich Ihnen helfen kann.“

Sie setzten sich auf niedrige Bänke um einen Tisch und die Jugendlichen begannen Tee und kleine Kuchen zu servieren.

Als er Lias neugierigen Blick sah, erklärte Master Su: „Das sind meine Schüler. Sie üben sich heute in Schweigen und guten Manieren.“

Sie lächelte ihn an. „Brauchen sie die Übung?“

„Und ob. Ich bin mir sicher, der Hohe Hexenmeister hatte auch so seine Methoden, Sie zu disziplinieren, als Sie unter seiner Obhut waren.“

„Ich erinnere mich nicht daran, dass er mich jemals disziplinieren musste. Es wäre besser, wenn Sie Julien dazu befragen“, erwiderte sie mit einem Lächeln.

Julien räusperte sich, um die Höflichkeiten zu beenden, und sagte: „Master Su, wir sind gekommen, um Ihre offizielle Erlaubnis einzuholen, zwei Mitglieder des Xiang Clans zu verfolgen. Sie haben eine unserer Hexen ermordet und ein Artefakt des hohen Hexenmeisters gestohlen. Daraufhin flohen sie hierher und verstecken sich nun auf einer Insel gegenüber von Incheon.“

„Ich verstehe. Welche Beweise habt ihr, junger Hexenmeister?“

Julien holte ein gelbes Blatt Papier mit roten Symbolen hervor. Es befand sich im Drachenglas, welches als Schutz gegen die Kräfte magischer Objekte diente. Master Su machte eine spärliche Geste und der Gegenstand flog in seine Richtung. Er blieb in der Luft schweben, wo der Master das Papier sehen konnte, aber es nicht berühren musste. Was er sah, schien ihn zu bestürzen.

„Dies ist die schlimmste Form von Zauberspruch. Ein Talisman gegen das Böse wurde umgewandelt, um Böses zu schaffen. Wen beschuldigt ihr?“

„Jiang Xiang und Yanlin Xiang.“

„Wer war das Opfer?“

„Eine Wächterin aus dem Benevento Clan in Italien. Sie war auch Mitglied des Europäischen Rats der Hexen.“

„Dann muss ich Ihnen noch einmal mein Beileid aussprechen. War der gestohlene Gegenstand von großem Wert?“

Es herrschte einen Moment lang eine bedrückende Stille, dann sagte Julien: „Es geht um die verwünschte Lin Jade.“

Einer der Jungen schnappte nach Luft. Sein Lehrer gab ihm einen strengen Blick, dann wandte er sich wieder an Julien und zog seine Augenbrauen hoch.

„Man könnte behaupten, ein solcher Gegenstand gehöre rechtmäßig den chinesischen Hexen und nicht dem Hohen Hexenmeister Europas.“

Julien neigte respektvoll den Kopf. „Das bestreite ich nicht. Aber soweit wir informiert sind, gibt es im Xiang Clan keine einzige Hexe, die auch nur annähernd mächtig genug ist, um einen solchen Gegenstand zu kontrollieren. Selbst wenn sie nicht beabsichtigen, die Jade für üble Zwecke zu verwenden, ist die Wahrscheinlichkeit, dass sie damit unkontrollierten und ungewollten Schaden einrichten, sehr hoch. Der Hohe Hexenmeister hat uns angewiesen, die Jade zu Ihnen zu bringen, sobald wir sie zurückgeholt haben. Selbstverständlich nur, falls Sie damit auch einverstanden sind."

Park Su lächelte. „Ich verstehe. Damit ich dann aus Versehen Schaden anrichten kann?"

Julien sah schockiert aus und Nico fing an zu zappeln. Lia sprang in die Bresche und sagte: „Ein mächtiger daoistischer Master wie Sie wird sicher in der Lage sein, mit einem solchen Gegenstand umzugehen."

„Ich danke Ihnen für Ihr Vertrauen, junge Dame. Vielleicht wäre ich tatsächlich dazu in der Lage, aber trotzdem möchte ich es nicht versuchen. Anders als euer Hohe Hexenmeister, habe ich keinen Spaß daran, mit solchen Gegenständen zu experimentieren, es sei denn, ich habe keine andere Wahl. Außerdem bin ich Koreaner. Wir haben jahrhundertelang unter chinesischen Hexenmeistern und ihren Machtsymbolen gelitten und betrachten sie als Unglücksbringer. Trotzdem dürfen friedliche chinesische Hexen mein Gebiet passieren oder sich sogar niederlassen. Ich habe jedoch niemandem aus dem Xiang Clan eine solche Erlaubnis erteilt."

„Sie haben sich ja auch nicht niedergelassen. Sie verstecken sich und ihre Machenschaften hier", sagte Nico.

„Hätten Sie Verbrechen in meinem Gebiet begangen, würde ich es wissen."

„Mit Sicherheit. Aber sie verstecken sich auf einer Insel, die zwischen Ihrem Land und Nordkorea umstritten ist. Es ist praktisch Niemandsland."

Park Su betrachtete Nico mit Interesse und winkte seinen ältesten Schüler näher heran.

„Yeong, kannst du die Kräfte unserer Gäste erkennen?"

Der junge Mann wirkte verlegen, antwortete aber bereitwillig: „Ich kann spüren, dass der englische Lord und die junge Dame mächtiger sind als ich. Ihr habt Lord Ravenstone auch bereits als Hexenmeister angesprochen. Was Mr. Helling betrifft, würde ich logischerweise davon ausgehen, dass er ein Fährtenleser ist, da er selbstsicher über solche Angelegenheiten spricht. Die magischen Fähigkeiten von Mr. Azaz kann ich jedoch nicht erraten."

„Verstehe. Mr. Azaz, würde es Ihnen etwas ausmachen, meinem Schüler einen Hinweis auf Ihre Kräfte zu geben?"

Jass' schwarze Augen leuchteten gelb auf und der Schatten eines Tigers erschien über ihm.

„Ein Bestienmeister", flüsterte der junge Mann ehrfürchtig.

Park Su neigte den Kopf. „Das ist eine unglaublich seltene Gabe, junger Mann. Ich hatte nicht zu hoffen gewagt, einen Magier ihrer Art in diesem Leben zu treffen. Es ist eine Ehre."

Dann drehte er sich zu Lia um und sagte: „Ich wäre dankbar, wenn Ms. Novak ihre Macht nicht demonstrieren würde. Aber denk nach, Yeong. Wenn du eine Gruppe auf eine gefährliche Mission aussenden würdest, wen würdest du noch in Betracht ziehen?"

„Mit allem gebührenden Respekt, Master, ein Hexenmeister ist Teil dieser Gruppe. Da braucht man doch sonst niemanden mehr."

„Nehmen wir an, er muss die Gruppe vorzeitig verlassen, so wie es auch jetzt der Fall ist."

„Dann wäre ein Spruchmagier, der sich auf Zaubersprüche für Verteidigung spezialisiert hat, eine gute Wahl."

„Ist ein Spruchmagier stärker als du, Yeong?"

Die Augen des jungen Mannes weiteten sich vor Schock, als er fragte: „Eine Schattenhexe?"

Lia zwang sich, ihre Nervosität nicht zu zeigen, als alle Augen auf ihr ruhten. Zum Glück änderte Park Su das Thema.

„Lord Ravenstone, können Sie die Kräfte meiner Schüler erkennen?"

„Spruchmagier, Luft- und Wasserhexen, Trugseher und der junge Master Yeong ist ein Wächter. Ich bin mir nicht sicher, ob die Bezeichnungen hier gleich sind, aber ihre Schüler machen Ihnen alle Ehre", sagte Julien ohne zu zögern.

Der Master nickte anerkennend und sagte: „Sie haben meine Erlaubnis, auf meinem Territorium nach den Xiang Geschwistern zu suchen und die Jade zurückzuholen."

„Sollen wir den Gegenstand danach zu Ihnen bringen?“, fragte Lia.

„Nein. Und ich möchte auch betonen – es wird kein Hexenblut auf meinem Boden vergossen. Sie können die Xiang nicht hinrichten.“

„Wir respektieren die Souveränität ihres Gebietes und werden ihre Regeln befolgen“, versprach Julien.

„Gut. Sie sind immerhin alle mächtig genug, um sie zu überwältigen, ohne sie zu töten. Ich habe jedoch einen Vorschlag und hoffe, Sie werden ihn akzeptieren. Ich würde gerne jemanden mit euch schicken. Da, wo ihr hingeht, ist es gefährlich, selbst für Hexen wie euch. Vor allem jetzt, da Lord Ravenstone die Mission vor ihrem Abschluss verlassen muss. Erweist mir die Ehre, die Hilfe zu akzeptieren.“

Lia warf einen Blick auf die jungen Hexenschüler und wollte protestieren, aber Julien legte ihr die Hand auf den Arm. „Ihre Schüler sind bestimmt hoch qualifiziert, aber …“

„Es geht nicht um meine Schüler. Ich werde einen alten Freund fragen, ob er euch helfen kann. Sobald ich weitere Einzelheiten weiß, melde ich mich bei Ihnen.“

* * *

Als sie eine Stunde später am Flughafen eintrafen, hatte Master Su bereits Neuigkeiten. „Wan Lao wird Ihre Begleiter um sieben Uhr in der Hotellobby treffen“, informierte er sie fröhlich durch den Lautsprecher von Juliens Telefon.

„Danke. Wie werden sie ihn erkennen?“

Master Su lachte und versprach: „Wan Lao kann man nicht übersehen. Gute Reise. Auf Wiedersehen.“

„Er traut uns nicht und stellt uns daher einen Wachhund zur Seite“, murrte Jass.

„Er hat allerdings recht, dass wir Hilfe brauchen könnten. Wir sind völlig unvertraut mit dem Gelände und den Menschen“, wandte Nico ein.

„Vielleicht sollte ich doch hierbleiben“, sagte Julien zweifelnd.

„Wir schaffen das, Jules“, widersprach Lia.

„Ich habe ein ungutes Gefühl dabei“, erwiderte er.

„Bitte sag mir, dass du nur wieder Star Wars zitierst“, seufzte Jass.

„Ich zitiere nie Star Wars.“

„Denkt ihr, er schickt uns einen exzentrischen, aber weisen alten Kung-Fu-Master wie in den Filmen?“, fragte Lia sehnsüchtig und erklärte: „Wenn ich mich richtig erinnere, ist Lao eine Anrede. Es bedeutet so etwas wie ‚Lehrer‘ oder ‚Autoritätsperson‘. Hier setzen die Anrede nur hinter den Nachnamen, nicht davor. Genauso wie sie den Nachnamen zuerst und den Vornamen an zweiter Stelle nennen.“

„Du hast zu viele Wuxia Filme gesehen“, informierte Nico sie.

„Ja, ich weiß“, erwiderte sie reumütig.

„Ich weiß nicht einmal, was das ist, aber es klingt dubios“, sagte Jass. „Aber was machen wir mit den Xiang Geschwistern? Wir können sie nicht zurück nach Europa schleifen, um sie dort vor dem Hexenrat verurteilen zu lassen. Master Su hat nur gesagt, dass wir sie nicht töten sollen.“

„Ihr sollt sie nur außer Gefecht setzen und die Jade zurückholen. Master Su soll dann alleine zusehen, wie er mit ihnen fertig wird, wenn sie hier weitere Verbrechen begehen.“

„Wer ist jetzt der Boss, wenn du weg bist?“, fragte Jass.

„Ich bin nicht dein Boss, Jass.“

„Ja, aber wir wissen alle, dass du der Anführer bist. Wer hat also von nun an das Sagen?“

„Du kannst der ‚Ersatzboss‘ sein“, schlug Lia vor. Sie wusste, es war eigentlich ohnehin egal. Selbst wenn Julien einen Befehl gab, neigten seine Freunde dazu, es eher als einen Vorschlag aufzunehmen. Die Hierarchien in der europäischen Hexenwelt waren flach.

„Nein, kann ich nicht. Wer von uns weiß etwas über Strategie und Taktik?“

„Ich weiß nicht mal, wo der Unterschied zwischen den beiden ist“, gab Lia zu.

„Eben. Und ich weiß es auch nicht. Deshalb sollte derjenige, der sich darauf versteht, das Sagen haben.“

Nico blinzelte überrascht. „Ich? Ich habe doch nur niedere magische Fähigkeiten.“

„Es geht nicht um Macht, sondern um Verstand und einen kühlen Kopf. Was das Letztere angeht, bist du uns beiden weit voraus.“

Julien blickte auf seine Uhr und stand auf. „In Ordnung. Nico, du bist jetzt der Anführer. Herzlichen Glückwunsch.“

# Kapitel 3

*Lia / Seoul, Südkorea*

Lia kam ein paar Minuten vor sieben Uhr in die Lobby und blieb abrupt stehen, als sie den jungen Magier aus dem Club erkannte. Er hatte es sich in einem Sessel bequem gemacht und starrte sie ausdruckslos an. Dieses Mal war er etwas weniger auffällig gekleidet und trug einen dunklen Pullover unter einer schwarzen Lederjacke. Sein Haar war auch nicht gefärbt und er hatte nur einen kleinen Ohrring, der wie ein Haken aussah. Doch selbst ohne blaue Haare und lange Ohrringe wirkte er nicht weniger auffällig als vergangene Nacht. Die meisten anderen Gäste in der Lobby beobachten ihn mit diskretem Interesse. Vielleicht ist er tatsächlich ein koreanischer Popstar, dachte sie und neigte den Kopf leicht in seine Richtung.

„Ist das nicht K-Pop?“, fragte Nico hinter ihr.

Jass folgte seinem Blick und runzelte die Stirn. „Hatte er nicht blaue Haare?“

„Leute, es ist sieben Uhr, und er ist der Einzige hier, der wie ein Magier aussieht“, sagte Nico.

„Denkst du, das ist der Lao Typ? Hat uns Master Su einen Jungen geschickt? Der ist auch nicht älter als seine Schüler.“

„Das ist übertrieben. Ich bezweifle, dass er viel jünger ist als du“, sagte Nico.

Lia sah wieder zu dem jungen Mann. Seine Augen waren immer noch auf sie gerichtet und sie zwang sich zu lächeln. Sie war kein Feigling, aber etwas an ihm ließ in ihr alle Alarmglocken läuten.

„Irgendwie ist er schon ein wenig unheimlich“, sagte sie aus dem Mundwinkel und der junge Mann grinste plötzlich.

„Nun ja, es bringt nichts, hier herumzustehen. Lasst uns gehen und sehen, ob Nico recht hat“, entschied Jass und schritt entschlossen voran.

„Stell dir vor, dass du Jass nicht kennst und er kommt so zielstrebig auf dich zu“, flüsterte Lia Nico zu.

„Da würde ich mir vor Angst fast in die Hose machen“, stimmte Nico zu.

Jass blieb vor dem Sessel stehen und fragte: „Bist du Wan Lao?“

„Du hättest zumindest mit ‚Guten Abend‘ beginnen können“, murmelte Lia hinter ihm, aber er ignorierte sie einfach.

Der junge Mann sah ruhig zu Jass hoch und nickte. Nico stellte sich und seine Freunde vor, aber der junge Mann blieb sitzen und reichte niemandem die Hand. Er nickte nur jedes Mal leicht, wenn ein Name genannt wurde.

Nico hatte seinen höflichen Small Talk erschöpft und schien ratlos zu sein, da der junge Mann immer noch nicht sprach.

Lia schlug vor: „Vielleicht sollten wir uns an einen weniger öffentlichen Ort zurückziehen, um zu reden.“

Wan Lao neigte erneut den Kopf und stand plötzlich in einer eleganten Bewegung auf. Ohne ein Wort ging er zur Tür. Die anderen sahen sich an.

„Er nervt mich jetzt schon mit all diesem hochmütigen, geheimnisvollen Getue“, murrte Jass.

Lia nickte zustimmend. Dennoch folgten sie ihm alle nach draußen. Wan Lao drehte sich nicht einmal um, um nachzusehen, ob sie hinter ihm waren, bis er vor einem schwarzen Wagen stehen blieb.

Als er immer noch nichts sagte, bemerkte Lia: „Warum folgen wir einem fremden Mann zu einem Lieferwagen? Er hat nicht einmal Süßigkeiten dabei.“

Wan Lao hob seine Augenbrauen und holte einen Schokoriegel aus dem Auto.

„Bin ich jetzt weniger unheimlich?“, fragte er sie in einem fast verführerischen Ton, als er ihr den Riegel anbot.

Nico erinnerte sich wieder an seine Führungsrolle und fragte: „Wo können wir reden?“

„Wir werden auf dem Weg nach Incheon sprechen“, informierte Wan Lao ihn.

„Wir fahren jetzt sofort?“

„Glaubst du, die Xiang werden ewig auf einer verlassenen Insel bleiben? Du weißt nicht einmal, ob die Jade noch in ihrem Besitz ist. Niemand in ihrem Clan hat die Fähigkeit, sie zu kontrollieren. Warum sollten sie sie behalten wollen?“

„Wem würden sie sie geben?“

Jass mischte sich ein: „Woher kennst du diese Leute?“

„Ich kenne keinen von ihnen persönlich. Aber vor langer Zeit, als es mehr Hexen auf der Welt gab, war der Xiang Clan eine mächtige Familie. Sie haben in den vergangenen 500 Jahren ihre Macht schrittweise verloren. Sofern ich das beurteilen kann, haben nur die beiden, die ihr sucht, starke magische Fähigkeiten. Beide sind Elementhexen. Ich weiß nicht, für wen sie die Jade gestohlen haben könnten, aber es ist unwahrscheinlich, dass es sich dabei um einen niederrangigen Magier handelt.“

Lia und ihre Freunde sahen einander an. Sie mussten die Jade zurückholen und es gab keinen Grund zu warten.

* * *

Auf der Fahrt nach Incheon fragte Nico: „Gibt es einen Grund, warum du im Hotel nicht gesprochen hast? Glaubst du, dass jemand uns folgt und uns belauscht?“

„Nicht auf magische Weise. Aber man kann Hexenangelegenheiten nicht in einer belebten Hotellobby erörtern. Koreaner mögen höflich erscheinen und so tun, als ob sie sich nicht für eure Angelegenheiten interessieren, aber das ist nicht immer der Fall.“

„Und in deinem Fall?“, fragte Lia hinter ihm.

„Ich bin Chinese. Wir sind sehr höflich und belauschen andere nicht“, sagte er trocken.

„Trotzdem hätte es dich nicht umgebracht, zumindest ‚Guten Abend‘ zu sagen.“

„Ich bezweifle, dass es ein guter Abend wird.“

„Warum kommst du dann mit?“

„Weil Master Su mich darum gebeten hat.“

„Oder er vertraut uns einfach nicht und denkt, dass wir unser Versprechen nicht halten werden.“

„Das kann ich nicht beurteilen. Ich soll euch nur helfen, die Jade zurückzuholen und euch dann nach Europa zurückschicken.“

„Was weißt du über die Lin Jade?“, fragte Nico.

„Ich bin mit der Legende vertraut.“

„Könntest du sie uns erzählen?“

„Der Hohe Hexenmeister hat euch ausgeschickt, etwas zurückzuholen, von dem ihr nichts wisst?“

„Wir wissen, dass es angeblich als Massenvernichtungswaffe verwendet werden kann. Ist das nicht genug?“

Lia sah den Blick des jungen Magiers im Rückspiegel und sagte: „Ich kenne auch eine Legende darüber. Aber erzähl uns zuerst die Version, die du kennst, wenn es dir nichts ausmacht. Meine ist nur eine Übersetzung aus einem alten Buch und ziemlich verwirrend.“

„Die Kurzversion der Geschichte ist, dass eine Göttin sich in einen Sterblichen verliebte und dafür bestraft wurde. Sie wurde an einen einsamen Ort verbannt. Ihr Vater hatte schließlich Mitleid mit ihr und schenkte ihr einige Funken der ersten Schöpfung, damit sie ihre eigenen Begleiter erschaffen konnte und nicht mehr einsam sein musste. Als sie ihr Werk vollendet hatte, fing sie den letzten verbliebenen Funken wieder in ihrer Haarnadel ein, die aus weißer Himmelsjade gemacht war. Sie schenkte das Schmuckstück ihrer letzten Schöpfung – einem Jüngling, der ihre verstorbenen menschlichen Söhne ersetzen sollte. Aber der törichte Junge war bald nicht mehr damit zufrieden, die Welt nur vom Himmel aus zu beobachten. So bat er darum, auf die Erde hinabsteigen zu dürfen, um Abenteuer zu erleben und unter Menschen zu sein. Ein böser Hexenmeister entwand ihm die Haarnadel durch eine List. Mit grausamer Blut- und Opfermagie verdrehte der Hexenmeister den in der Nadel enthaltenen Funken der Schöpfung ins Gegenteil und machte das Objekt zu einer furchtbaren Waffe. Es gibt kein englisches Wort für das, was es tut. Wenn man es gegen dich verwendet, dann hörst du nicht nur auf zu existieren. Du wirst niemals existiert haben, niemals geboren worden sein. Niemand wird dich je gekannt haben und du wirst aus der Erinnerung der ganzen Welt gelöscht. Alles, was du in dieser Welt bewegt und erschaffen hast, wird verschwinden.“

Es herrschte eine lange Stille, bis Wan Lao schließlich fragte: „Wie unterscheidet es sich von der Geschichte, die du gehört hast?“

„Die Geschichte, die der Hohe Hexenmeister mir erzählt hat, erwähnte diesen ‚törichten Jungen' nicht. Sie begann jedoch auch mit der gleichen Legende von der himmlischen Weberin. Es hieß, sie hatte eine Haarnadel mit einem Funken der ersten Schöpfung darin, um Dinge zu erschaffen, die ihr Exil erträglicher machen würden. Ein Hexenmeister schaffte es irgendwie, diese Jadenadel zu stehlen, und kehrte ihre Kraft durch Opferrituale um, bei denen er jeder Menge Unschuldiger abschlachtete. Julien und ich haben als Kinder gerne Gruselgeschichten gehört. Natürlich nur, wenn das Gute am Ende triumphierte. So erzählte uns der Hohe Hexenmeister, dass es dem schönen Kriegerprinzen des Lin Clans schließlich gelang, den bösen Hexenmeister zu töten. Daraufhin versiegelte er die Jade ins Drachenglas, damit sie nicht von jedem verwendet werden konnte. Der Lin Clan schwor, die Jade für immer zu bewachen, damit sie nicht in die falschen Hände geriet. Deshalb wird das Artefakt die Lin Jade oder die Jade der Lin genannt."

„Wie ist sie in den Besitz eures Hexenmeisters gelangt?"

„Dazu hat er uns nichts gesagt."

„Hat er dir zumindest erzählt, wie sie gestohlen wurde?"

„Sie war nicht an dem sicheren Ort, an dem sie hätte sein sollen. Ein Mitglied des europäischen Hexenrates hatte die Haarnadel mitgenommen, um sie näher zu untersuchen und einen Weg zu finden, den bösen Zauber rückgängig zu machen."

„Das war unglaublich dumm", knurrte er.

Lia wollte hitzig widersprechen, aber Nico mischte sich ein: „Wenn es dumm war, hat sie es mit ihrem Leben bezahlt. Ist das nicht genug?"

„Sie hätte es schaffen können. Es war einfach nur Pech", beharrte Lia.

„Ich frage mich auch seit Tagen, warum sie ihre Experimente nicht auf der Insel des Hohen Hexenmeisters durchführen konnte, wo alles gegen fremde Magie abgesichert ist", kommentierte Jass plötzlich.

„Ich kann es nicht sagen", erwiderte Lia und verfluchte ihren Freund innerlich. Das war eine Angelegenheit, über die sie nicht offen sprechen konnte.

„Weil du es nicht weißt, oder weil es geheim ist?", fragte er scharfsinnig.

Lia versuchte auszuweichen und sagte: „Es ist eine komplizierte Angelegenheit."

„Wie ist diese Hexe, die die Jade zuletzt hatte, gestorben?“, fragte Wan Lao.

Es folgte eine angespannte Stille, bis Jass schließlich sprach: „Sie hat sich selbst die Augen ausgekratzt und schlug dann wiederholt mit dem Kopf gegen die Wand, bis … nun ja, du kannst dir den Rest denken.“

„Du konntest sie nicht aufhalten?“

„Ich war nicht zugegen.“

Lia versuchte sich zusammenzureißen und nicht in Tränen auszubrechen. Die Erinnerung an ihre schwer verletzte Großmutter, die über den Körper ihrer toten und verstümmelten Freundin gebeugt schluchzte, suchte sie immer noch ständig heim. Trotzdem versuchte sie ruhig zu klingen, als sie sagte: „Meine Großmutter war allein mit Signora Visconti, als die Zwillinge kamen. Sie ist eine Naturhexe niederen Grades und konnte nicht viel gegen Elementhexen ausrichten oder ihre Freundin davon abhalten, sich selbst zu verletzen. Die Angreifer waren bereits über alle Berge, als ich ankam, aber ein italienischer Hexer hat sie eingeholt und den Wasserhexer verwundet. Die Feuerhexe verwendete einen dieser geschriebenen Zaubersprüche gegen ihn und sie schafften es zu entkommen, aber zumindest hatten wir das Blut, um sie zu verfolgen.“

„Ist es hier üblich, dass Hexen diese geschriebenen Zaubersprüche benutzen? Die Xiang Zwillinge sind Elementhexen. Wo wir herkommen, können nur Spruchmagier und Hexenmeister komplizierte Zaubersprüche benutzen, ob nun geschrieben oder gesprochen. Alle anderen wurden ernsthafte Konsequenzen erleiden, wenn sie es versuchten“, sagte Nico

Wan Lao schien zu zögern, bevor er schließlich zugab: „Es ist hier dasselbe. Nach allem, was Master Su mir über diesen *Língfú* erzählt hat, ist das alles sehr ungewöhnlich.“

# Kapitel 4

*Wan Mei / Incheon, Südkorea*

Wan Mei stellte das Auto im Hafen ab und sah sich um. Es war bereits dunkel, aber der Ort war immer noch ziemlich belebt. Er hätte es vorgezogen, alleine weiterzumachen, aber es wäre zu schwierig, die drei Hexen abzuschütteln. Vielleicht sollte er ihnen einfach für eine Weile das Bewusstsein rauben und sie irgendwo sicher ablegen? Wan Mei verwarf den Plan schnell wieder. Master Su hatte ihn gebeten, keinen Ärger zu verursachen. Außerdem könnte er zwar recht leicht mit dem Fährtenleser und sogar dem Bestienmeister fertig werden, aber die Schattenhexe war ein größeres Problem. Um sie zu überwältigen, müsste er zeigen, was er wirklich war. Selbst dann könnte es schwierig werden, wenn sie auf der Hut war. Und das war sie wahrscheinlich. Er konnte erkennen, dass sie die ganze Angelegenheit sehr persönlich nahm und sich selbst die Schuld gab. Das könnte noch zum Problem werden.

„Wir besorgen uns dort drüben ein Boot", sagte er und streckte dann einen Arm aus, um die beiden Männer zu stoppen, die sofort loslaufen wollten. „Nein, ihr wartet hier. Ihr fallt zu sehr auf."

„Ich will ja nichts sagen, aber du siehst auch nicht gerade wie ein Hafenarbeiter aus", protestierte Jass.

„Wenn wir alle zusammen gehen, wirken wir verdächtig. Wenn ich mit einer Frau gehe, werden sie annehmen, ich hätte einen romantischen Ausflug im Sinn."

Jass grinste und klopfte Lia auf die Schulter, als sie das Gesicht verzog. „Klammere dich einfach an seinen Arm und tue so, als würdest du ihn anhimmeln."

Sie blickte zu Wan Mei hoch, öffnete ihre großen grünen Katzenaugen noch weiter und flatterte komödiantisch mit den Wimpern.

Er grinste sie an. „Ich hoffe, du strebst keine Karriere als Schauspielerin an, sonst wirst du verhungern.“

Sie seufzte. „Was soll ich tun?“

„Steh einfach da und sieh hübsch aus“, schlug er vor.

Sie warf ihm einen wütenden Blick zu, sagte aber nichts.

Er nahm sie bei der Hand. Sie widersetzte sich nicht und folgte ihm fügsam, obwohl er spüren konnte, dass sie sich unter all den interessierten männlichen Blicken, die ihnen folgten, unwohl fühlte. Wan Mei konnte es ihnen nicht verübeln. Der Gürtel ihres dunklen Trenchcoats umschlang ihre schlanke Taille und betonte ihre gerundeten Hüften und Brüste. Ihr Kopf reichte ihm gerade bis zum Kinn und ihr langes kastanienbraunes Haar fiel über ihre schlanken Schultern. Wenn er ganz nah war, konnte er einen verführerischen Duft von Veilchen vernehmen. Das Parfüm war seltsam unschuldig und verführerisch zugleich.

„Du kannst dich nicht von deinen Gefühlen leiten lassen“, warnte er sie.

„Es tut mir leid, dass ich dich enttäuschen muss, Master Wan, aber du bist nicht ganz so unwiderstehlich. Was auch immer deine Magie bei anderen Menschen bewirkt, bei mir funktioniert sie nicht.“

Verdammt. Also hatte sie gestern Nacht doch etwas gesehen. Er hatte das befürchtet, sobald er sie und den Hexenmeister gesehen hatte. Als er versucht hatte, sie durch Magie fernzuhalten, hatte sie seinen Zauber zerschlagen, als wäre es ganz einfach. Es gab keine einzige Hexe in ganz Korea, die das hätte tun können.

„Ich meine deine Gefühle bezüglich der toten Frau und denen gegenüber, die ihren Tod verursacht haben. Du darfst nicht die Kontrolle verlieren, wenn du den Xiang gegenüberstehst. Lass dich nicht von Zorn beherrschen.“

Sie errötete reizend und ihre Augen blitzten ihn wütend an, als sie fragte: „Ist das der Grund, warum Master Su dich geschickt hat? Weil er denkt, dass ich die Beherrschung verliere und ein Blutbad anrichte?“

„Nein. Er möchte euch helfen, eure Angelegenheiten schnell zu erledigen und sein Gebiet zu verlassen, ohne einen Krieg zu beginnen.“

„Ich weiß, dass er es kaum erwarten kann, dass wir aus Korea verschwinden. Das würde ich an seiner Stelle auch tun. Das ist in Ordnung.“ Er sah sie skeptisch an, und sie fügte hinzu: „Ich habe aber nie versprochen, dass ich den Mördern nicht ein paar Knochen brechen werde. Er hat nur gesagt, kein Blutvergießen."

Das brachte ihn zum Lachen. Als sie aufblickte, sagte er jedoch nur: „Sprich jetzt nicht und senke deinen Blick. Du hast ein sehr ausdrucksstarkes Gesicht. Es zeigt all deine Gefühle. Es ist besser, wenn du den alten Mann drinnen nicht mörderisch anstarrst, wenn er anzüglich wird."

Sie machte ein angewidertes Geräusch, nickte aber. Er öffnete die Tür. Es war eher ein Mann mittleren Alters, aber er machte tatsächlich anzügliche Bemerkungen. Wan Mei blickte hinunter zu seiner Begleiterin, denn er konnte praktisch spüren, wie sie innerlich kochte. Er war sich sicher, dass sie die Worte nicht verstehen konnte, aber der Ton war unverkennbar. Doch sie hielt ihre Augen bescheiden gesenkt, und die Röte auf ihren Wangen hätte genauso gut für Schüchternheit statt für Wut gehalten werden können.

Als sie das Gebäude endlich verließen, atmete sie tief ein, als hätte sie etwas sehr Schwieriges hinter sich gebracht und fragte ihn: „Kannst du überhaupt ein Boot fahren?"

Er beschloss, sie ein wenig zu necken. „Wie schwer kann es schon sein?"

Sie machte Anstalten, ihm die Schlüssel aus der Hand zu reißen, aber er lachte und hielt sie außer Reichweite.

„Aber, aber. Du weißt doch nicht mal, in welche Richtung wir müssen."

„Hat das Ding kein GPS?"

„Wir sollten uns besser auf deinen blonden Freund verlassen."

„Werden sie uns nicht kommen hören? Bitte sag mir, dass wir nicht rudern müssen."

„Natürlich nicht. Wir brauchen nur einen einfachen Stillezauber."

Sie sah ihn neugierig an. „Bist du ein Spruchmagier?"

Er grinste anzüglich und versprach: „Ich kann alles sein, was du dir wünschst."

Sie schaffte es, sein Grinsen recht gut nachzuahmen und fragte: „Bedeutet das, dass du dich in Chris Hemsworth verwandeln kannst?"

„Autsch", sagte er, dann nahm er wieder ihre Hand und führte sie zum Pier, wo Nico und Jass warteten.

# Kapitel 5

*Wan Mei / Unbenannte Insel im Gelben Meer*

Die Insel wirkte ziemlich verlassen. Wan Mei sah seine Begleiter an. Sie waren alle in dunkle Farben gekleidet und Nicos helles blondes Haar war unter einer schwarzen Mütze verborgen. So weit, so gut, aber es würde nicht schaden, etwas Nebel heraufzubeschwören. Bevor er das jedoch tun konnte, kam Nico abrupt zum Stillstand und Wan Mei stieß beinahe mit ihm zusammen.

„Ich sehe sie nicht mehr“, verkündete der Fährtenleser.

„Bitte sag mir nicht, dass wir den ganzen Weg umsonst gekommen sind“, seufzte Jass.

„Sie können die Insel nicht verlassen haben. Sie sind hier. Ich weiß nur nicht wo genau. Es ist, als würde mich etwas blockieren“, versuchte Nico zu erklären.

Ein schreckliches Gefühl überkam Wan Mei, aber bevor er etwas sagen konnte, zerriss ein manisches Lachen die Nacht. Als eine Stimme aus dem Nichts ihn in einem alten chinesischen Dialekt ansprach, geriet er fast in Panik. Es war eine Sprache und eine Stimme, die er seit Jahrhunderten nicht gehört hatte, aber er erinnerte sich immer noch an beides.

„Wan Mei! Immer noch hübscher als die Morgendämmerung und dümmer als eine Melone!“

Wan Meis Herz schlug schneller, aber er hielt still, als die Erscheinung weitersprach: „So viele Unsterbliche wurden von der Zeit besiegt und zerstört. So viele, die mächtiger und klüger als du waren. Warum lebst du noch? Du hast keinen Zweck mehr in dieser hässlichen Welt“, spottete die körperlose Stimme. Sie kam von nirgendwo und überall zugleich.

„Was zum Teufel ist das?“, fragte Jass hinter Wan Mei.

„Der Albtraum“, antwortete dieser mit zusammengebissenen Zähnen.

„Was sagt er?“, fragte Nico.

„Es ist nur Angeberei.“

„Was für eine Hexe ist das?“

„Er ist keine Hexe“, antwortete Wan Mei und wandte sich dann an das Wesen: „Wir wollen nichts mit dir zu tun haben. Wir suchen die Xiang Zwillinge.“

Das manische Lachen durchschnitt erneut die Luft. „Du suchst die verfluchte Jadenadel. Hast du sie schon wieder verloren, du dummer Junge?!“

„Zeig dich!“, rief Jass plötzlich auf Englisch.

„Nein!“, schrie Wan Mei, aber es war zu spät.

„Dein Wunsch sei mir Befehl“, antwortete die körperlose Stimme in einer Nachahmung von Jass' amerikanischem Akzent und ein Blitz zerriss die Luft.

Wan Mei rief seinen Begleitern zu: „Schließt die Augen!“

Entweder hörten sie ihn nicht, oder sie waren zu verblüfft, um zu gehorchen. Die humanoide Form, die man im Schatten kaum sehen konnte, begann die Gestalt zu wechseln. Sie formte zunächst allerlei Chimären aus den schlimmsten menschlichen Albträumen, dann wurde sie zu einer riesigen Schlange, die nach Nicos Gesicht schnappte. Der junge Mann fiel zu Boden. Jass wollte zu ihm rennen, aber dann erstarrte er, als eine schmutzige Leiche, die einst vielleicht eine junge Frau gewesen sein mochte, auf ihn zustürzte.

„Hör auf damit!“, schrie Wan Mei das Wesen an. Er konzentrierte sich, und im Zentrum der Illusion sah er die wahre Gestalt des Albtraums – einen bösartig aussehenden, deformierten Jungen mit leuchtend roten Augen und scharfen Eckzähnen. Er streckte die Hand aus, um die Illusion zu stoppen, aber die Gestalt wich zurück. Jass sank auf die Knie und atmete schwer. Der Albtraum schellte in die Höhe und Wan Mei erstarrte überrascht, als er sich in einen Mann verwandelte. Er war groß und schlank, aber gut gebaut, gekleidet in Jeans und ein etwas enganliegendes weißes T-Shirt. Seine welligen dunklen Haare reichten bis zu seinen Schultern und seltsame dunkelblaue Augen glänzten wie kalte Edelsteine unter langen, dunklen Wimpern. Das Gesicht war von fast überirdischer Schönheit, mit einer geraden, langen Nase, hohen gemeißelten

Wangenknochen, einem quadratischen Kinn und vollen Lippen, die sich in ein herablassendes Lächeln verzogen. Es war jedoch nicht die Schönheit des Mannes, die Wan Mei verblüffte, sondern die Tatsache, dass dies anscheinend Lias größte Angst war. Der Albtraum war unfehlbar, wenn es darum ging, Furcht zu entdecken. Schlangen und Zombies konnte er verstehen, aber was hatte es sich mit dem Mann auf sich?

Die Erscheinung sprach zu Lia mit einer tiefen, verführerischen Stimme und einem irischen Akzent: „Was kannst du schon tun, kleines Mädchen? Du konntest sie nicht retten und du kannst ihn auch nicht retten."

Lias Mund stand leicht offen, ihre Augen weit aufgerissen vor Panik. Dann verengten sie sich plötzlich und Magie explodierte um sie herum.

„Ist das alles, was du kannst?!", rief sie wütend aus und richtete die ganze knisternde rote Energie auf die schwebende Gestalt. Sie schrie etwas in einer Sprache, die Wan Mei nicht verstand. Die Energie traf die Erscheinung direkt ins Gesicht und der Ire verschwand. Ein Wirbel aus brüllender schwarzer Materie fiel zu Boden, wo er versuchte, sich wieder zu formen. Lia lief darauf zu. Wan Mei riss sich aus seiner Starre und ergriff ihren Arm.

„Fass ihn nicht an. Das erlaubt ihm, deine Ängste noch deutlicher zu erkennen."

„Das ist mir egal!", rief sie aus und feuerte ein weiteres Geschoss auf die ständig wechselnde Form, bis diese regungslos am Boden lag. Lia zuckte zurück, als sie den deformierten Jungen wahrnahm. Wan Mei benutzte einen Zauberspruch, der dem Albtraum Ketten aus magischer Energie anlegte. Er hoffte, das würde ausreichen, um die Kreatur in ihrem geschwächten Zustand zu halten. Jass humpelte auf sie zu und Nico stand auf und sah verwirrt um sich. Der Albtraum bäumte sich gegen die Ketten auf, war aber immer noch zu geschwächt.

„Wo sind die Xiang Zwillinge?", fragte Wan Mei, erhielt aber keine Antwort.

„Was zum Teufel ist das?", keuchte Jass, als er sie erreichte.

„Die lebendige Verkörperung von Albträumen. Unsterblich. Unzerstörbar."

„Ich bin gewillt, es trotzdem zu versuchen. Es gibt nicht viel, was ich nicht zerstören kann“, bot Lia mit einem Stirnrunzeln an.

„Tu es nicht. Du hast bereits eine gefährliche Menge Energie verbraucht. Du kannst ihn in Stücke sprengen, aber er wird sich nach einer Weile wieder regenerieren. Solange Menschen schlafen und träumen, wird er existieren. Normalerweise ist er auch ziemlich harmlos.“

Lia kniete sich neben den Albtraum. „Ich frage mich, wie lange du im Nichts schweben musst, bis du wieder Form annimmst, nachdem ich dich in Stücke gerissen habe.“

„Ich bin der Albtraum, du Schlampe! Deine Drohungen bedeuten mir nichts!“, spuckte die Kreatur wütend aus.

„Mag sein, aber im Moment sehe ich nur einen armseligen Jungen“, entgegnete sie.

Der Dämon schaffte es, eine der Ketten zu brechen und nach ihr zu greifen, aber sie war schneller und erschuf einen roten Schild zwischen ihnen. Er wich zurück, als er dagegen stieß. Als er wieder auf dem Boden lag, ließ sie ihre Energie auf ihn krachen, bis er schrie.

„Lia“, sagte Jass nervös, und selbst Wan Mei fing an, sich Sorgen um ihren geistigen Zustand zu machen.

„Was?! Es ist mir untersagt, Menschen zu töten. Das hier ist kein Mensch“, zischte sie und ließ den Schild erneut auf den Albtraum fallen.

„Lia, er ist nicht Aidan!“, rief Jass ihr in Erinnerung.

„Er ist überhaupt kein er!“, schrie sie und hob den Energieschild.

„Ich schlage vor, du erzählst ihr, was sie wissen will“, sagte Wan Mei zu dem Albtraum auf Englisch.

„Sie wussten, dass ihr kommt. Sie nehmen ein Boot zum Festland.“

„Woher wussten sie das?“, fragte Wan Mei.

„Sie haben einen Wächter bei sich. Er hat die Gefahr kommen sehen.“

„Hat er dich heraufbeschworen, um uns aufzuhalten? Was hat er dir angeboten?“

„Sagen wir mal, ich schuldete ihm einen Gefallen.“

„Wo ist das Boot?“, fragte Jass.

„Ich weiß es nicht. Das geht mich nichts an“, sagte der Albtraum trotzig.

Wan Mei seufzte. „Lass ihn gehen.“

„Aber wenn ich ihn gehen lasse, wird er sie warnen“, protestierte Lia.

„Wovor? Dass wir hier sind? Dass er uns nicht aufhalten konnte? Das wissen sie bereits, sonst hätten sie unsere Schreie schon längst auch in der Ferne vernommen.“

Lia zischte etwas in einer fremden Sprache, bevor sie den Albtraum gehen ließ, und dieser verschwand auch sofort. Sie atmete tief durch und fragte Nico, ob es ihm gut gehe.

„Mir geht's gut“, antwortete der junge Mann brüsk. „Sie sind auf der anderen Seite der Insel. Ich glaube nicht, dass wir rechtzeitig dort ankommen können. Selbst wenn wir rennen, dauert es zwanzig Minuten. Und ich glaube nicht, dass ich im Dunkeln auf diesem Gelände rennen kann.“

Wan Mei sah Jass an. „Wie schnell kannst du laufen?“

„Würde Gepardengeschwindigkeit reichen?“

„Kannst du das auf diesem Gelände?“

„Natürlich.“

Wan Mei holte einen *Língfú* aus seiner Hosentasche, schnitt in seinen Finger und ließ das Blut aufs Papier tropfen.

„Richte das hier auf das Boot. Lasse es auf deiner Magie unauffällig zu dem Boot schweben. Es wird schon ankommen, wo es soll. Stelle sicher, dass sie dich nicht sehen und berühre das Blut nicht. Stelle dich ihnen nicht allein entgegen. Halt sie nur auf, bis wir kommen.“

Jass schien einen Moment protestieren zu wollen, nickte aber schließlich und verschwand mit übernatürlicher Geschwindigkeit.

„Es ist so unheimlich, wenn er das macht“, sagte Lia mit einem Schaudern.

„Das findest du unheimlich? Du hast gerade den Albtraum verprügelt.“

Sie seufzte und fügte nach einer Weile hinzu: „Ich hasse Wandern.“

„Wir müssen uns beeilen“, sagte Nico mit entschlossenem Blick.

Lia schien besorgt um ihn, sagte aber nichts. Wan Mei fand auch, dass etwas mit dem Fährtenleser nicht stimmte, aber er konnte nicht sagen, was es genau war.

* * *

Als sie den Gipfel der Erhebung erreichten, konnten sie vom Ufer her Schreie hören. Man musste kein Mandarin verstehen, um zu wissen, dass sie fluchten. Wan Mei wagte es, für einen Moment seine übernatürliche Wahrnehmung zu nutzen und sah, dass Jass sicher im Hintergrund versteckt war, während zwei Männer und eine Frau stritten und versuchten, das Boot zu starten.

Er unterdrückte seine Magie sofort, als Lia fragte: „Was hast du Jass gegeben?"

„Nur einen Blockzauber. Sie werden das Boot nicht starten können. Dennoch sollte ein Wasserhexer in der Lage sein, ein Schiff auch ohne einen Motor zu steuern, also lasst uns ein bisschen schneller gehen."

Lia erschuf einen roten Schutzschild vor ihnen, als sie voranschritten. Sie waren noch nicht weit gekommen, bevor grüne Energie den Schild traf. Er hielt stand, also biss Lia die Zähne zusammen und ging vorwärts. Ein weiterer Schlag kam auf sie zu, aber der Schild hielt. Wan Mei wich zur Seite aus und feuerte silberne Blitze auf den Wächter, der sie mit grüner Energie beschoss. Der Mann krümmte sich und fiel auf die Knie, während die Feuerhexe kreischte. Wan Mei rannte nach unten und trat auch den Wasserhexer zu Boden, bevor dieser vom Boot springen konnte, um seine Kräfte durch Wasserkontakt zu verstärken, dann wich er gerade noch einem Feuerstoß aus, den die Frau auf sein Gesicht richtete. Dieser versengte seine Kleidung und Haare, aber er schaffte es, die Feuerhexe wegzustoßen. Sie fiel mit fuchtelnden Armen ins Wasser, während ihr Bruder aufsprang. Jass kam angelaufen und schlug ihn erneut nieder; dann griff er nach der Frau im Wasser. Wan Mei wandte sich dem Wächter zu und umhüllte ihn mit Zauberketten.

„Wer bist du?", fragte er auf Koreanisch.

Der Mann warf ihm einen hasserfüllten Blick zu, bevor sich seine Augen vor Überraschung weiteten.

„Was bist du?", fragte der Wächter auf Mandarin zurück.

Wan Mei antwortete nicht, da er Lias Energie hinter sich spürte.

„Beruhige dich. Du wirst dich verausgaben", sagte er ihr, ohne sich umzudrehen.

Sie erwiderte nichts, trat aber neben ihn und betrachtete den Wächter mit einer Mischung aus Neugier und Wut. Dieser warf ihr einen desinteressierten Blick zu und konzentrierte sich wieder auf Wan Mei.

„Was bist du?", fragte er erneut.

„Niemand von Bedeutung."

„Ich habe nicht gefragt, wer du bist, sondern was du bist."

„Ich bin auch nichts von Bedeutung."

Der Mann wurde rot. Wahrscheinlich dachte er, Wan Mei mache sich über ihn lustig. „Du bist wirklich nichts, du stinkender kleiner Mistkerl! Du hast dich an diese Fremden verkauft!"

Wan Mei ließ die Beleidigungen an sich abprallen, während ein keuchendes Geräusch Nicos Ankunft ankündigte.

„Was ist los?", fragte der Fährtenleser.

„Soweit ich das beurteilen kann, beschimpft dieser Herr Wan Lao ziemlich übel", sagte Lia.

„Woher weißt du das?"

„Er wird ihn wohl kaum in so einem aggressiven Tonfall loben."

Wan Mei warf ihr einen ironischen Blick zu. „Geh und hilf Jass", schlug er vor.

Sie sträubte sich gegen den Befehl, neigte dann aber ironisch den Kopf und sagte: „*Shi, gong-zi.*"

„Deine Aussprache ist eine Beleidigung für meine Ohren", beschwerte sich der Wächter in einem tadellosen Englisch.

Lia seufzte und zupfte an Nicos Ärmel. „Komm schon. Wir sind hier nicht willkommen."

„Hast du versucht, dieser Teufelin Mandarin beizubringen?", fragte der Wächter Wan Mei.

„Hätte ich ihr irgendetwas beigebracht, dann wäre sie nicht so schlecht darin."

„Warum arbeitest du für sie?"

„Das tue ich nicht. Ich tue nur einem alten Freund einen Gefallen."

„Du bist nicht alt genug, um alte Freunde zu haben, Junge. Hast du denn keine Ehre, dass du einen Älteren vor dir knien lässt?"

„Was schlägst du als Alternative vor? Soll ich dich etwa befreien, damit du uns alle umbringen kannst?"

Der Mann musterte ihn von oben bis unten. „Warum willst du mir nicht sagen, wer du bist? Wenn jemand mit deinen magischen Gaben in irgendeiner chinesischen Gemeinde auf der Welt lebte, so würde ich es wissen."

„Würdest du es auch wissen, wenn die Person in China lebte?"

„Du kennst die Antwort. Keine Hexe von deinem Rang könnte auch nur ein paar Wochen in der sogenannten Volksrepublik unentdeckt bleiben und überleben. Deshalb brauchen wir die Jade der Lin. Sie gehört uns, nicht diesen Fremden!“

„Das mag sein, aber was willst du denn damit tun? Selbst wenn die Legende wahr ist – du kannst nicht die Geschichte einer ganzen Nation ungeschehen machen. Mao ist tot. Es ist zu spät. Selbst die verwünschte Jade hat keine Wirkung auf die Toten.“

„Ich würde es trotzdem versuchen, wenn ich könnte. Aber ich will die letzte Zuflucht retten, wo eine chinesische Hexe noch unter ihresgleichen sicher sein kann. Hongkong ist gefallen; Taiwan ist alles, was übrig ist.“

„Es tut mir leid. Ich verstehe, was dich bewegt. Aber ich kann dir nicht erlauben, mit einer solchen Waffe zu entkommen.“

„Du kannst es mir nicht erlauben? Ich bin der letzte Hexennachkomme des Lin Clans! Die Jade wurde in unsere Obhut gegeben!“

„Dann hättest du sie nicht verlieren dürfen!“, knurrte Wan Mei. Trotz seiner Wut entdeckte er einige vertraute Merkmale in den Gesichtszügen des Mannes. Er war groß, gutaussehend und selbst in seinem aktuellen Zustand noch anmutig. Bei näherem Hinsehen konnte Wan Mei erkennen, dass das Clan-Wappen auf der Brusttasche seiner Anzugjacke aufgestickt war.

„Es hat uns Hunderte von Jahren gekostet, es wiederzufinden! Ich habe nur zurückgenommen, was unser ist!“, protestierte der Wächter.

„Die Aufgabe deines Clans ist es, dieses verfluchte Ding vor der Welt versteckt zu halten! Du bist nicht dazu bestimmt, die Jade zu benutzen!“

Der Mann blinzelte ihn an. „Woher weißt du das? Was bist du?!“

Wan Mei antwortete nicht und fragte stattdessen: „Wo ist die Haarnadel?“

Der Mann warf ihm nur einen hasserfüllten Blick zu. Wan Mei schloss die Augen und konzentrierte sich. Er wollte es nicht tun, aber er war am Ende seiner Geduld angelangt, und das ganze Gerede führte zu nichts. Er konnte das verfluchte Objekt spüren. Glücklicherweise war es noch im Drachenglas gefangen und nicht aktiviert.

Er öffnete die Augen wieder und fragte den Mann: „Hattest du eine Vision? Von einem bevorstehenden Angriff?“

Der Mann antwortete nicht und Wan Mei nahm das als ein Nein. Allerdings hatte Taiwan seit 70 Jahren einen bevorstehenden Angriff von China gefürchtet und das nicht ohne Grund.

„Taiwan wird nicht fallen“, sagte er sanft.

„Das kannst du nicht wissen!“

„Du hattest keine Vision. Ihr habt bis jetzt durchgehalten und das werdet ihr auch in Zukunft tun.“

Der Mann schien protestieren zu wollen, aber etwas hinter Wan Mei erregte seine Aufmerksamkeit. Er begann sich trotz seines geschwächten Zustands gegen die Ketten zu sträuben. Wan Mei drehte sich um und sah eine beeindruckende Szene. Die Feuerhexe schrie Lia, deren wütende rote Energie den Himmel erleuchtete, trotzig an. Die Frau musste außergewöhnlich mutig sein, um sich einer wütenden Schattenhexe zu stellen.

„Halt deine Schlampe auf!“, forderte der Mann.

„Deine Freunde haben eine ihrer Leute getötet. Sie hat das Recht auf Rache“, sagte Wan Mei kühl, obwohl er hoffte, dass Lia sich nicht dazu hinreißen lassen würde.

„Es war nur Kollateralschaden.“

„Sag mir deinen Namen.“

„Was?!“

„Sag mir deinen Namen und ich werde die Schattenhexe davon abhalten, deine Hexen zu töten.“

Der Mann blickte zu seinen Freunden an der Küste und zurück, bevor er seinen Namen nannte: „Lin Yuchen.“

Wan Mei sprang vom Boot, rannte ein paar Schritte und packte Lia am Arm. Das war nicht gerade ungefährlich, aber er hatte die Geduld mit ihr verloren. Als sie sich zu ihm umdrehte, bemerkte er, dass sogar ihre Augen lodernd rot waren.

„Hör auf!“, befahl er und sie stieß ihn weg. Er packte ihren Arm erneut, wirbelte sie herum und drückte sie an sich. Ihre Arme flogen hoch, um gegen seine Brust zu drücken. Sie endeten Nase an Nase und einander in die Augen starrend. „Hör auf“, zischte er wieder. Ihre Augen kehrten langsam zu ihrem üblichen Grün zurück und sie nickte.

„Ist das alles, was es braucht, um dich zu bändigen, du Schlampe? Ein hübscher Junge?“, fragte die Feuerhexe spöttisch.

Wan Mei warf einen Schweigezauber auf sie und ihre Lippen schlossen sich.

Jass berührte sein blutendes Gesicht und sagte: „Mann, ich wünschte wirklich, du hättest das schon vor zehn Minuten getan. Die Frau ist verrückt. Ihre Nägel sind wie Dolche."

„Vielleicht hätten sich gewisse Leute auch nicht so provozieren lassen sollen", bemerkte Nico sarkastisch in Lias Richtung und kniete sich neben den bewusstlosen Wassserhexer.

„Lebt er?", fragte Wan Mei.

„Er hat nur ein bisschen Eidechsengift abbekommen. Er wird sich erholen", sagte Jass mit einer abwinkenden Handbewegung.

Wan Mei wandte sich an Lia. „Du kannst nicht einfach explodieren, nur weil sie dich beschimpft!"

Sie warf ihm einen wütenden Blick zu, aber ihre Kräfte flammten nicht erneut auf.

„Es ging nicht um die Beleidigungen. Sie sagte, es war so lustig zuzusehen, wie Signora Agatha Selbstmord beging", sagte Jass.

„Bist du von Sinnen?", fragte Wan Mei die Feuerhexe.

Sie schnaubte und stürzte sich plötzlich auf ihn. Ihre langen Nägel zielten auf sein Gesicht. Er blockte sie ab und drückte einen Nerv an ihrer Hüfte. Sie wurde schlaff und er fing sie auf, bevor sie zu Boden fallen konnte.

„Wow, das ist ein netter Trick! Kann man das lernen?", rief Jass begeistert.

„Ich zeige es dir später. Kannst du den Kerl zum Boot tragen?", fragte Wan Mei ihn.

Jass nickte und hob den Wasserhexer auf, als wäre er nur eine Stoffpuppe. Sie legten die Zwillinge neben den Wächter, der sich zuerst ängstlich über die Frau beugte. Dann aber richtete er sich auf und starrte Wan Mei wütend an.

„Nimm den Zauber von ihr!", forderte er.

„Es wird von selbst nachlassen", sagte Wan Mei. Seine Hand schoss so schnell vor, dass Lin Yuchen nicht einmal Zeit hatte, überrascht zu sein. Ein empörter Schrei entwich seinen Lippen, als das Drachenglasgehäuse mit der Jadenadel aus der Innentasche seiner Jacke flog.

„Du musst vollkommen verrückt sein, das Ding so nah an deinem Herzen zu tragen", knurrte Wan Mei und untersuchte das Drachenglas. Das Gefäß war etwas länger als seine Hand, und die zarte Haarnadel sah so harmlos aus wie jedes andere Schmuckstück. Doch er wusste, dass das Böse darin in die Gedanken und Herzen durchdringen konnte, selbst durch das Drachenglas. Es würde jeden verrückt machen, wenn es ständig in der Nähe war. Deshalb hatte der Lin Clan es zwischen den verfluchten Steinen der Tianmen Berge versteckt, weit entfernt von menschlichen Siedlungen.

„Lass uns gehen", sagte er müde und setzte das Boot in Bewegung.

„Du hast nach meinem Namen gefragt. Bist du ein solcher Feigling, dass du mir deinen nicht nennen willst?", fragte Lin Yuchen ihn, die Augen voller Wut.

„Die Leute nennen mich Wan Lao."

„Das bedeutet nur, dass es nicht dein echter Name ist."

„Was willst du von mir? Ich stelle keine Gefahr für dich und deine Hexen dar."

„Du hast unsere letzte Möglichkeit gestohlen, uns zu verteidigen."

„Eure Fähigkeit euch zu verteidigen sollte nicht von einem fluchbeladenen Artefakt abhängen!"

„Es steht dir nicht zu, darüber zu urteilen!"

„Folge dem rechten Pfad, nicht den Wegen des Verderbens. Halte dich fern von Blutmagie und verfluchten Objekten. Gib dem Bösen nicht nach. Was ist mit all dem passiert?"

Lin Yuchen starrte ihn entsetzt an. „Woher kennst du unsere Clan-Regeln?", fragte er schließlich.

„Ich habe sie irgendwo gelesen. Ihr hattet verdammt viele davon, aber diese schienen mir ganz vernünftig."

„Gelesen? Sie sind nicht in irgendwelchen modernen Büchern niedergeschrieben, damit jeder sie lesen kann! Sie …" Er hielt mitten im Satz, als hätte er schon zu viel gesagt.

„Das sind nur allgemeine Richtlinien, die du auf die eine oder andere Weise in den Regeln jedes anständigen Clans oder in jedem Religionsbuch finden kannst", sagte Wan Mei mit einem Schulterzucken.

Lin Yuchen schien seiner fadenscheinigen Ausrede nicht zu glauben, also wechselte Wan Mei das Thema: „Habt ihr nicht genug Probleme mit

China? Warum sucht ihr zusätzlich die Feindschaft der europäischen Hexen?"

„Die Jade gehört uns und nicht ihnen!"

„Bist du verrückt? Wie viele von euch sind übrig? Ein paar Hundert? Es gibt Tausende von ihnen."

„Wenn wir die Jade hätten, müssten wir uns keine Sorgen um sie machen!"

„Aber ihr habt sie nicht! Es war töricht, alles auf dieses eine verfluchte Objekt zu setzen! Keiner von euch ist mächtig genug, um es unter Kontrolle zu halten. Nicht mal ein Wächter wie du. Du hättest deine Leute aus Versehen töten können!"

Lin Yuchen kochte vor Wut, sagte aber eine Weile lang nichts. Nachdem Wan Mei das Boot angehalten hatte, sprach der Wächter: „Also lässt du uns leben, damit deine Herren uns bestrafen können?"

„Ich habe keine Herren. Ich will auch nicht, dass du und deine Hexen sterbt. Ich werde ihnen weder deinen Namen noch deine Gründe nennen, solange ihr keine Rache an ihnen sucht."

„Warum?", fragte der andere Mann misstrauisch.

„Sie haben die Jade zurückbekommen und werden euch nicht weiter jagen. Aber wenn ihr wieder eine ihrer Hexen tötet, wird die Sache ganz anders aussehen. Wollt ihr von zwei Seiten angegriffen werden? Willst du, dass Taiwan wegen deiner Dummheit fällt!"

Der Mann starrte Wan Mei an, sagte aber nichts. Dann blickte er zu den drei fremden Hexen, die sich in höflicher Entfernung hielten, soweit es das Boot erlaubte. Schließlich fragte er: „Bist du befugt, für sie zu verhandeln?"

Wan Mei zuckte mit den Schultern und schlug vor: „Sprich selbst mit ihnen."

„Ich werde nicht auf Knien vor ihnen rutschen. Ich würde lieber sterben."

Wan Mei entfernte die Ketten und rief die anderen. „Er möchte mit euch sprechen", sagte er zu niemandem im Besonderen.

„Wer ist er?", fragte Jass.

Wan Mei zuckte mit den Schultern und deutete auf Lin Yuchen, damit dieser für sich selbst sprach.

„Ich wollte die Jade zum Schutz meines Volkes. Sie gehört chinesischen Hexen und ist nicht euer Eigentum“, erklärte dieser.

Die anderen sahen ihn nur an, bis Nico schließlich sprach: „Sie können das Ding nicht unter Kontrolle halten. Wir erkennen an, dass es uns nicht rechtmäßig gehört, und wäre es ein Kunstwerk oder etwas anderes, würden wir es Ihnen bereitwillig überlassen. Doch dies ist etwas gänzlich anderes. Wenn Sie keinen Hexenmeister oder einen sicheren Ort haben, werden Sie sich damit wahrscheinlich selbst umbringen, bevor Sie jemanden verteidigen können.“

Lin Yuchen sah ihn kalt an und erwiderte: „Das ist die übliche Ausrede jedes Europäers, der die Kolonien bestohlen hat. Dennoch erkenne ich an, dass ihr gewonnen habt.“

„Wir wollen den Konflikt beenden“, erwiderte Nico ebenso kalt.

Lin Yuchens Blick huschte zu Lia, die ihn so wütend ansah, dass Wan Mei es für besser hielt einzugreifen. Er fragte: „Kannst du garantieren, dass es keinen Krieg geben wird?“

„Solange sie nicht wieder unser Territorium betreten“, präzisierte Nico.

„Ihr denkt, alles sei euer Territorium!“, protestierte der taiwanesische Wächter.

„Sie werden keinen Fuß in ein europäisches Land westlich der Türkei oder Russlands setzen, es sei denn, Sie sind explizit eingeladen. Das gilt ab sofort für jedes Mitglied des Xiang Clans und des Lin Clans.“

Wan Meis Kopf schnellte hoch und Lin Yuchen erbleichte. Der blonde Mann fuhr in einer seltsam hallenden Stimme fort: „Wir können uns vorstellen, warum Sie getan haben, was Sie getan haben, Beschützer von Taiwan. Wir lassen Sie mit einer Warnung davonkommen, und auch wir möchten nicht, dass Taiwan fällt. Aber seien Sie gewarnt – ihre Leute haben absichtlich ein Mitglied des Europäischen Rats der Hexen getötet. Wenn einer der beiden Mörder erneut unseren Boden betritt, werden wir sie oder ihn hinrichten. Der einzige Grund, warum die beiden noch am Leben sind, ist unser Respekt vor Master Su und der Integrität seiner Gebiete.“

Wan Mei war überrascht von Nicos Autorität und Entschlossenheit. Hier stimmte etwas nicht, aber er kam nicht darauf, was es genau war.

„Es war kein Mord, sondern Selbstverteidigung“, behauptete Lin Yuchen hitzig.

Lias Augen loderten auf, aber sie hielt sich im Zaum, während Nico ruhig erklärte, wie die italienische Hexe gestorben war. Anschließend zeigte er dem Wächter den *Lingfú*. Lin Yuchen sah entsetzt zur der Feuerhexe, als sähe er sie zum ersten Mal.

„Akzeptieren Sie unsere Bedingungen?“, fragte Nico.

„Solange es klar ist, dass auch Sie nicht nach Taiwan kommen dürfen.“

„Das kann ich nicht für jede europäische Hexe garantieren.“

„Ihr drei und eure Hexenmeister.“

„Das kann ich versprechen.“

Lin Yuchen nickte steif. Anschließend wandte er sich an Wan Mei und sagte auf Mandarin: „Wenn du dich uns anschließen willst, dann können wir darüber sprechen.“

Wan Mei wusste, dass es dem Mann nicht leichtfiel, das zu sagen. Er erwiderte respektvoll: „Dein Angebot ehrt mich, aber vor mir liegt ein anderer Weg.“

# Kapitel 6

*Wan Mei / Incheon*

Als sie sich auf den Rückweg machten, konnte Wan Mei nicht widerstehen, Nico zu fragen: „Woher wusstest du, wer er ist?“

„Ich wusste es nicht“, sagte der junge Mann und sah weg.

Wan Mei runzelte die Stirn. Lia sah zum Himmel, als ob sie mit sich selbst debattierte; dann erklärte sie: „Das war nicht er. Es war Julien.“

„Der Hexenmeister? Ist er nicht auf einem Flug nach Hause?“

„Er kann in eine Art Trance gehen und in den Geist von denjenigen fahren, die ihm auch über große Entfernungen verbunden sind. Er nennt es Seelenwandern“, sagte Nico.

Wan Mei runzelte die Stirn. Er hatte von solchen Dingen gehört, dachte aber, das seien nur Legenden.

„Er war in dir?“

„Ich wünschte wirklich, du hättest es nicht so ausgedrückt. Lass uns einfach sagen, er teilte für eine Zeit meine Sinne und Wahrnehmungen.“

Wan Mei starrte ihn entsetzt an und fragte schließlich: „Hast du das zugelassen?“

„Ja. Ich habe nach ihm gerufen, als dieser Dämon auftauchte und ich das Gefühl hatte, die Kontrolle zu verlieren.“

„Macht er das bei euch allen?“

„Nein. Normalerweise reicht Telepathie aus. Es ist nur für Notfälle“, sagte Lia.

„Es war nicht schlimm. Nur seltsam“, fügte Nico hinzu.

„Warst du noch da?“, erkundigte sich Wan Mei, wider Willen fasziniert.

„Ja. Er war nur im Hintergrund meines Kopfes. Aber dann hat er übernommen, als er mit dem Wächter gesprochen hat. Das war gruselig. Ich war wie ein Zuschauer in meinem eigenen Körper. Er war wütend."

„Auf wen?", fragte Lia nervös.

„Hauptsächlich auf sich selbst. Er hegte bereits den Verdacht, dass der Anführer der taiwanesischen Hexen die Elementhexen geschickt haben könnte. Er hat aber nicht erwartet, dass er die beiden hier treffen würde."

„Wusste er, dass ein Lin der Anführer der taiwanesischen Hexen ist?", fragte Wan Mei und versuchte, keine Emotionen zu zeigen.

„Hast du das nicht gewusst?", fragte Nico zurück.

„Ich dachte, der Lin Clan sei ausgestorben", gab Wan Mei zu.

„Das dachte Julien auch. Der Anführer der taiwanesischen Hexen ist nur unter seinem Titel bekannt, nicht unter seinem Namen. Etwas, das sich wie Sushi anhört."

„*Wūshī Jūnzhǔ*. Das bedeutet so etwas wie der König der Hexen. Hat nichts mit Essen zu tun."

„Tut mir leid. Es war nicht abwertend gemeint, ich habe nur keine Erfahrung mit chinesischen Begriffen. Wo hast du so gut Englisch gelernt?"

Wan Mei erkannte einen verzweifelten Versuch, das Thema zu wechseln, aber beschloss trotzdem, die Frage zu beantworten: „In San Francisco und New York."

„Darf ich fragen, wo du geboren wurdest?"

„Ich bin in Hongkong auf die Welt gekommen."

„Wann war das?", fragte Lia.

„1997. Ein paar Tage, bevor es an China zurückgegeben wurde. Hat dieser Julien euch erzählt, was er in Bezug auf den Auftraggeber vermutete?"

Lia zögerte, aber Nico nickte.

„Ist er misstrauisch mir gegenüber? Weil ich Chinese bin?", fragte Wan Mei.

„Weil wir nicht erkennen können, was für eine Art Hexe du bist."

Wan Mei hob die Augenbrauen.

„Ich konnte nicht einmal sehen, dass du ein Hexer bist, bevor Lia es mir gesagt hat", bemerkte Nico.

„Ich auch nicht", sagte Jass.

„Warum habt ihr dann zugelassen, dass ich das Objekt an mich nehme?“

„Ich bin mir nicht sicher, ob ich dich daran hätte hindern können“, gab Lia zu.

„Eine Schattenhexe, die den Albtraum verprügelt hat, denkt, dass sie es nicht mit mir aufnehmen kann?“, neckte er.

Sie wirkte vorübergehend verlegen, antwortete dann aber ruhig: „Ich weiß nicht, was du bist und wie weit ich gehen müsste. Ich würde es lieber nicht riskieren, dich zu töten. Zumindest im Moment.“

Er betrachtete sie nachdenklich und sie starrte einfach zurück.

„Was hast du mit der Jade vor?“, fragte er schließlich.

„Ich werde sie dem Hohen Hexenmeister zurückgeben.“

„Nicht einmal er kann sie zerstören.“

Sie zuckte mit den Schultern. „Das kann ich nicht beurteilen. Ich kann nur sehen, dass ich das Ding nicht selbst zerstören kann. Vielleicht sollten wir es einfach ins Meer werfen?“

„Glaubst du, niemand hat das versucht?“

„Woher weißt du das?“

„Ich nehme es einfach an.“

„Und dann hat ein Goldfisch es gefressen, und jemand hat ihn gefangen und die Jade gefunden, als er den Fisch essen wollte?“

„Es gibt keine Goldfische im Meer und man isst sie auch nicht“, wandte Jass ein, aber sie ignorierten ihn beide.

„Vielleicht. Das Problem ist, dass verfluchte Objekte immer ihren Weg in die Welt der Menschen zurückfinden.“

„Hast du einen besseren Vorschlag?“

„Wenn ich wüsste, wie man sie zerstören könnte, dann hätte ich es bereits getan“, gab er zu und holte den Gegenstand aus seiner Tasche. Er legte ihn in ihre Hand und sie blinzelte überrascht.

„Glaubst du, es hat wirklich eine solche Macht?“, fragte Nico.

„Ja, das glaube ich“, sagte Wan Mei.

„Warum gibst du es uns dann?“

„Ich weiß es nicht. Weil ihr es schon so lange hattet und trotz all eurer Kriege bisher nicht verwendet habt? Oder vielleicht weiß ich einfach nicht, was sonst damit zu tun ist.“

„Der Hohe Hexenmeister hat angeboten, das Artefakt Master Su zu überlassen“, erklärte Nico.

„Master Su ist zu weise, um so etwas zu akzeptieren.“

„Niemand will es wirklich haben, außer den Taiwanern“, sagte Jass.

„Es gibt bestimmt viele andere, die die Jade haben wollen würden, wenn sie davon wüssten.“

Lia betrachtete das Objekt in ihrer Hand. „Was ist, wenn ich es versehentlich aktiviere?“

„Kannst du es nicht fühlen?“, fragte Wan Mei.

Sie schüttelte stumm den Kopf. Jass streckte seinen Arm aus und berührte es. Er zog seine Hand bald darauf zurück, als hätte ihn etwas gebissen.

„Ich kann es schreien hören.“

Er sah Nico an, der nur den Kopf schüttelte und sagte: „Ich möchte es nicht fühlen.“

Lia nahm es erneut an sich.

„Ich bin der Tod geworden, Zerstörer von Welten“, zitierte Nico träumerisch.

Sie sah ihn besorgt an. „Hast du mich gerade mit einer Atombombe verglichen?“

„Nein, aber sowohl deine Magie als auch die des Artefakts beinhalten Elemente der Zerstörung und Vernichtung. Vielleicht kannst du die Energie darin nicht fühlen, weil sie deiner magischen Energie ähnlich ist, und du diese immer spürst.“

„Es fühlt sich falsch an, das Ding einfach in meine Jackentasche zu stecken“, sagte Lia.

„Wie kommt es, dass du die einzige Frau bist, die keine Handtasche mit sich trägt?“, zog Wan Mei sie auf.

„Weil ich erwartet habe, ein Gespräch in einer Hotellobby zu führen und nicht bis fast nach Nordkorea verschleppt zu werden!“

„Dann hast heute eine wertvolle Lektion über Fremde mit Süßigkeiten gelernt“, sagte er und sie warf ihm einen ironischen Blick zu.

„Apropos Süßigkeiten, ich verhungere hier. Hat jemand eine Fressbude im Hafen gesehen?“, fragte Jass.

Lia holte den Schokoriegel heraus, den Wan Mei ihr gegeben hatte, und betrachtete ihn betrübt. „Er ist ganz zerdrückt.“

Jass aß ihn trotzdem und Wan Mei sagte: „Wir werden schon etwas zu essen finden."

„Am besten zum Mitnehmen", schlug Nico vor und betrachtete seine schmutzigen Kleider. Sie waren alle zerschlissen und mit Wasserflecken bedeckt. Wan Meis Kleidung war an mehreren Stellen angekokelt und Jass' Gesicht war zerkratzt und blutig.

„Wenn wir ins Hotel zurückkehren, werden sie wahrscheinlich die Polizei rufen, weil wir aussehen, als hätten wir mehrere Verbrechen begangen", seufzte Lia.

* * *

Als sie am Bootssteg ankamen, fiel es Lia zu, das Boot zurückzubringen, denn sie sah als einzige noch einigermaßen präsentabel aus.

„Hast du noch mehr Schokolade im Auto?", fragte Jass hoffnungsvoll.

„Ich glaube nicht. Ich hatte nur den einen Riegel dabei und es ist einer von Master Sus Wägen. Er würde niemals Schokolade essen. Losgelöstheit von weltlichen Gelüsten und so."

„Na, das klingt nach Spaß. Wie hast du es in seiner Schule ausgehalten?"

„Ich war nie einer seiner Schüler."

„Ach so. Und ich habe mich gefragt, wie er dich mit blauen Haaren davonkommen lässt. Er scheint nicht der Typ zu sein, der das erlauben würde."

Wan Mei grinste nur. Er hatte Master Sus Schüler bei Partys gesehen, und sie kamen mit viel mehr als blauen Haaren davon.

„Er verlangt von seinen Schülern nicht, dass sie seinen Lebensweg folgen. Er lehrt sie nur, ihre magischen Fähigkeiten zu kontrollieren."

Beim Auto angekommen ließ Nico sich auf den Rücksitz fallen und sagte: „Weckt mich allerhöchstens für den Weltuntergang."

Er schloss die Tür hinter sich.

„Was wird er im Falle des Weltuntergangs tun?", fragte Wan Mei.

„Sich verabschieden wie wir alle. Selbst ein Hexenmeister könnte in so einem Fall nichts tun. Aber unterschätze Nico nicht, nur weil seine Kräfte nicht an deine heranreichen."

„Das tue ich nicht. Er ist klüger als ihr beide zusammen."

„Na vielen Dank auch“, sagte Jass trocken und Wan Mei grinste.

„Ich meine ja nur, er hat mehr gesunden Menschenverstand.“

„Mein Vater behauptet immer, alle Hexen seien verrückt. Manche mehr, manche weniger, aber Nico ist so ziemlich der Einzige, den ich kenne, auf den das gar nicht zutrifft.“

Lia kam in schnellen Schritten auf sie zu. „Warum hast du mir nicht gesagt, dass du bei der Ausleihe einen falschen Namen verwendet hast?“

„Ich dachte, das sei offensichtlich.“

„Trotzdem hättest du mir sagen können, wie dieser Name lautet.“

„Gab es ein Problem? Was hat er gesagt?“

„Keine Ahnung. Ich habe angenommen, dass er nach dir fragt, also sagte ich ihm, du seist betrunken und bewusstlos. Ich bin mir nicht sicher, ob er mich verstanden hat, aber er hat gelacht und hat dann immer wieder ‚Name‘ gesagt. Also habe ich ihm einen erfundenen Namen genannt, weil ich dachte, er meinte meinen Namen, aber dann hat er versucht, dich nachzuahmen. Er hat seine Haare durcheinandergewirbelt, mit den Wimpern geklimpert und so getan, als würde er herumstolzieren wie ein Pfau. Der Mann hat seine wahre Berufung verpasst. Es war eine großartige kleine Pantomime.“

Jass lachte sich schlapp. Wan Mei versuchte, ernst zu bleiben. Er holte den Ausweis heraus und las: „Ahn Moon Su.“

„Wenn du dir schon die Mühe machst, einen gefälschten Ausweis zu bekommen, dann merke dir zumindest den Namen“, schlug Jass vor.

„Master Su hat ihn mir erst vor ein paar Stunden gegeben. Ich ging nicht davon aus, dass ich ihn wirklich brauchen würde.“

Lia schüttelte den Kopf und setzte sich neben Nico ins Auto.

„Die hohe Dame will mir wohl zu verstehen geben, dass sie diesen Ort verlassen möchte“, schloss Wan Mei mit einem Grinsen.

„Normalerweise wäre sie schon längst im Bett“, sagte Jass.

„Es ist kaum Mitternacht“, erwiderte Wan Mei und schaltete in den Rückwärtsgang.

„Eben. Viel zu spät für meine Begriffe“, informierte Lia ihn.

„Dann schlaf einfach ein.“

„Ich kann nicht schlafen, wenn andere Leute um mich herum sind.“

Wan Mei drehte sich um und grinste, aber Jass stieß ihm in die Seite, als er den Mund öffnete, um eine anzügliche Bemerkung zu machen.

„Lass es sein, Kumpel. Lass uns etwas zu essen finden. Am besten ohne Kimchi“, sagte Jass.

„Und ohne Fisch“, sagte Lia.

„Und ohne Tofu“, fügte Jass hinzu.

„Und ohne Tentakel.“

„Ja, Leute, ich habe verstanden. Kein Kimchi, keine Meeresfrüchte, kein Tofu, kein Hundefleisch“, sagte Wan Mei.

„Das mit den Hunden ist ein Scherz, oder?“, fragte Lia.

Er grinste sie nur im Rückspiegel an.

„Es ist kein Scherz“, belehrte Nico sie. Er setzte sich auf und rieb seine bereits geröteten Augen.

Lia versank tiefer in dem Autositz und holte ihr Handy heraus.

„Es lohnt sich nicht zu schauen. Der nächste Flug nach Hause ist erst in zwei Tagen, außer du willst diverse Zwischenstopps machen“, informierte Nico sie und versuchte, ein Gähnen zu unterdrücken.

„Wer sagt denn, dass ich nach Flügen gesucht habe?“

„Hast du nicht?“

Sie seufzte und ließ ihr Handy auf ihren Schoß sinken.

* * *

Nach einer Weile bog Wan Mei in einen McDonald’s Drive-in ein und fragte: „Seid ihr jetzt zufrieden?“

Jass gluckste. „Unsere Lia hasst McDonald’s.“

Lia erhob die Hände, als wollte sie sich ergeben. „Es ist in Ordnung. Ich werde mich mit allem zufriedengeben, was keine Tentakel oder Kiemen hat.“

„Oder aus Welpen gekocht wurde“, warf Wan Mei ein.

„Na, vielen Dank auch. Ich versuche schon die ganze Zeit, diese Information zu verdrängen.“

Nico zuckte mit den Schultern. „Wer weiß schon, was in McDonald’s Fleisch drin ist. Und damit meine ich nicht nur hier, sondern überall auf der Welt.“

„Ich nehme einfach nur Pommes.“

Das tat sie und sie hielten am Straßenrand an, um zu essen.

„Du bist in Kroatien geboren und hast die Hälfte deines Lebens in Italien verbracht. Wie kannst du keinen Fisch mögen?“, fragte Nico Lia.

„Ich mag den Geschmack einfach nicht.“

„Fang gar nicht erst damit an, über Dinge zu reden, die sie nicht mag. Es ist eine sehr, sehr lange Liste. Nur meine Schwester ist noch wählerischer“, warnte Jass.

Lia hob ihre Augenbrauen, sagte aber nichts. Wan Mei war von dem großen Mann fasziniert. Er hatte in allen seinen Leben wenige Bestienmeister getroffen und hatte selten Gelegenheit gehabt, mit einem zu sprechen.

„Ist deine Schwester auch eine Bestienmeisterin? Ich hielt diese Art von Magie für so selten, dass ich mir zwei in einer Familie gar nicht vorstellen kann“, gab er zu.

„Nein. Sie ist eine Spruchmagierin. Weibliche Hexen kommen in meinem Stammbaum sehr selten vor, also war sie eine Überraschung. In unserer Familie gab es schon immer hauptsächlich Hexer und die meisten waren tatsächlich auch Bestienmeister.“

„Das klingt sehr ungewöhnlich.“

„Meine Oma behauptet, das liegt daran, wie wir ursprünglich zu dieser Magie kamen.“

„Wie denn?“, fragte Nico, der die Geschichte auch nicht zu kennen schien.

„Es ist nur eine Legende. Vor etwa tausend Jahren verliebte sich die Göttin Aranyani in meinen Vorfahren Ishir. Sie ist die Göttin der Wälder und der Wildtiere. Er bat sie, ihn in ein wildes Tier zu verwandeln, damit er mit ihr durch die tiefsten Wälder streifen konnte, denn sie mag es nicht, von Menschen bewohnte Gebiete zu betreten. Sie wusste, dass sie ihn nicht für immer bei sich behalten konnte, also erfüllte sie seinen Wunsch auf eine andere Weise. Er blieb in menschlicher Gestalt, hatte aber die Macht, tierische Attribute zu zeigen. Er konnte schnell wie ein Tiger, stark wie ein Elefant und listig wie eine Schlange sein.“

„Sie wollte wohl einfach nur keinen Sex mit einem Tier haben“, kommentierte Nico pragmatisch und Lia gluckste.

Jass zückte amüsiert mit seinen massigen Schultern. „Nun, bei Göttern weiß man nie. Als er älter wurde und seine Schönheit zu verblassen begann, schickte sie ihn wieder zurück, um unter seinesgleichen zu leben. Aber sie ließ ihm die Gabe, die sich seitdem auch in seinen Nachkommen manifestiert.“

„Das klingt ziemlich gemein, ihn so zu verstoßen, nur weil er älter wurde und nicht mehr so gut aussah“, warf Nico ein.

„Menschen sind eben nur Spielzeuge für die Götter“, bemerkte Jass gelassen.

Lia fügte hinzu: „Das wird dir auch die griechische Mythologie bestätigen. Wenn Sterbliche sich mit Unsterblichen einlassen, dann endet das nie gut. Und letztendlich lehrt diese Sage von der Weberin das auch.“

Wan Mei sah sie unverwandt an und Nico warf ein: „Aber zumindest darf sie ihren Geliebten einmal im Jahr sehen.“

„Immerhin besser als nichts. Ich kenne Ehepaare, die sich auch nicht viel häufiger sehen. Meist, weil sie es gar nicht wollen“, sagte Jass.

„Weil ihre Ehen arrangiert sind?“, fragte Lia.

„Nicht unbedingt. Nach allem, was ich gesehen habe, sind arrangierte Ehen häufig glücklicher, als man allgemein annimmt.“

„Warum sperrst du dich dann so gegen die Vorschläge deiner Oma?“, fragte Nico und Lia versuchte ein Grinsen hinter ihrer Cola zu verstecken.

„Ich bin noch nicht bereit zu heiraten!“

„Dein Akzent klingt, als wärst du in den USA aufgewachsen. Ist deine Großmutter auch da oder in Indien?“, fragte Wan Mei.

„Meine Vorfahren sind 1947 aus Indien ausgewandert, als das Land nach der Unabhängigkeit geteilt wurde. Sie wollten nicht als Muslime in Indien bleiben, aber sie wagten es auch nicht, als Hexen nach Pakistan zu gehen. Es überspringt selten eine Generation in meiner Familie, und muslimische Hexen heiraten tendenziell andere Hexen, um das Geheimnis zu bewahren. Es ist immer noch der sichere Tod in einigen Ländern, wenn die Leute es herausfinden.“

„Ist das der Grund, warum deine Großmutter will, dass du eine Frau ihrer Wahl heiratest?“

„Ja. Sie hat es geschafft, die einzige andere weibliche muslimische Hexe in Jersey neben Amira zu finden und entschied, ich sollte sie heiraten. Ich war damals 19, das Mädchen 26. Zum Glück nahm das niemand ernst. Mein Vater hatte das erste Mal nach ihren Wünschen geheiratet, und es endete in einer Katastrophe. Später heiratete er meine Mutter – eine Amerikanerin, die noch nie etwas von Hexen gehört hatte und keine arrangierten Ehen für uns dulden würde. Und es hat sich sowieso alles zu meinen Gunsten aufgelöst, denn Kamala – das Mädchen, das meine Oma für mich ausgesucht hatte – lief mit dem Gitarristen einer Bon-Jovi-Coverband davon. Ich hoffe, sie ist glücklich. Obwohl ich sagen muss – mit einem Mitglied einer Bon-Jovi-Coverband durchzubrennen, könnte nicht klischeehafter sein."

„Und du bist nach Europa abgehauen?"

„Ich bin nicht geflohen. Ich hatte eine kleine Meinungsverschiedenheit mit dem Hohen Hexenmeister in New York."

„Lass mich raten – wegen eines Mädchens?", warf Nico ein.

Jass seufzte. „Es ging um seine Tochter. Wie sollte ich wissen, dass das Mädchen so anhänglich ist?"

„Will er, dass du sie heiratest?", fragte Wan Mei.

„Nein, sie möchte ... äh ...", Jass hielt an und sah Lia an.

„Sie möchte gewisse Teile seiner Anatomie auf einem Silbertablett serviert bekommen", schlug sie vor. Sie kannte diese Geschichte offenbar schon und schien sie amüsant zu finden.

„Es war nicht meine Schuld! Ich bin nur ein paar Mal mit ihr ausgegangen und dann wurde sie ganz besitzergreifend. Alle Hexen sind verrückt, aber sie übertrifft alle. Sie ist wirklich heiß, aber nicht heiß genug, um ihr bösartiges Temperament zu ertragen."

„Warte – wenn er ein Hexenmeister ist, wie kommt es, dass er Kinder hat?", fragte Wan Mei.

„Sie ist seine Stieftochter. Ihre Mutter ist eine mexikanische Heilerin. Die schönste Frau, die ich je gesehen habe, obwohl sie mindestens Mitte vierzig sein muss. Denk an Salma Hayek, nur zehnmal heißer. Sehr nett auch. Carmen muss nach ihrem Vater kommen. Nach allem, was ich gehört habe, ist er ein bösartiger Irrer. Waren deine Eltern Hexen?"

Wan Mei hatte sich tatsächlich auf diese Frage vorbereitet und blieb so nah an der Wahrheit wie möglich: „Ich hatte nie einen Vater und meine Mutter lebt in ihrer eigenen Welt. Wenn sie überhaupt noch lebt. Ich wurde von Master Su und Madam Wu, einer chinesischen Spruchmagierin, aufgezogen."

Jass sah ihn schockiert an. „Das tut mir leid, Mann."

„Danke. Aber es war nicht so schlimm. Kommt ihr beiden auch aus Hexenfamilien?", fragte Wan Mei in der Hoffnung weitere Fragen zu seiner eigenen Herkunft zu vermeiden.

„Ich weiß nicht, ob ich Hexenvorfahren habe. Es gibt nur noch sehr wenige Hexen in Deutschland. Das war früher wohl anders, aber zurzeit sind wir höchstens ein Dutzend. Ich wurde von einer niederländischen Hexe ausgebildet, da sie näher dran war, weil ich an der Grenze zu Holland und Belgien lebe."

„Meine Großmutter ist eine Naturhexe, aber sonst weiß ich auch nichts von anderen Hexenvorfahren. Ich weiß nicht einmal von anderen Hexen, die jetzt in Kroatien leben. Es gab mal mehr, aber sie haben sich in Kriegen gegenseitig vernichtet oder sind ausgewandert."

„Ihr auf dem Balkan bekriegt euch aber auch ständig. Dafür haben sich die Hexen auf der anderen Seite des Meers wie Kaninchen vermehrt. Du kannst in Italien kaum ein paar Schritte gehen, ohne über eine Hexe zu stolpern", kommentierte Jass.

„Das ist wirklich übertrieben", protestierte Lia.

Sie stritten freundschaftlich weiter, und Wan Mei lächelte. Trotz der Begegnung mit dem Albtraum und dem Schock, nach all dieser Zeit ein Mitglied des Lin Clans zu sehen, genoss er die neue Gesellschaft, in der er sich befand. Das war immerhin besser als über alte Wunden zu brüten.

Jass stieß ihn in die Rippen und fragte: „Hab' ich recht, Bruder?"

„Jass, hör auf damit. Du wirst ihm die Rippen brechen", tadelte Lia mit einem Stirnrunzeln.

„Ich bin kein zartes Pflänzchen", sagte Wan Mei. In der Hoffnung, dass Jass' Frage rhetorisch gemeint gewesen war, fügte er nur hinzu: „Lass uns gehen."

„Bist du schon müde? Soll ich fahren?", fragte Jass.

„Nein, es ist in Ordnung."

* * *

Nachdem er sie im Hotel abgesetzt hatte und sie ihm überschwänglich für seine Hilfe gedankt hatten, fühlte er sich plötzlich einsam. Es hatte ihm Spaß gemacht, diese neuen Hexen kennenzulernen und ihre Geschichten zu hören. Keine koreanische Hexe hätte es gewagt, ihn so beiläufig zu berühren oder ihn zu necken. Die meisten schienen zu spüren, dass er nicht wirklich einer von ihnen war. Einige zeigten Bewunderung, andere Respekt und wieder andere reine Abneigung. Er wusste zum Beispiel, dass die Schüler von Master Su ihn ganz gern mochten. Dennoch, obwohl die älteren unter ihnen in ihren Zwanzigern und damit in etwa in seinem physischen Alter waren, behandelten sie ihn immer mit einer Ehrfurcht, die keine Freundschaft zuließ. Er war eben ein Freund und Vertrauter ihres Lehrers und Hexenoberhaupts. Sie wären entsetzt gewesen zu erfahren, dass er manchmal wünschte, er könnte zu ihrer Gruppe gehören. Diese westlichen Hexen hatten vielleicht auch gespürt, dass er anders war, aber sie schrieben es wohl einfach kulturellen Unterschieden zu. Schließlich gab es in Europa auch niemanden wie den daoistischen Master Park Su. Es war erfrischend, sogar tröstlich, unter Menschen zu sein, die ihn wie eine gewöhnliche Person behandelten. Oder zumindest wie einen gewöhnlichen Hexer.

# Kapitel 7

*Lia/ Seoul, Südkorea*

„Lass uns heute die Stadt erkunden“, schlug Jass bei einem späten Frühstück fröhlich vor. Nico rieb sich die Augen, stimmte aber zu. Lia nickte ebenfalls.

„Wir hätten Wan Lao nach seiner Nummer fragen sollen. Vielleicht hätte er uns herumführen können“, sinnierte Jass.

„Wir haben schon zu viel von seiner Zeit in Anspruch genommen. Wir können nicht von ihm erwarten, dass er für uns den Reiseführer spielt“, protestierte Nico.

„Denkst du, er mag uns nicht?“

„Er wurde schon ein wenig verschlossen, bevor er uns hier abgesetzt hat“, sagte Lia.

„Und er hat nie wirklich etwas über sich selbst gesagt. Wenn Lia recht hat, dass Lao eine Ehrenbezeichnung ist, kennen wir nicht einmal seinen Namen“, stimmte Nico zu.

„Ich weiß nicht. Er schien ein cooler Typ zu sein“, sagte Jass.

Lia antwortete: „Wir wissen sowieso nicht, wie wir ihn erreichen könnten, also ist es müßig darüber zu reden.“

„Du hättest ihn nach seiner Nummer fragen können“, neckte Jass mit einem Zwinkern und Lia beeilte sich, das Thema zu wechseln.

„Sag mir lieber, was ich mit dem Ding hier machen soll. Kann ich es einfach in meinem Zimmer lassen?“

„Wo ist es jetzt?“, fragte Nico.

Sie tippte auf ihre Handtasche. „Es fühlt sich einfach nicht richtig an, es mit in die Stadt zu nehmen.“

„Wir deponieren es einfach in einem Schließfach bei der nächstbesten Bank“, entschied Nico mit einem Schulterzucken.

***

Nachdem sie die Jadenadel deponiert hatten, fühlte sich Lia hundert Kilo leichter. Ihre Laune hob sich beträchtlich, als sie das Bukchon Hanok Dorf mit all seinen traditionellen Reizen besuchten. Doch das Bild von Wan Lao tauchte immer wieder vor ihrem inneren Auge auf. Es war nicht mal, weil er so gut aussah, sondern die Art und Weise, wie er sie neckte. Die meisten Hexer hatten zu viel Respekt – oder vielleicht sogar Angst –vor einer Schattenhexe, um einfach mit ihr zu flirten. Sie hätte es nie laut zugegeben, aber selbst die Tatsache, dass er sie herumkommandierte, machte ihn sexy. Sie war fast dankbar, als ihr Telefon klingelte und sie aus diesen Gedanken riss.

„Guten Morgen, Emilia. Ist alles in Ordnung?", fragte der Hohe Hexenmeister.

„Alles ist in Ordnung. Wir haben das Artefakt zurück."

„Ja, ich weiß. Julien hat es mir erzählt. Ich bin in Ravenstone Manor, um zu sehen, ob ich ihm helfen kann. Ich danke euch allen, dass ihr das so schnell hinbekommen habt. Ich würde euch allerdings gern noch um einen weiteren Gefallen bitten. Dieser ist hoffentlich weniger unangenehm. Dieser junge Mann, der euch letzte Nacht geholfen hat – glaubst du, ihr könntet ihn überreden, uns in Europa zu besuchen? Julien sagte mir, er könnte uns vielleicht helfen, mehr über die Jade herauszufinden."

Lia verfluchte Julien innerlich. Aber sie wusste, dass er das nicht vorgeschlagen hatte, weil er Wan Lao attraktiv fand. Julien war nicht so einfach gestrickt. Pflichtbewusstsein war ihm so fest eingeprägt, dass sie es ihm manchmal aus ihm herausschütteln wollte.

„Ich hatte den Eindruck, Wan Lao würde es vorziehen, einen Ozean zwischen sich und den Gegenstand zu bringen. Er scheint eine besondere Abneigung dagegen zu haben."

„Umso besser. Vielleicht sollte ich offiziell bei Master Su anfragen, ob er einem Besuch zustimmen würde. Denkst du, das wäre angebracht? Ich möchte nicht, dass er denkt, ich wolle seine Leute abwerben."

„Meines Wissens ist Wan Lao nicht einer seiner Schüler, aber es schadet sicher nicht, es trotzdem zu tun", stimmte Lia zu.

„Dann spreche ich gleich mit Master Su und dann könnt ihr den jungen Mann direkt kontaktieren. Er soll natürlich nur kommen, wenn er das auch möchte."

„Es ist ja ohnehin nicht so, als ob ich ihn dazu zwingen könnte."

„Ich würde dich doch nie bitten, ihn zu entführen", sagte Mr. Tozzi in einem amüsierten Ton.

„Was ich damit sagen wollte ist, dass ich ihn in einem Kampf wahrscheinlich nicht besiegen könnte. Seine Magie ist mächtiger, auch wenn ich nicht sagen kann, was diese genau ist."

„Wie interessant. Ich werde dir eine Nachricht schicken, nachdem ich mit Master Su gesprochen habe."

„Aber ich kann ihm mein Wort geben, dass es für ihn sicher ist, uns zu besuchen, oder?"

„Aber wo denkst du denn hin, Emilia! Natürlich kannst du ihm dein Wort geben. Mein Wort."

# Kapitel 8

*Wan Mei / Seoul, Südkorea*

Wan Mei wollte sich gerade etwas zum Essen holen, als Master Su ihn anrief.

„Alles ist gutgegangen. Die Fremden sollten morgen abreisen“, sagte Wan Mei nach einem höflichen Gruß.

„Ja, ich weiß. Der Hohe Hexenmeister hat mich gebeten, dir seinen Dank auszusprechen und um meine Erlaubnis gebeten, dich nach Europa einzuladen.“

„Was? Warum?“

„Warum er um meine Erlaubnis gebeten hat oder …“

„Warum will er, dass ich dorthin gehe?“

„Nun, er hat es nicht direkt gesagt, aber ich vermute, seine Hexen haben den Eindruck gewonnen, dass du mehr über die Jade weißt, als du zugeben willst, und der Alte plant dein Gehirn anzuzapfen.“

Verdammt, dachte Wan Mei. Er hätte seinen Mund halten sollen.

„Ich habe ihm natürlich mitgeteilt, dass du dein eigener Herr bist und nicht meine Erlaubnis benötigst“, fuhr Park Su fort.

„Danke. Bitte lehne in meinem Namen ab, falls er noch einmal anruft. Können wir uns treffen? Gestern Abend gab es einige Komplikationen, über die du Bescheid wissen solltest.“

„Oh? Schlimm?“

„Möglicherweise.“

„Hättest du Lust, mir beim Mittagessen Gesellschaft zu leisten? Ich bin in meinem Büro in der Stadt.“

* * *

Eine Stunde später fand er sich dabei wieder, wie er appetitlos in einem Gemüsegericht herumstocherte und Master Su vom taiwanesischen Wächter erzählte.

„Das ist tatsächlich eine unvorhergesehene Komplikation", gab der andere Mann zu.

„Ich weiß. Lägen die Dinge anders, so hätte ich ihm die Jade anvertraut. Aber was er vorhat, könnte schlimmstenfalls in der Vernichtung ganzer Nationen enden."

„Ich weiß. Als der junge Hexenmeister mir die Jade anbot, war ich auch für einen Moment versucht. Denk nur an den Wahnsinnigen im Norden. Doch das kann nicht die Lösung sein. Die Konsequenzen wären unvorhersehbar."

Wan Mei nickte zerstreut.

„Was ist es, was dich wirklich beschäftigt?", fragte Park Su mit ungewöhnlicher Sanftheit.

„Lin Yuchen hat mich gebeten, mich ihnen anzuschließen", sagte Wan Mei leise.

„Du bist ein sehr beliebter Mann. Ziehst du das in Betracht?"

„Ich kann das nicht tun."

„Darf ich fragen, warum?"

Wan Mei sah ihn an und fragte halb scherzhaft: „Bin ich dir so lästig, dass du mich loswerden willst?"

„Du weißt, dass das nicht wahr ist. Du wirst hier immer ein Zuhause haben. Ich bin einfach an deinen Gründen interessiert, wenn du mir die Ehre erweisen willst, sie mit mir zu teilen. Vielleicht hilft es dir auch, dich selbst besser zu verstehen, wenn du sie laut aussprichst."

„Ich möchte nicht nach Taiwan gehen und ich möchte nicht in der Nähe von Lin Yuchen sein. Das wäre, als würde ich versuchen, die Vergangenheit wiederzuerwecken. Solche Versuche scheitern immer kläglich."

„Und warum willst du nicht für einen Besuch nach Europa reisen?"

„Ich kann die Jade nicht zerstören. Ich hätte es längst getan, wenn ich auch nur annähernd wüsste, wie ich das anstellen sollte."

„Ich glaube nicht, dass sie das von dir erwarten."

„Ich kann ihnen nicht sagen, was sie wissen wollen. Noch würde es ihnen helfen, wenn sie es wüssten."

„Also gehst du nicht, weil du nicht nützlich sein kannst?“

„Ist das nicht der Grund, warum sie mich dort haben wollen?“

„Darf ich fragen, wie du mit diesen Hexen zurechtgekommen bist?“

„Wir sind gut miteinander ausgekommen.“

„Weißt du, was Yeong mich neulich gefragt hat?“

„Nein“, sagte Wan Mei, verwirrt über den Themenwechsel.

„Er hat gefragt, wie alt du bist. Du sahst so aus wie jetzt, als er zwölf war. Jetzt ist er einundzwanzig.“

„Ich kann mich älter aussehen lassen. Zumindest bis zu einem gewissen Grad. Willst du, dass ich das tue?“

„Ich will nur, dass du glücklich bist.“

„Ich bin zufrieden.“

„Du bist einsam.“

Wan Mei zuckte ob dieser Aussage zusammen. Er mochte es nicht, wenn selbst seine Freunde seine Schwächen sehen konnten.

„Sagst du nicht, Glück sei in einem selbst zu finden?“, fragte er.

„Ja, aber man muss nicht einsam sein, um das zu tun. Du wirst hier immer willkommen sein, und ich werde dir helfen, deine Geheimnisse sogar vor denen zu verbergen, denen ich am meisten vertraue.“

„Aber du willst trotzdem, dass ich gehe?“

„Ich frage dich noch einmal – wie haben diese Leute dich behandelt?“

„Sie sind ein bisschen verrückt.“

„Das ist keine Antwort.“

„Sie haben mich behandelt, als sei ich irgendein Hexer. Anders als sie, aber gleichwertig. Nicht respektlos, aber ohne Ehrfurcht.“

„Ist das nicht der Grund, warum du zu mir gekommen bist? Ich war damals kaum älter als du. Du wolltest jemanden, der dir ebenbürtig war.“

Wan Mei lächelte. „Du warst nie älter als ich.“

„Ich war fast 30 Jahre in dieser Welt, bevor du in sie eingetreten bist, A-Mei. Du bist in einer anderen Welt eingeschlafen und in einer neuen aufgewacht. Du solltest sie als junger Mann erleben, nicht als ein umherwandernder *shénxiān*, der das Leben um ihn herum nur beobachtet, aber nicht daran teilnimmt. Ist das nicht der Grund, warum du überhaupt gekommen bist?“

Wan Mei schwieg und schob etwas Reis von einem Ende der Schüssel zum anderen.

„Denk darüber nach. Niemand sagt, du sollst dorthin ziehen. Es ist nur ein Besuch. Du kannst ganz einfach zurückkommen, wenn es dir nicht gefällt. Triff diese Hexen heute wieder und sprich mit ihnen. Vielleicht hilft dir das, dich zu entscheiden.“

„Wie kann ich Teil einer Gruppe sein, wenn ich ihnen nicht sagen kann, was ich bin?“, fragte Wan Mei.

„Wer kennt schon jedermanns Geheimnisse? Nicht einmal Geliebte und Waffenbrüder.“

* * *

Er verließ bald darauf das Büro von Master Su und schwang sich auf sein Motorrad, hielt aber inne, ohne es anzuschalten. Sein Freund hatte in einer Sache recht. Nun, Park Su hatte meistens recht, aber besonders in dem Punkt, dass er nichts versprach, indem er sich einfach mit den anderen auf ein Getränk traf. Er zog das Papier, das Park Su ihm gegeben hatte, aus seiner Hosentasche. Darauf standen zwei Telefonnummern. Er wählte eine aus und schrieb: „Wo seid ihr? Wan Lao.“

Es gab keine sofortige Antwort, also fuhr er nach Hause. Park Sus Worte verfolgten ihn.

„Wer kennt schon die Geheimnisse aller? Nicht einmal Geliebte und Waffenbrüder.“

Das stimmte nicht ganz. Lin Bowen hatte Wan Meis Geheimnisse gekannt. Er hatte auch anderen, die er geliebt hatte, die Wahrheit gesagt. Das Gesicht von Tian Yanyu blitzte vor seinem inneren Auge auf. Er hatte schon oft versucht, es sich in Erinnerung zu rufen, aber er konnte sich selten an die Gesichter von jenen erinnern, die vor so langer Zeit von ihm gegangen waren. Woran er sich jedoch ohne Probleme erinnern konnte, waren die Gefühle, die manche Menschen in ihm ausgelöst hatten – sowohl sehr angenehme als auch sehr unangenehme. Und die, die Tian Yanyu in ihm ausgelöst hatte, waren mehr als nur angenehm gewesen.

Sie war seine erste Ehefrau gewesen und er hatte sie abgöttisch geliebt. Seine Kameraden hatten ihn geneckt, dass sein Haushalt im Winter hungern würde, wenn er sie heiratete. Sie hatte den Kopf in den Wolken und wollte immer singen, tanzen und lachen. Er hatte nie jemanden getroffen, der die kleinen Dinge des Lebens so sehr genießen konnte. Auch hatte er nie danach eine Frau getroffen, die sich ihm so freiwillig und bedingungslos mit ihrem ganzen Herzen und ihrer ganzen Seele hingegeben hatte. Ja, sie war eine schlechte Haushälterin und eine fürchterliche Köchin gewesen, und vielleicht war sie nicht die intelligenteste aller Frauen gewesen, aber er war von ihrer Freude, ihrer Schönheit und ihrer bedingungslosen Liebe verzaubert und verführt worden. Ihre zierliche Gestalt war stets voller Energie und immer in Bewegung.

Er lächelte das Gesicht vor seinem inneren Auge an, so froh, dass er sich wieder erinnern konnte, auch wenn es nur für einen Moment war. Zumindest wusste er die Erinnerung jetzt zu schätzen. Das war nicht immer so gewesen. Die Veränderung war so langsam gekommen, fast unmerklich. Sie hatte sich von einem Mädchen zu einer Frau entwickelt und war dann weiter gealtert. Aber das hatte wirklich keine Rolle gespielt. Sie waren glücklich gewesen und sobald die Leute an einem Ort zu reden begannen, zogen sie einfach an einen anderen. Tian Yanyu hatte es nicht einmal gestört, dass er ihr keine Kinder schenken konnte.

„Du bist alles, was ich brauche“, hatte sie mit ihrem sorglosen Lächeln gesagt und sich in seine Arme geworfen.

In seiner Erinnerung war diese Ehe wie lange Flitterwochen gewesen, die über zwanzig Jahre gehalten hatten. Und dann hatte sich alles geändert. Ihr Lachen war seltener geworden, ihre fröhlichen Augen wurden traurig und Sorgenfalten begannen, sich auf ihrer einst makellos weißen Haut abzuzeichnen. Die Veränderung war allmählich gekommen und er hatte sie zunächst gar nicht bemerkt. Es hatte ihn wie ein Schlag getroffen, als ein Straßenhändler ihn gefragt hatte, ob er einen Kamm für seine verehrte Mutter kaufen wollte. Tian Yanyu hatte ihre Schultern gestrafft und war weitergegangen.

„Hör nicht auf den dummen Mann“, hatte er gesagt.

„Er ist nicht der Einzige. Alle hier denken, ich sei entweder deine Mutter oder eine reiche alte Frau, die einen hübschen Jungen bezahlt, um mir Gesellschaft zu leisten. Die Dienstmädchen sehen mich mitleidig an, wenn sie denken, ich sehe es nicht. Es ist demütigend.“ Und dann hatte sie die Worte gesprochen, die ihm das Herz brachen: „Du musst gehen.“

Er hatte sie nie so ernst gesehen. Wochenlang hatte er sich geweigert, auf ihre Argumente zu hören und wurde zunehmend wütender. Sie konnte ihn doch nicht einfach wegschicken! Es war ihm egal, was andere Leute dachten. Sie würden einfach wieder an einen anderen Ort ziehen. Sie aber war beharrlich geblieben. Es war, als hätte jemand seine fröhliche, liebevolle Frau entführt und sie durch diese strenge und entschlossene Person ersetzt, die er überhaupt nicht kannte. Eines Morgens hatte er wütend das Haus verlassen und die Tür hinter sich zugeschlagen. Er war zwei Tage lang auf der Jagd im Wald geblieben, in der törichten Hoffnung, dass das sie dazu bringen würde, ihn zu vermissen und ihre Meinung zu ändern. Es hatte Zeiten gegeben, in denen sie es nicht hätte ertragen können, auch nur ein paar Stunden von ihm getrennt zu sein. Aber nicht dieses Mal. Als er zum Haus zurückgekehrt war, hatte er es verlassen vorgefunden. Auf dem Tisch hatte eine Pfingstrose gelegen. Das Wort Liebe war in die hölzerne Tischplatte geritzt worden. Es war eines der wenigen Schriftzeichen, die sie gelernt hatte. Er hatte nach ihr gesucht, aber letztendlich hatte er aufgeben müssen. Aus lauter Liebeskummer hatte er sich der Armee angeschlossen, in der Suche nach Ablenkung oder vielleicht sogar nach dem Tod. Er hätte es besser wissen müssen.

Das Piepen einer eingehenden Textnachricht auf seinem Handy holte ihn zurück in die Gegenwart.

„Ich bin im Bukchon Hanok (schreibt man das so?) und versuche gerade einen internationalen Vorfall zu verhindern. Willst du auch kommen? Ich könnte etwas Hilfe gebrauchen. Lia.“

# Kapitel 9

*Lia / Seoul, Südkorea*

Lia wartete auf einer Bank am Eingang. Sie saß mit gekreuzten Beinen wie jemand in Meditation, aber ihre Augen waren offen. Er sah keine Anzeichen, dass ein internationaler Vorfall im Gange war.

Er setzte sich neben sie und fragte: „Was hast du jetzt wieder angestellt?"

„Ich wünsche dir auch einen guten Tag, Wan Lao. Wie geht es dir? Es ist so schön, dich wiederzusehen", sagte sie mit hochgezogenen Augenbrauen.

„Was ist mit deinem internationalen Vorfall passiert, Lady?"

„Ich habe einfach beschlossen, ihn seinen Lauf nehmen zu lassen", sagte Lia mit einer abweisenden Handbewegung und schwang ihre Beine von der Bank.

„Warum wartest du dann hier auf mich?"

„Wer sagt, dass ich auf dich warte? Du hast nie auf meine Nachricht geantwortet. Woher sollte ich wissen, dass du kommst? Ich bin einfach müde vom Laufen und brauchte einen Ort, um allein zu sein und so zu tun, als würde ich meine sogenannten Freunde nicht kennen."

„Was haben sie denn gemacht?"

„Jass wollte ein traditionelles koreanisches Kostüm anprobieren, aber Nico sagte, das sei kulturelle Aneignung. Dann wies Jass ihn darauf hin, dass er auch halbwegs aus Asien kommt, und dann fingen sie an, darüber zu streiten, was das überhaupt bedeutet. Dann mischte sich ein Mädchen ein und bestand darauf, dass Nico einen traditionellen Hut anprobiert. Nico ist zu höflich, um so etwas abzulehnen …"

„Und dann hat er den Krieg um die kulturelle Aneignung verloren?", riet Wan Mei.

„Und dazu noch seine Würde. Es war so einer mit herabhängenden Perlenketten und ich kann mir nicht vorstellen, dass das irgendeinem Mann steht. Ist es beleidigend, wenn ich das sage?“

„Ich weiß nicht. Du redest so viel und so schnell, ich höre immer nach einer Weile auf, dir zuzuhören“, neckte er sie.

„Du bist der Inbegriff von Charme.“

„A-ha. Was ist als Nächstes passiert?“

„Es stellt sich heraus, dass es in diesem Dorf kein einziges Kostüm gibt, das auch nur annähernd groß genug für Jass wäre. Er hat allerdings ein Schwert bekommen und rennt jetzt damit herum und tut so, als wäre er Ram Charan.“

„Wer ist das?“

„Ein indischer Schauspieler. Jedenfalls sind dann zwei sehr laute amerikanische Damen aufgetaucht und haben sich beschwert, dass die Leute hier nicht so freundlich sind, wie man es ihnen versprochen hatte. Nico, der Schwachkopf, wollte helfen und versuchte ihnen zu erklären, dass ihr Benehmen als unangebracht gesehen werden könnte. Insbesondere ihre Kleidung, denn ihre Oberteile waren so tief ausgeschnitten, dass man praktisch den Bauchnabel sehen konnte und Jass …“

Wan Mei konnte sein Lachen nicht mehr zurückhalten und vergrub sein Gesicht in den Händen.

Lia fragte etwas besorgt: „Wirst du hysterisch?“

Er hob den Kopf und wischte sich die Lachtränen weg. „Hast du mich einfach hierher gerufen, damit du dich bei jemandem über deine Freunde beschweren kannst?“

„Vielleicht. Nein, warte – ich habe dich nicht hierher gerufen. Du hast nur gefragt, wo ich bin.“

„Du hast mich gebeten, zu kommen.“

„Na gut. Ich habe dich gebeten zu kommen, weil ich dich dazu überreden soll, mit uns nach England zu kommen.“

„Lass uns etwas zu trinken finden“, schlug er vor.

„Du musst dich betrinken, um mich ertragen zu können?“

„Ich trinke keinen Alkohol. Ich habe einfach Durst.“

Sie ließen sich in einem Café nieder, und er bestellte grünen Tee und *yakgwa*.

„Also, gibt es etwas, womit ich dich bestechen kann, damit du mit uns kommst?“, fragte sie hoffnungsvoll.

Er schenkte ihr das schmutzigste Grinsen, zu dem er fähig war. Das war wahrscheinlich dumm von ihm, aber er wollte sie ein wenig provozieren. Zuerst schien sie nur verwirrt, dann errötete sie bis zu ihren Haarwurzeln und zischte ihn an: „Spar dir deine Playboy-Masche. Stehst du überhaupt auf Frauen?“

„Jetzt sollte ich beleidigt sein“, sagte er.

„Geschieht dir recht“, sagte sie mit einem süßen Schmollmund, und er lächelte.

„Es tut mir leid. Ich habe nur gescherzt. Es gibt nichts, was du tun könntest. Ich werde darüber nachdenken.“

„Ok. Es tut mir auch leid. Ich wollte dich nicht beleidigen. Oder dich unter Druck setzen. Was machst du eigentlich beruflich?“

„Es ist nicht ein Job, der mich hier hält. Es ist einfach nur eine große Entscheidung und ein langer Weg.“

„Ich verstehe. Aber ich gebe dir mein Wort, dass dich niemand daran hindern wird, hierher zurückzukehren, sobald du die Nase voll von uns hast.“

„Kannst du das im Namen des Hohen Hexenmeisters versprechen?“

„Ich habe ihn gefragt. Er hat mir sein Wort gegeben.“

„Wenn du ihn extra danach fragen musstest, dann zeigt das, dass du dir selbst da auch nicht ganz so sicher warst.“

Sie wollte gerade sprechen, aber der Kellner erschien mit ihrer Bestellung und ließ fast die Teekanne fallen, als eine laute weibliche Stimme von hinter ihm rief:

„Hallo, Schätzchen! Fühlst du dich jetzt besser?“

Lias Augen weiteten sich, und er folgte ihrem Blick. Zwei amerikanische Frauen in ihren Dreißigern kamen auf sie zu – eine gefärbte Blondine und eine Brünette mit furchteinflößend langen Acrylnägeln.

„Mir geht es gut“, sagte Lia mit einem höflichen Lächeln.

„Du bist nur vorhin so schnell verschwunden, dass ich dachte, du hättest dir eine Magenverstimmung von all diesen klebrigen Lebensmitteln zugezogen. Ich hab’ da was dagegen“, sagte die falsche

Blondine, während die Frau mit den gruseligen Nägeln Wan Mei mit Interesse betrachtete.

„Das ist sehr freundlich von Ihnen, aber mir geht es wirklich gut. Mir ist nur eingefallen, dass ich jemanden treffen muss“, antwortete Lia mit einem sonnigen Lächeln.

Die falsche Blondine kicherte. „Ich verstehe. Wenn so ein süßer Typ mich auf ein Date eingeladen hätte, dann würde ich auch rennen.“

Lia errötete und begann: „Es ist kein …“

Wan Mei rollte mit den Augen und stieß ihr Bein unter dem Tisch an. Sie gab ihm einen empörten Blick.

Die Frau mit den gruseligen Nägeln lachte. „Sei nicht verlegen, Schätzchen. Genieße das Leben, solange du jung bist. Urlaubsromanzen sind immer die besten. Sie haben keine Zeit, dich zu enttäuschen.“

Lia schien von dem Vorschlag ziemlich verblüfft zu sein. Wan Mei stupste ihr Knie unter dem Tisch erneut an.

„Komm, Amber, lass sie in Ruhe“, sagte die falsche Blondine, aber die Frau mit den gruseligen Nägeln fragte: „Sag an, Süßer, hast du nicht vielleicht ältere Brüder, die so hübsch sind wie du?“

„Ich habe keine Brüder“, sagte Wan Mei, ohne zurückzulächeln.

„Danke für Ihr Hilfsangebot. Das war wirklich sehr nett“, sagte Lia mit einem Lächeln, als ob sie versuchte, seine Unhöflichkeit wettzumachen.

Er konnte die Amerikanerinnen immer noch kichern hören, als sie zu einem Tisch näher an der Straße gingen.

„Warum zum Teufel trittst du mich?“, zischte Lia ihn an.

„Hättest du gesagt, dass wir nicht auf einem Date sind, hätten sie sich einfach hingesetzt und weitergeredet.“

Sie runzelte ihre Nase in einer komischen Grimasse und sagte: „Ich frage mich, ob du dich jemals selbst gesehen hast, wenn du zur Eisskulptur wirst.“

„Was?“

„Vergiss es.“

„Wolltest du, dass sie bleiben?“

„Nein. Aber sie meinten es gut und …“

Er nahm ein Stück des Honiggebäcks mit den Stäbchen auf und steckte es ihr zwischen die Lippen. Sie schloss automatisch den Mund und gab ihm einen bösen Blick. Er lächelte nur und goss Tee ein.

Nachdem sie das Gebäck geschluckt hatte, sagte sie: „Du bist furchtbar herrisch. Du hättest mir einfach sagen können, dass du nicht mehr zuhören willst."

„Ja, ich weiß", erwiderte er ruhig.

Sie öffnete den Mund, um zu protestieren, schloss ihn aber schnell wieder, als er erneut nach den Stäbchen griff.

„Was? Hat es dir nicht gefallen?", fragte er mit einem Grinsen.

„Das Gebäck gefällt mir. Alles andere nicht. Du nutzt die Tatsache, dass ich nett zu dir sein muss, gerade zu sehr aus."

„Du bist zu direkt, um eine gute Diplomatin zu sein", teilte er ihr immer noch grinsend mit.

Sie sah ihn an und begann so verführerisch zu lächeln, dass sein Herz für einen Schlag oder zwei aussetzte.

„Was machst du da?", fragte er, leicht verunsichert. Was war nur los mit dieser Frau? Und was war mit ihm los, dass sie ihn so verwirren konnte?

Sie brach in Gelächter aus. „Das war meine beste Imitation von dir, wie du versuchst, gleichzeitig verführerisch, sexy und babyhaft zu sein."

„Ich weiß gar nicht, wo ich anfangen soll, Einwände gegen all das zu erheben. Ist babyhaft überhaupt ein Wort?"

„Wahrscheinlich nicht. Wenn ich du wäre, würde ich mit dem Verb anfangen."

„Dem Verb?"

„Ja. Weil ich gesagt habe, dass du nur *versuchst*, verführerisch zu sein. Wobei das bestimmt gut funktioniert, wenn du ein bisschen mit Magie nachhilfst wie letztens in diesem Nachtclub", sagte sie.

„Denkst du wirklich, ich brauche Magie, um jemanden zu verführen?"

„Ich weiß es nicht. Aber es muss schön sein, unwiderstehlich zu sein."

„Nicht besonders. Außerdem bist du verrückt und ich gehe nirgendwo mit dir hin."

Ihr Lächeln verschwand und sie sah für einen Moment panisch aus. Rache ist süß, dachte er, lächelte sie aber dann an.

„Ich mache nur Spaß. Ich mag deine Art von Verrücktheit."

„Jass sagt immer, dass alle Hexen zumindest ein bisschen verrückt sind."

„Ich kann definitiv sehen, woher er die Idee hat."

Sie verzog das Gesicht und nahm einen Schluck Tee. Er bot ihr ein weiteres Stück Gebäck an. Als sie höflich ablehnte, aß er es selbst und fragte: „Erinnerst du dich, was ich dich gefragt habe, bevor diese Frauen auftauchten?"

„Würdest du mir glauben, wenn ich es verneine?"

„Nein."

Sie seufzte. „Ich glaube nicht, dass Mr. Tozzi dir Schaden zufügen würde. Er ist einfach neugierig. Ich möchte nur nicht, dass er dich mit Fragen belästigt, bei denen du dich unwohl fühlst."

„Glaubst du wirklich, er kann einen Weg finden, das Ding zu zerstören?"

„Ich weiß es nicht. Er kann viel, wenn er sich nur lange genug darauf konzentriert. Er ist ziemlich exzentrisch und schnell von neuen Dingen abgelenkt."

„Magst du ihn nicht?"

„Im Gegenteil. Ich habe ihn sehr gern. Das bedeutet aber nicht, dass ich blind für seine seltsamen Seiten bin."

„Wohin will er mich dann schicken? Nach Italien?"

„Darüber habe ich offen gesagt nicht nachgedacht. Er ist meistens in Italien, aber wir sind in England. Also, Jass und ich wohnen da. Nico lebt in Deutschland. Ich bin davon ausgegangen, dass er möchte, dass du mit uns nach England kommst, aber er hat das nicht ausdrücklich so gesagt. Seine Insel ist großartig und alles, aber dir könnte dort langweilig werden."

„Er hat seine eigene Insel? Das klingt irgendwie suspekt."

„Als du in New York warst, hast du da nicht den amerikanischen Hohen … äh … Boss gesehen? Er hat auch eine Insel."

Er war von der Frage überrascht. „Woher weißt du, dass ich in New York war?"

„Du hast es uns erzählt, als Jass gefragt hat, wo du Englisch gelernt hast."

„Ah. Nein. Habe ich nicht. Den Boss gesehen, meine ich. Ich war nur dort, um Dinge zu lernen. Normale Dinge."

„Wie alt warst du, als du Englisch gelernt hast? Meiner Erfahrung nach lernen Menschen eine Sprache nicht so perfekt, wenn sie nicht sehr jung damit anfangen. Oder hast du es in Hongkong gelernt?"

„Ich habe Hongkong vor über 20 Jahren verlassen. Aber ich habe tatsächlich angefangen, Englisch zu lernen, als ich sehr jung war", log er. Er war in die USA gereist, ohne ein Wort Englisch zu können, aber danach hatte er ein halbes Jahrhundert Zeit, es zu lernen.

„Passiert es dir, dass du Sprachen vermischst? Mir passiert das manchmal, wenn ich tagelang zwischen verschiedenen Sprachen wechseln muss."

„Nicht wirklich, nein. Aber ich habe schon lange nichts mehr auf Englisch gelesen. Jetzt bin ich aus der Übung. Welche anderen Sprachen sprichst du?", fragte er, um sie davon abzulenken, mehr über seine nicht existierende Kindheit zu fragen.

„Kroatisch, Italienisch und etwas Deutsch. Viele meiner Verwandten leben in Deutschland."

Er hörte ihren Erklärungen zu und sah, wie Jass‘ große Gestalt auf sie zustrebte. Der Bestienmeister klatschte ihm auf die Schulter und ließ sich neben ihm auf die Bank fallen, während er sein erhitztes Gesicht mit einem hübschen Fächer kühlte. In seiner Riesenpranke sah es lächerlich klein aus.

„Hallo. Ich dachte schon, du magst uns nicht und würdest nicht kommen. Schau, was ich gewonnen habe."

Wan Mei blickte auf die Kalligrafie-Zeichen auf dem Fächer und grinste. „Ja, das passt hervorragend zu dir. Besonders der Teil über Haut wie Birnenblüten und zarte Schultern."

Jass seufzte und klappte den Fächer mit einem Knall zu.

„Lass mich raten – es ist eine traditionelle und metaphorische Beschreibung weiblicher Schönheit, die darauf hinausläuft, dass du zierlich und blass sein musst", sagte Lia.

„Genau", antwortete Wan Mei.

Jass reichte den Fächer an Lia weiter. „Hier, du winziges weißes Mädchen. Ist das der Grund, warum du so dünn und blass bist, Wan Lao? Weil es modisch ist?"

„Jass", seufzte Lia.

„Ich könnte nicht brauner werden oder an Gewicht zulegen, selbst wenn ich es versuchen würde“, gab Wan Mei zu.

Jass strahlte ihn an. „Komm mit uns und wir werden versuchen, dich mit Schlagsahne und Scones zu mästen. Außerdem kannst du in England nur blasser werden. Praktisch durchsichtig. Wie Nico!“

„Was ist mit mir?“, fragte Nico, als er sich näherte. Er warf den ihn anstarrenden Amerikanerinnen einen nervösen Blick zu und setzte sich dann neben Lia, sodass sein Rücken ihnen zugewandt war.

„Ich sagte, du bist schön“, sagte Jass mit einem Grinsen.

Nico beschloss, ihn zu ignorieren und sah Wan Mei an.

„Schön, dich wiederzusehen. Kannst du Jass das Gleiche antun wie dieser Frau letzte Nacht?“

Der Kellner, der gerade hinter Nico mit den Menüs erschienen war, warf Wan Mei einen entsetzten Blick zu, und Jass lachte.

Nachdem der Kellner gegangen war, sah Lia in Nicos Papiertüte und fragte: „Was hast du gekauft?“

„Ein Geschenk für meine Mutter.“

„Amira wird mir das Leben zur Hölle machen, wenn ich ihr nichts mitbringe“, sagte Jass, sah sich hektisch um und konzentrierte sich dann auf Wan Mei. „Irgendwelche Ideen?“

„Zu welchem Thema?“

„Was ich meiner Schwester kaufen soll.“

„Ich kenne deine Schwester nicht, Jass. Wie soll ich wissen, was ihr gefällt?“

„Glitzerzeug“, erklärte Jass vage.

„Schmuck?“

„Das letzte Mal, als ich einer Frau zum Geburtstag Schmuck schenkte, habe ich komplett danebengegriffen. Sie hat das Geschenk gehasst“, behauptete Jass mit einem seitlichen Blick auf Lia.

„Ich habe es nicht gehasst!“, protestierte sie.

„Du hast es total gehasst!“

„Ich trage einfach nicht gern Gold. Ich werde etwas finden, das du für Amira kaufen kannst.“

„Er hat dir soeben grundlos Schuldgefühle eingeredet und nutzt das jetzt voll aus“, teilte Nico Lia mit, und Jass grinste schamlos.

Lia runzelte die Stirn. „Bevor ich die Jade zur Bank gebracht habe, habe ich sie in einen Schmuckkasten aus Perlmutt gelegt, den ich eigentlich für Amira gekauft hatte. Ist er jetzt verseucht?“

„Du hast die Jade einfach zur Bank gebracht?“, fragte Wan Mei ungläubig.

Sie zuckte mit den Schultern. „Dachtest du, ich trage das Ding die ganze Zeit bei mir?“

Zu seiner eigenen Überraschung hatte er überhaupt nicht an die verdammte Jade gedacht.

„Nun, ich nehme an, es wird in einer Bank für eine Weile sicher sein. Es ist ohnehin besser, als es am Körper zu tragen. Ist Perlmutt organisches Material? Das ist anfälliger für Magie als nicht organisches Material.“

„Es ist teilweise organisches Material“, sagte Nico, und Lia entschied: „Dann kaufe ich sicherheitshalber einfach noch eine Box.“

„Also – du gehst einkaufen, Nico geht zu diesem königlichen Palast, den er so gerne sehen möchte, und Wan Lao und ich gehen trinken?“, schlug Jass vor.

„Nein, Jass, du und ich gehen einkaufen. Wan Lao und Nico entscheiden alleine, wo sie hinwollen“, sagte Lia vorwurfsvoll, dann erinnerte sie sich anscheinend an etwas. „Außerdem muss ich Mr. Tozzi anrufen und ihn bitten, seine Einladung zu präzisieren.“

„Wie meinst du das?“

„Er hat nicht explizit gesagt, ob Wan Lao mit uns kommen soll oder nach Italien.“

Jass runzelte die Stirn. „Angelst du gerne?“, fragte er Wan Mei.

„Nicht besonders gerne, nein.“

„Magst du alte Bücher?“

„Kommt auf die Bücher an.“

„Wie gut ist dein Latein? Sie sind größtenteils auf Latein.“

„Ich kann kein Latein.“

„Eigentlich ist mindestens die Hälfte der Bücher auf Altgriechisch“, sagte Nico.

„Worüber redet ihr überhaupt?“, fragte Wan Mei.

„Sag Tozzi, dass du nicht zu seinem angestaubten alten Ort gehen willst, sondern mit uns“, erklärte Jass.

„Klar, Ravenstone Manor ist kein angestaubter alter Ort“, warf Nico ironisch ein.

„Er muss nicht da wohnen. Es gibt zwei leere …“

Lia hob die Hand und sagte: „Wie wäre es, wenn wir gleich von einem weniger öffentlichen Ort aus Mr. Tozzi anrufen und das alles klären?“

„Ich kann nicht einfach in England auftauchen. Die Einladung wurde von eurem Hohen Hexenmeister ausgesprochen und nicht von Lord Ravenstone.“

„Julien wird nicht nein sagen. Er denkt, du bist …“, begann Jass, aber sein Satz endete in einem Aufschrei. Wan Mei nahm an, Lia hatte ihn unter dem Tisch getreten.

„Es war wahrscheinlich ohnehin Juliens Idee. Sie dachten nur, eine formelle Einladung von Mr. Tozzi wäre angemessener“, sagte sie.

„Lassen wir die Spekulationen. Lass uns lieber Spaß haben“, verkündete Jass.

* * *

Wan Mei führte sie durch die Stadt und dann zu einem Einkaufszentrum. Dort wollte jeder in eine andere Richtung und sie vereinbarten, sich in einer Stunde am Eingang zu treffen. Wan Mei setzte sich in einen Ruhebereich. Auch nach fünfundzwanzig Jahren Übung war er immer noch nicht an so viele Menschen an einem Ort gewöhnt. Jedes Mal, wenn er aus seinem langen Schlaf erwachte, hatte es die Weltbevölkerung trotz aller Kriege und Katastrophen irgendwie geschafft zu wachsen. Das letzte Mal jedoch war sie regelrecht explodiert. So viele Menschen, so viele Stimmen, so viele Lichter. Er atmete tief durch und schaltete alles aus. Löse dich von deiner Umgebung und irdischen Angelegenheiten; sei in dich selbst gekehrt und friedlich. Als er seine Augen wieder öffnete, saßen Nico und Lia ihm gegenüber und sahen besorgt aus.

„Ich glaube, er ist aufgewacht“, sagte Nico erleichtert.

„Wie kannst du bei diesem Lärm einfach ein Nickerchen machen?“, fragte Lia.

„Und das auch noch im Sitzen wie eine Statue“, fügte Nico hinzu.

„Wie lange starrt ihr beiden Irren mich schon so an?“, fragte Wan Mei zurück.

„So etwa fünf Minuten. Wir hätten dich ausrauben können und du hättest nichts gemerkt.“

„Zwei Frauen haben angeboten, dich wach zu küssen“, sagte Nico mit einem Grinsen.

„Nicht schon wieder die beiden Amerikanerinnen?“

„Nein, eine war Australierin, die andere Chinesin.“

„Ich dachte, du sprichst keine chinesischen Sprachen.“

„Das tue ich auch nicht, aber die Frau sprach Englisch. Wärest du kein Hexer, hätte ich schon längst einen Krankenwagen gerufen. Hast du meditiert?“

„So etwas in der Art, ja.“

„Du hast mir einen Schrecken eingejagt“, sagte Lia.

Er sah sich all die Taschen zu ihren Füßen an und fragte: „Wie hast du das alles in einer Stunde geschafft?“

„Es ist nicht alles meins.“

„Es ist größtenteils deins“, widersprach Nico.

„Na gut, aber es ist nicht alles für mich. Können wir jetzt gehen?“

„Da seid ihr ja, Leute! Wohin jetzt?“, fragte Jass enthusiastisch, als sie ihn vor dem Einkaufszentrum fanden.

„Egal, wohin du willst, ich komme nicht mit. Ich bin zu müde“, erklärte Lia.

„Ich glaube, ich kann nicht mehr laufen. Ich bin in den vergangenen drei Tagen mehr gelaufen als normalerweise in einem Monat“, gab Nico zu und lehnte sich an einen Fahrradständer.

Jass schnalzte missbilligend mit der Zunge.

„Lass uns ins Hotel gehen und Mr. Tozzi anrufen. Siehst du irgendwo ein Taxi?“, fragte Lia.

„Wir könnten zu mir gehen. Es ist näher“, schlug Wan Mei vor und überraschte sich damit selbst. Er lud selten Leute in seine Wohnung ein, aber er genoss ihre Gesellschaft und wollte sich nicht trennen.

„Großartig. Wo ist es?“, fragte Jass.

„Gangnam.“

„Wie in ‚Gangnam Style‘?“

Wan Mei verdrehte die Augen und schob ihn in Richtung einer Seitenstraße.

Jass lachte und sagte: „Lass uns zuerst etwas zum Essen holen. Du siehst nicht so aus, als hättest du viel zum Füttern zu Hause.“

Da liegt er nicht falsch, dachte Wan Mei und erwiderte: „Ich bin kein guter Koch, aber ich weiß, wie man Essen bestellt.“

„Wenn du sagst, dass es nah ist, meinst du ein paar hundert Meter oder einen einstündigen Marsch?“, fragte Nico.

„Zehn Minuten von hier, wenn die Straßen nicht zu voll sind.“

Das waren sie aber und sie verloren Lia innerhalb von Minuten. Wan Mei kehrte um und fand sie. Jass hatte ihr bereits einige ihrer Taschen abgenommen, also nahm er eine weitere aus ihrer linken Hand und hielt sie fest.

„Du musst mich nicht wie ein Kind führen. Ich habe euch nur verloren, weil diese Leute so in die andere Richtung drängeln.“

„Ich komme kein zweites Mal zurück, um dich zu holen“, sagte er und hielt immer noch ihre Hand fest. Wie die meisten Großstadtbewohner überall auf dem Planeten hatten die Bürger von Seoul überhaupt kein Gefühl für Distanz, aber irgendwo tief drinnen schienen sie zu spüren, dass er nicht ganz menschlich war und machten ihm zumindest ein bisschen Platz.

„Du funkelst wieder“, sagte sie leise.

„Es sind Menschen abweisende Funken“, flüsterte er und sie lachte.

Sie entzog ihm ihre Hand, als sie Nico und Jass einholten. Jass summte ‚Gangnam Style‘ vor sich hin, während Nico von den Hochhäusern fasziniert schien.

„Wohnst du in einem davon? Ich habe gehört, sie haben verrückte Aufzüge“, sagte der Fährtenleser.

„Nein. Es ist nur ein bisschen weiter die Straße hinunter.“

Sie wurden von einem uniformierten Portier begrüßt und Nico hatte seinen Spaß mit den Aufzügen in Wan Meis Gebäude. Einige fuhren nur zu den geraden Etagen und einige nur zu den ungeraden.

„Was machst du, wenn sie nicht funktionieren?“, fragte Lia skeptisch, als er sagte, er wohne im zehnten Stock.

„Ich weiß nicht. Das ist bisher nicht passiert.“

Er schloss die Tür auf. Seine Loftwohnung war nicht sehr groß, aber er mochte sie. Sie hatte ein relativ großes Wohnzimmer im Erdgeschoss, verbunden mit einer kleinen Küche. Die linke Tür führte zu einem

Gästebad. Eine Wendeltreppe führte hinauf zu seinem Schlafzimmer und dem großen Badezimmer. Eine Wand bestand nur aus Fenstern, die derzeit von Sonnenblenden bedeckt waren. Er drückte einen Knopf, um sie zu heben.

Jass schaute von den Fenstern hinunter und sagte: „Da fühlt man sich wie ein Gott, der auf Sterbliche herabschaut."

Wan Mei zuckte bei diesen Worten zusammen. Er spürte Lias Blicke auf sich und drehte sich zu ihr um.

„Du hast ein sehr schönes Zuhause", sagte sie höflich.

Zum ersten Mal konnte er an ihrem Gesichtsausdruck nicht erkennen, was sie dachte. Er ging zum Kühlschrank und bot ihnen Getränke an.

„Sorry, ich habe nichts Alkoholisches", fügte er hinzu.

„Ich nehme alles, solang es kalt ist. Danke dir", antwortete Nico.

Nachdem jeder was zum Trinken bekommen hatte, bot Wan Mei Lia sein Telefon an.

„Am besten suchst du etwas aus, da die Liste der Sachen, die du nicht magst, so lang ist."

Er wechselte zum Menü auf Englisch. Viele koreanische Restaurants hatten solche Optionen hinzugefügt, wegen der vielen Touristen und Geschäftsleute, die heutzutage zu Besuch kamen.

Jass kam vom Fenster und sagte: „Lia, du weißt doch, dass ich dich sehr gern habe."

„Ich sehe da ein ‚aber' kommen."

„Aber ich werde verhungern, bis du dich entschieden hast. Letztes Mal hast du 40 Minuten gebraucht, um einfach eine Pizza zu bestellen", sagte Jass und schnappte ihr das Telefon aus der Hand. „

„Du hast doch gerade dieses Gebäck gegessen."

„Das war vor drei Stunden, und es war nur Nachtisch", beschwerte sich Jass, während er auf dem Telefon herumtippte. „Ich verspreche auch, nichts mit Hundefleisch zu bestellen."

„Würdest du Hundefleisch essen? Man würde doch erwarten, dass du Vegetarier bist", sagte Nico.

„Weil mein Vater aus Indien kommt? Er ist kein Hindu."

„Weil du Tiergeister beschwörst."

„Ich sehe nicht, was mir der Geist einer Kuh bringen würde. Oder der eines Huhns oder Schweins."

„Schweine sind sehr intelligente Tiere“, informierte ihn Nico.

Jass hob fragend eine Augenbraue. „Ich könnte das jetzt als eine Beleidigung auffassen.“

„Ich meinte nur, sie sind intelligenter als Hunde!“, protestierte Nico.

Lia rollte mit den Augen und verkündete: „Ich rufe jetzt Mr. Tozzi an.“

# Kapitel 10

*Lia / Seoul, Südkorea*

Lia fand, dass plötzlich etwas Seltsames an Wan Lao war. Alles an ihm war irgendwie seltsam, aber jetzt war es anders. Er war zuvor so selbstbewusst gewesen, aber seit sie seine Wohnung betreten hatten, wirkte er fast schüchtern und so jung, wie sie ihn zunächst eingeschätzt hatten. Er errötete sogar ein wenig, als sie seine Einrichtung bewunderte. Der Mann hatte Stil. Sie hatte keine falsche Bescheidenheit bezüglich ihrer eigenen Attraktivität, aber neben ihm fühlte sie sich wie ein Mauerblümchen. Sie wünschte, sie wäre geschminkt und hätte sich nicht so lässig gekleidet. Nicht, dass sie viel Auswahl gehabt hätte, da sie in Eile gepackt hatte.

Nach einigen höflichen Begrüßungen fragte sie den Hohen Hexenmeister: „Als Sie sagten, wir sollten Wan Lao bitten, mit uns zu kommen – wohin genau meinten Sie?"

„Wohin er auch immer gehen möchte. Er ist auch auf der Zauberinsel herzlich willkommen, aber es ist für ihn bestimmt angenehmer, mit jungen Leuten zu sein. Julien stimmt ebenfalls zu. Wan Lao kann lernen, wie wir hier Magie handhaben und uns vielleicht einige neue Einsichten geben. Ich würde gerne mit ihm auch über die Jade sprechen. Oder vielleicht würde er sich lieber mit Julien darüber unterhalten. Harrington sagt, dass das Rosenhaus jederzeit bereit für einen Gast ist. Ich würde alle Kosten übernehmen, aber als ich es mit Master Su ansprach, schien er etwas beleidigt und sagte, es sei unnötig."

„Ich habe nicht den Eindruck, dass es notwendig ist, aber ich bezweifle, dass er einfach alles stehen und liegen lassen und morgen mit uns kommen kann."

„Natürlich, meine Liebe. Er kann kommen, wann es ihm passt. Obwohl ich hoffe, es wird bald sein. Hat er dir schon eine Antwort gegeben?“

„Er sagte, er würde darüber nachdenken.“

„Nun, ich bin sicher, dass du dein Bestes getan hast. Ich dachte zuerst, ihr könntet alle noch ein wenig bleiben und auf ihn warten, aber vielleicht ist es am besten, wenn ihr alle drei die Jade auf dem Rückweg bewacht. Ich wünschte, Master Su hätte sie in seine Obhut genommen.“

„Was haben Sie mit dem Ding jetzt vor?“

„Erst einmal muss ich es so gut wie möglich verstecken. Am besten sprechen wir darüber, wenn du zurück bist. Ich bleibe eine Weile in deiner Nachbarschaft.“

Sie fasste das Gespräch kurz zusammen und Wan Mei nickte nur. Vielleicht hatte er sogar alles gehört? Es frustrierte und faszinierte sie gleichzeitig, dass sie nicht erraten konnte, welche Art von Hexer er war.

Er zeigte ihr das kleine Gästebad, wo sie sich die Hände waschen konnte, und als sie fertig war, sah sie ihn in der Küche auf der anderen Seite des großen Raums. Sie ging zu ihm hinüber und fragte, ob sie helfen könne.

„Irgendwo habe ich eine Gabel“, sagte er, während er in den Schubladen suchte. Die Küche war so makellos, dass sie wahrscheinlich nie zum Kochen benutzt wurde.

„Das ist sehr nett von dir, aber ich werde zurechtkommen. Ich habe sowieso nicht viel Hunger.“

Er fand die Gabel und fragte: „Warum hast du Jass vorhin unter dem Tisch getreten?“

Sie spürte, wie sie errötete. Warum musste Jass so dramatisch reagieren, verdammt noch mal? Sie hatte gesehen, wie er rang und boxte und keinen Laut von sich gab, während er echte Tritte und Schläge einsteckte.

„Weil er etwas Dummes sagen wollte.“

Wan Lao sah von der Gabel auf und direkt in ihre Augen. Er würde erkennen, wenn sie log. Es war ihre Aufgabe, ihn dazu zu bringen, ihr zu vertrauen, also gab sie zu: „Er wollte sagen, dass Julien dich attraktiv findet. Er hat nur gescherzt. Du musst dir darüber keine Sorgen machen.“

„Ich mag es nicht, dass dein Hexenmeister wie ein Teufel in die Leute fahren kann."

Das offene Geständnis überraschte sie und sie erklärte: „Er kann das nicht tun, wenn du es ihm nicht erlaubst."

Er sah nicht ganz überzeugt aus, sagte aber nichts.

Lia wusste, dass es riskant war, das Thema anzusprechen, aber sie fragte trotzdem: „Ist das schlimmer als Dämonen zu beschwören? Ich habe noch nie vorher einen gesehen."

„Der Albtraum ist nicht wirklich ein Dämon. Er ist eine Manifestation der Angst."

„Aber er kann durch ein Ritual herbeigerufen werden?"

„Ich nehme es an. Aber ich weiß nicht wie."

Das Thema schien ihm unangenehm und er schien froh zu sein, als die Türklingel läutete und den Lieferservice ankündigte. Er ließ sie in der Küche stehen. Dachte er, sie wollte das verdammte Ding beschwören? Für nichts in der Welt würde sie das tun! Nicht einmal, um es wieder zu verprügeln. Es gab nichts auf der Welt, das sie mehr hasste als die Erinnerung an Aidan Kelley. Nichts fürchtete sie mehr, als all den Schmerz von damals noch einmal zu durchleben. Manchmal lag sie nachts wach und fragte sich, was sie hätte tun können, um die Katastrophe zu verhindern.

Sie blieb still, während sie aßen und überließ das Geplauder Nico und Jass. Nico schien ziemlich müde, aber Jass war wie immer überschwänglich, besonders als sie auf das Thema Motorräder kamen, das sowohl Wan Lao als auch ihm am Herzen zu liegen schien. Sie hörte kaum zu und konzentrierte sich auf ein großes Gemälde mit schwarzen Ästen und roten Blumen. Es war wunderschön, aber es konnte ihre Aufmerksamkeit nicht fesseln. Erinnerungen an Bilder des Grauens drängten sich ihr auf. Vielleicht war es ein verzögerter Schock. Als der Albtraum ihr ihre schlimmste Erinnerung gezeigt hatte, war sie fast zu einem Häufchen Elend zerfallen, aber dann hatte die Wut die Oberhand gewonnen. Sie erinnerte sich daran, wie Wan Laos kalte Hand ihre festgehalten hatte. Hatte er gesehen, was sie gesehen hatte? Jass hatte es gesehen. Er hatte immer wieder gesagt, die Erscheinung sei nicht wirklich Aidan. Sie verspürte den drängenden Wunsch, nach Hause zu gehen und sich in ihr Bett zu kuscheln. Sie freute sich darauf, eine Woche lang nicht ihr Haus verlassen zu müssen. Vielleicht sogar zwei Wochen. Niemanden sehen, mit niemandem sprechen, einfach in die Welt der Bücher und Serien fliehen. Das wäre schön.

Sie bemerkte plötzlich, dass alle sie anstarrten.

„Es tut mir leid. Was hast du gesagt?“, fragte sie.

„Ist alles in Ordnung?“, erkundigte sich Wan Lao.

„Mir geht's gut. Ich habe nur nachgedacht.“

„Oder du bist in eine Trance der Todeslangeweile verfallen, wie wenn jemand mit dir über Fußball spricht und deine Augen ganz glasig werden“, neckte Jass mit einem Grinsen.

„Nicht einmal Motorräder sind so langweilig wie Fußball, Jass“, erklärte sie und lächelte dann Wan Lao an. „Es tut mir leid. Ich wollte nicht unhöflich sein.“

„Es war unhöflich von uns, über Dinge zu sprechen, die dich langweilen“, sagte er höflich.

„Nein, das war es nicht. Es ist in Ordnung. Hat dieses Gemälde einen Namen?“

Sie hatte hauptsächlich gefragt, um das Thema zu wechseln, aber er warf dem Bild nicht einmal einen Blick zu, sondern schaute nur sie an.

„Es sind nur Pflaumenblüten. Ich weiß nicht, ob es einen echten Namen hat.“

Lia wandte sich mit einem Lächeln an Nico. „Wäre es kulturelle Aneignung, wenn ich mir eines besorgen würde?“

„Frag den generischen Asiaten, der denkt, dass er alles besser weiß“, murmelte Nico, dann sah er Wan Lao an und errötete. „Es tut mir leid. Ich meinte Jass. Der nur dann Inder ist, wenn es ihm passt.“

„Oh Gott, nicht das schon wieder“, seufzte Lia und stand auf. „Lass uns gehen. Wir müssen früh am Flughafen sein.“

„Was wirst du auf einem so langen Flug machen, außer schlafen?“, fragte Jass, stand aber ebenfalls auf.

Sie bedankten sich bei Wan Lao und Jass schrieb ihm seine E-Mail-Adresse auf, während er ein Taxi rief.

* * *

„Glaubst du, er wird kommen?“, fragte Nico, als sie hinuntergingen.

„Ich weiß nicht. Der Mann ist schwer zu lesen“, gab Jass zu und sah Lia an, „Bist du sicher, dass es dir gut geht?“

„Ja, ich bin nur müde“, sagte sie und stieß die Tür zur belebten Straße auf. Sie hielt abrupt an, als sie von einem überwältigenden Gefühl der Bedrohung erfasst wurde. Sie sah sich um und entdeckte die Quelle, aber es war zu spät. Yanlin Xiang stand da, ihr schönes Gesicht durch Hass entstellt. Die Hand der Feuerhexe schoss vorwärts. Lia versuchte zurückzuweichen, schaffte es aber nur, den Dolchstoß von ihrem Bauch auf ihre Hüfte umzulenken. Der Stich war scharf am Knochen, aber der Schmerz war dumpf. Jass fing Lia auf, bevor sie fallen konnte, ließ sie aber dann los, als drei Männer ihn angriffen. Eine Frau zerrte an Nicos Kleidung, während sie einen Zauber um ihn webte. Jass warf seine Angreifer ab und ging auf Nicos los. Lias Sicht verschwamm, aber sie konnte fühlen, wie jemand ihre Kleidung durchsuchte. Sie versuchte, die Person mit Magie wegzustoßen, aber nichts geschah. Die Leute schrien und die unbekannten Hände ließen endlich von ihr ab. Die Geräusche wurden immer gedämpfter. Wo kam denn dieser leichte Duft von Sandelholz her? Harrington? Nein, er konnte es nicht sein. Er war zu weit weg. Wan Lao. Seine Kleidung roch etwas nach Sandelholz, wenn er ganz nah war. Eine kalte Hand drückte gegen ihre Hüfte und die Welt wurde schwarz.

* * *

Als sie ihre Augen wieder öffnete, lag sie in einem Krankenhausbett. Sie brauchte eine Weile, bis sie das überhaupt erkannte und taumelte aus dem Bett heraus, um das winzige Badezimmer aufzusuchen. Jede Bewegung fiel ihr schwer, als ob sie durch Sirup waten musste. Ein Blick in den Spiegel zeigte ihr ein Desaster. Ihre Mascara war verlaufen und ihre Augen waren blutunterlaufen. Sie säuberte sich so gut es ging und hob das Krankenhaushemd an, um die Wunde zu betrachten. Es gab nicht viel zu sehen, da ein weißer Klebeverband sie bedeckte. Sie sah jedoch nicht groß aus. Lia drückte dagegen und spürte immer noch nichts. Ihre gesamte Hüfte war taub. War das Messer vergiftet gewesen? Wie konnte ein solcher Kratzer sie dermaßen schwächen? Sie fühlte sich ganz machtlos und der Versuch, ihre Freunde telepathisch zu erreichen, scheiterte ebenfalls. Sie schaffte es kaum zurück ins Bett. Gerade als sie trotz ihrer besten Bemühungen einzunicken begann, öffnete sich endlich die Tür und der Arzt trat ein, gefolgt von Wan Lao.

Der Mediziner sah nicht glücklich aus. „Ihr Freund besteht darauf, dass Sie entlassen werden wollen“, sagte er auf Englisch.

„Ja, das will ich. Danke für ihre Behandlung“, sagte sie.

„Es ist gegen meinen medizinischen Rat und auf Ihre eigene Verantwortung.“

Er fuhr damit fort, ihr zu erzählen, welche schrecklichen Dinge ihr passieren könnten, einschließlich einer möglichen, wenn auch unwahrscheinlichen Blutvergiftung. Wan Lao spielte den besorgten Freund und setzte sich neben sie aufs Bett, um ihre Hand zu halten.

„Danke, Doktor. Ich verstehe. Kann ich jetzt gehen?“, sagte sie, sobald der Mann endlich fertig war.

„Sie müssen erst ein paar Formulare ausfüllen. Ich schicke eine Krankenschwester.“

Nachdem er gegangen war, sagte Wan Lao sofort: „Ich muss die Wunde sehen.“

„Wo sind Nico und Jass? Sind sie verletzt?“, fragte sie gleichzeitig.

„Es geht ihnen gut. Zeig mir deine Hüfte.“

Lia starrte ihn an. War das sein Ernst? Sollte sie einfach dieses blöde Gewand hochschieben und ihn schauen lassen? Hatte sie sich überhaupt ordentlich rasiert? Und welche Art von Unterwäsche trug sie? Weiß mit winzigen roten Blumen. Mädchenhaft. Peinlich. Nicht sexy.

„Nein.“

„Es war kein normales Messer.“

„Es ist nur ein Kratzer.“

Er sah sie forschend an und sagte: „Mach einen Schild.“

„Was?“

„Erschaffe einen Energieschild, so wie du es getan hast, als wir auf der Insel waren.“

Sie erinnerte sich an ihren gescheiterten Versuch, die Angreifer mit ihrer Magie abzuwehren. War das der Grund, warum sie sich so leer fühlte? Sie versuchte zu tun, was er verlangte, aber es gelang ihr nicht.

„Du blutest magische Energie, so wie du echtes Blut verlieren würdest, wenn man dir eine Arterie durchschneiden würde“, stellte er fest.

Sie spürte, wie ihr Mund aufklappte, aber es kamen keine Worte heraus.

„Zeig es mir“, sagte er erneut. Sie hob das Krankenhausgewand, um das weiße Pflaster freizulegen. Er zog es vorsichtig ab. Die Wunde hatte aufgehört zu bluten. Sie fand, es sah gar nicht so schlimm aus. Er jedoch presste die Lippen zusammen, als sähe er seine schlimmsten Befürchtungen bestätigt.

„Was?“, fragte sie nervös und er deutete auf etwas. Sie schaute genauer hin und sah eine kleine schwarze Markierung, die zu pulsieren schien.

„Es ist wie Gift. Es breitet sich jetzt aus. Ich habe deine Körperfunktionen verlangsamt, aber ich kann es nicht vollständig stoppen.“

Eine Krankenschwester kam herein. Wan Lao zog die Decke mit einer schnellen Bewegung bis zu Lias Taille hoch. Die Frau sprach mit ihm, dann gab sie ihm ein Klemmbrett mit einigen Papieren und verschwand.

„Füll die aus“, sagte er. Sie verzog das Gesicht. „Beeil dich. Wir müssen hier raus, und dann werden wir sehen, was wir gegen den Fluch tun können.“

„Es ist ein Fluch?“

„Ich glaube zu wissen, was sie verwendet hat, aber ich muss die Waffe sehen, um sicher zu sein. Ich habe Master Su gebeten, uns zu helfen. Er hat Kontakte bei der Polizei. Das ist der einzige Grund, warum sie nicht schon hier sind, um dich zu befragen.“

„Die Polizei hat die Feuerhexe verhaftet?“

„Jass hat sie und einen der Männer gefasst, aber er hatte keine andere Wahl, als sie der Polizei zu überlassen. Unterschreibe die Papiere, damit wir gehen können.“

Sie war gerade dabei das zu tun, als Jass und Nico eintraten. Letzterer hatte einen Bluterguss auf seiner linken Wange und sein Hemd war zerrissen. Jass sah noch schlimmer aus. Er hatte mehrere neue Verletzungen zusätzlich zu den Kratzern, die Yanlin ihm in der vorherigen Nacht zugefügt hatte.

„Ihr seht aus wie zwei Schläger“, sagte Lia mit einem schwachen Lächeln, dann setzte sie sich abrupt auf. „Hat sie euch mit dem Messer erwischt?“

„Sie hat es versucht. Nico hat ihr ein Bein gestellt. Dann kam Wan Lao herunter und sie begannen alle zu rennen. Wie geht es dir?“

„Mir geht es gut“, antwortete sie automatisch, aber Wan Lao schüttelte den Kopf, als ob er widersprechen wollte. Sie reichte ihm die Papiere und fragte: „Wie konnten sie so dumm sein, uns mitten auf der Straße anzugreifen?“

„Weil sie vielleicht dachten, dass sie keine andere Gelegenheit bekommen. Wir haben jetzt keine Zeit für Spekulationen. Dir bleiben nur noch ein oder zwei Stunden“, drängte Wan Lao.

Lia versuchte ihre Angst zu verbergen, aber er schien es trotzdem zu bemerken. „Ich meinte nicht, dass du sterben wirst“, erklärte er. „Wir sollten hier nicht darüber sprechen. Wir müssen uns beeilen. Ihr beide bringt Lia zurück ins Hotel. Ich gehe zuerst zur Polizei, um die Waffe zu sehen und sie davon abzuhalten euch zu befragen.“

* * *

Zurück im Hotel schaffte es Lia, schnell zu duschen, obwohl sie fast ein paar Mal das Gleichgewicht verlor. Es war dumm, aber ihre Eitelkeit ließ es nicht anders zu. Sie war in ihrem ganzen Leben fast nie krank gewesen, aber jetzt fühlte sie sich fiebrig. Kaum lag sie im Bett, nickte sie sofort ein, nur um durch hartnäckiges Klopfen an der Tür geweckt zu werden. Sie blinzelte verwirrt und dann stürzten alle drei Männer ohne Einladung herein. Sie setzte sich auf. Der Raum, den sie bisher recht elegant und groß gefunden hatte, wirkte plötzlich winzig und überfüllt.

„Gott sei Dank!“, rief Jass erleichtert aus und ließ sich in den einzigen Stuhl im Zimmer fallen, bevor er die Box mit der Jade auf den Nachttisch stellte.

„Was? Was ist jetzt passiert?“, fragte sie.

„Hast du mich nicht gehört?“, fragte er zurück.

„Ich habe gehört, wie du geklopft hast.“

„Aber du konntest mich nicht telepathisch hören?“

Sie blickte zu Wan Lao.

„Deine Magie schwindet. Es wird ein paar Tage dauern, bis du dich erholt hast“, behauptete er.

Verdammt sei sein hübsches Pokerface, dachte sie. Er log. Sie hatte keine Ahnung, woher sie es wusste, aber sie war sich sicher.

„Du hast hohes Fieber", stellte er fest, als er ihre Stirn mit seiner kalten Hand berührte.

„Ich rufe Julien an", sagte Jass.

„Er kann jetzt nichts tun. Du wirst ihm nur unnötig Sorgen bereiten. Aber ihr müsst gehen", entgegnete Wan Lao.

„Ich lasse meine Hexenschwester nicht zurück!"

„Ich auch nicht", stimmte Nico zu.

„Ihr müsst die Jade wegbringen. Ihr könnt nicht auf einen anderen Flug warten und keine kommerzielle Fluggesellschaft wird sie mit einem solchen Fieber in ein Flugzeug lassen."

„Vielleicht geht es ihr bald besser", sagte Jass hoffnungsvoll.

„Es wird zuerst schlimmer werden."

„Der alte Mann kann ein paar Tage länger auf seine verdammte Jade warten", knurrte Jass bockig.

Doch Wan Lao bestand darauf. „Ihr müsst das Ding so schnell wie möglich von hier wegschaffen. Diese Hexen werden wiederkommen. Ihr könnt nicht an zwei Fronten kämpfen. Wenn sie erfahren, dass die Jade nicht mehr hier ist, werden sie Lia in Ruhe lassen."

„Nicht alle von ihnen sind in Gewahrsam. Der Wassserhexer und der Wächter könnten auch in der Nähe sein. Vielleicht haben sie auch noch Verstärkung gerufen. Ihr müsst gehen", stimmte Lia ihm zu.

Sie wollte Nico und Jass aus der Gefahr heraushalten. Wenn sie ihretwegen blieben und wieder angegriffen würden, würde sie sich das nie verzeihen.

„Nico kann gehen", sagte Jass.

Der Fährtenleser sträubte sich und protestierte: „Du bist besser dazu geeignet, die Jade sicher zu verwahren. Ich bleibe."

„Ihr müsst beide gehen. Es ist gefährlich, dieses Ding hierzubehalten", sagte Wan Lao ungeduldig.

Jass und Nico sahen einander an und dann Lia.

„Ihr müsst gehen. Ich werde schon klarkommen. Es gibt nichts, was ihr hier tun könnt", drängte sie sanft.

„Wie viele von diesen beschissenen Artefakten habt ihr hier herumliegen?!", fragte Jass Wan Lao wütend.

„Nichts davon ist seine Schuld, Jass", seufzte Lia. Sie fühlte sich schwach und schwindelig, wollte es aber nicht zeigen.

„Ich weiß nicht. Ich nehme an, die taiwanesischen Hexen haben eine Sammlung von allem angelegt, was sie in die Hände bekommen konnten. So wie eure Leute auch“, sagte Wan Lao ruhig.

„Wie kann ein Messer so viel Schaden anrichten? Es ist fast nur ein Kratzer!“

„Laut einer Legende wurde es hergestellt, um Hexen ihrer Macht zu berauben.“

„Wird sie sich erholen?“

„Ja. Ich werde es so weit wie möglich verlangsamen. In ein paar Tagen wird sie wieder in Ordnung sein.“

Jass sah Wan Lao lange an, dann verließ er wortlos den Raum. Nico zögerte, aber folgte dann dem Bestienmeister.

„Du hast gelogen“, sagte Lia sanft.

„Ja.“

„Sie müssen trotzdem gehen.“

„Ja.“

„Werde ich sterben?“

Er sah sie endlich an. „Nein.“

„Er ist gegangen, um Julien anzurufen. Er wird sich nicht so leicht abwimmeln lassen.“

„Ich weiß. Aber du kannst es schaffen. Hier gibt es nichts, was dein Hexenmeister tun könnte. Selbst wenn er könnte, würde er nicht rechtzeitig hier sein.“

Sie schluckte nervös und zwang sich, die Frage zu stellen: „Was wird im schlimmsten Fall mit mir passieren?“

„Du wirst ein normaler Mensch werden.“

Sie starrte ihn an. Es gab Zeiten, da war das alles gewesen, was sie sich gewünscht hatte. Aber jetzt? Es fühlte sich an, als wäre ihr ganzes Leben zusammengebrochen. Zu ihrem Entsetzen spürte sie, wie ihr eine Träne entwich.

„Für immer?“, fragte sie mit zitternder Stimme.

Er nickte ernst und sagte: „Weine nicht. Lass sie es nicht sehen. Sie müssen gehen und das verfluchte Ding wegbringen. Es gibt eine Sache, die wir versuchen können, aber dafür müssen wir allein sein.“

Sie erstarrte. War das alles eine Finte gewesen?

„Wan Lao, hast du …“ Sie konnte den Satz nicht beenden. Warum auch? Als ob er es zugeben würde, falls ihr Verdacht richtig war.

„Nein.“

„Du weißt nicht einmal, was ich fragen wollte.“

„Du wolltest fragen, ob ich irgendwie dazu beigetragen habe. Ob ich mit dem Xiang Clan zusammengearbeitet habe.“

„Also liest du jetzt meine Gedanken?“

„Du weißt, dass ich das nicht kann. Aber du hast immer noch ein gläsernes Gesicht. Dies ist das erste Mal, dass du Angst vor mir hast.“

Sie starrte auf ihre Hände hinab.

„Lia“, sagte er sanft und benutzte zum ersten Mal ihren Namen. „Du musst dich jetzt entscheiden. Sag deinen Freunden, sie sollen bleiben und deinen Hexenmeister herholen, aber er wird nicht rechtzeitig ankommen. Er könnte nicht mal etwas tun, wenn er jetzt hier wäre. Oder sag ihnen, dass sie gehen sollen, und ich werde versuchen, deine Kräfte zu retten. Aber in dem Fall musst du mir vertrauen.“

Sie sah ihm in die Augen und gestand: „Ich kann nicht.“

„Du kannst nicht?“

„Ich kann mich nicht einfach in die Hände von jemandem begeben, den ich nicht kenne.“

Er setzte sich plötzlich neben sie und entblößte ihre Taille mit einer schnellen Handbewegung.

„Hey!“, beschwerte sie sich und schob seine Hand weg.

Er ließ nicht los. Sie sah hinunter und keuchte. Drei pechschwarze Linien hatten bereits ihre Taille erreicht und krochen den Rippenbogen hinauf. Er ließ ihr Shirt fallen.

„Wie lange?“, fragte sie mit Entsetzen.

„Wenn es den Kern deiner Magie erreicht, wirst du aufhören, eine Hexe zu sein. Ich habe es so weit wie möglich verlangsamt. Dir bleibt aber höchstens nur noch einer Stunde.“

Sie war fast dankbar, als Jass und Nico hineinstürmten und ihr eine sofortige Antwort ersparten.

# Kapitel 11

*Wan Mei / Seoul, Südkorea*

Wan Mei konnte nicht genau sagen, warum es ihm so wichtig war, die törichte Frau zu retten. Dennoch hatte er das Gefühl, er musste es tun. Vielleicht war es einfach nur, weil er sie mochte. Vielleicht auch nur, weil er sie begehrte. Oder vielleicht war es einfach ein Schuldgefühl. Er erinnerte sich, wie er an seinem Fenster gestanden und ihr beim Weggehen zugesehen hatte. Er hatte bedauert, dass er sie vielleicht nie wiedersehen würde. Yanlin hatte er erst gesehen, als der Tumult begann und er sah, wie Lia unter dem Angriff zusammenbrach. Sobald er sie erreicht hatte, konnte er spüren, wie die Kraft von ihr wich.

Die Dolche des *zhōng liè*. Er hatte sie nie gewollt. Der Preis ihrer Erschaffung war zu hoch gewesen. Doch es war seine Pflicht gewesen, das Opfer derjenigen, die die Klingen mit Magie ausgestattet hatten, zu ehren. Sie hatten die Klingen zum Schutz erschaffen. So naiv zuversichtlich waren sie gewesen, dass sie nur in das Fleisch des Bösen schneiden würden. Wan Mei selbst war so zufrieden gewesen, als Lien Yung sie benutzt hatte, um den Schattenhexer, der ihre Familie abgeschlachtet hatte, zu demütigen. So schadenfroh, als ein Hexenmeister, der Dutzende von Hexen ihrer Kraft beraubt hatte, in einen gewöhnlichen Sterblichen verwandelt wurde, um sein Leben als Bettler auf den Straßen zu fristen. So schockiert, als das schöne Mädchen aus dem Yang Clan eine der Klingen nach einer Liebesnacht gegen ihn gewandt hatte. Er konnte sich weder an ihren Namen noch an ihr Gesicht erinnern, nur an den Duft von Jasmin auf ihrer Haut und die plötzliche Erkenntnis, dass er verraten worden war.

„Wan Lao?“ Nicos Stimme durchdrang seine Gedanken.

„Entschuldigung. Was hast du gesagt?“

„Ich habe gefragt, ob du Kaffee möchtest. Du musst müde sein."

„Nein, danke. Ich hasse Kaffee."

Er wandte sich dem Bett zu. Lia sprach am Telefon und Jass stand über ihr mit verschränkten Armen. Sie hatte anscheinend eine Entscheidung getroffen. Alles, was er hören konnte, deutete darauf hin, dass sie beschlossen hatte, bei ihm zu bleiben und seinem Plan zu folgen. Er hoffte nur, dass er funktionieren würde.

Lia sah ihn an und sagte: „Julien möchte mit dir sprechen."

„Guten Abend, Mr. Wan", sagte eine angenehme Stimme von der anderen Seite. „Danke, dass Sie meinen Freunden geholfen haben. Und obwohl wir Ihnen bereits zum Dank verpflichtet sind, muss ich Sie trotzdem um noch einen Gefallen bitten. Könnten Sie meine Hexenschwester in ein Koma versetzen? Nur, bis ich in Seoul ankomme."

„Nein, das kann ich nicht. Nicht ohne ihre Zustimmung und die wird sie mir nicht geben. Das sollte sie auch nicht. Es würde den Prozess nur hinauszögern."

„Sind Sie sicher, dass sie wieder gesund wird?"

„Soweit ich das beurteilen kann."

„Ich habe noch nie von einer Waffe oder einem Zauber gehört, der einer Hexe ihre Magie rauben kann."

„Sie sind ein Hexenmeister. Sie können anderen Hexen die magischen Kräfte wegnehmen."

Es gab einen Moment der Stille am anderen Ende und dann sagte Ravenstone: „Ich bin aber kein Gegenstand. Und wenn ich einer Hexe die Magie entziehe, dann gibt es keinen Weg, das rückgängig zu machen."

Die Stimme war ruhig und angenehm. Dennoch verstand Wan Mei die angedeutete Drohung.

„Das trifft mit Sicherheit auf ihre Hexen zu", antwortete er kühl.

„Ich bin ziemlich sicher, dass das für alle Hexen gilt", entgegnete Julien ebenso kalt.

„Ersparen Sie sich die lange Reise, Eure Lordschaft. Wenn ich richtig informiert bin, haben Sie zu Hause wichtige Dinge zu erledigen. Ich versichere Ihnen, Ihre Dame wird lebendig und wohlbehalten nach Hause kommen. Sie haben mein Wort darauf."

„Ich nehme Sie beim Wort. Aber können Sie meine Hexenschwester auch beschützen, falls diese Leute wiederkommen, bevor sie ihre Kräfte wiedererlangt hat?“

Wan Mei versprach es. Es gab einen weiteren Moment der Stille, bevor der Hexenmeister endlich sagte: „Ich stehe in Ihrer Schuld. Könnten Sie ihr bitte wieder das Telefon geben?“

Sie hörte zu und sagte dann: „Julien, glaubst du, ich würde mit dir streiten, wenn ich im Sterben läge? Es fühlt sich an wie damals, als wir in Bulgarien waren und ich ausgebrannt bin. Ich verspreche dir, ich bin nicht in Lebensgefahr, sondern nur erschöpft. Wir werden uns in ein paar Tagen wiedersehen.“

Nun, das war nicht ganz gelogen. Sie war tatsächlich nicht in Lebensgefahr. Aber was hatte sie in diesem Bulgarien gemacht, wo auch immer das war? Wen hatte sie da bekämpft, dass sie am Ende ausgebrannt war? Die meisten Schattenhexen, die er gekannt hatte, waren Krieger oder Meuchelmörder gewesen. Bereits ein kleiner, gut platzierter Strahl ihrer Energie reichte schon, um das Herz eines Mannes für immer anzuhalten und ihn auf der Stelle tot umfallen zu lassen. Wenn sie größere Mengen ihrer Magie wie eine Explosion aussandten, dann konnten sie Dutzende Kämpfer gleichzeitig ausschalten. Aber keine menschliche Hexe besaß unendliche Mengen an magischer Energie. Wenn sie sich übernahmen und ausbrannten, dann brauchte es eine Weile, bis sich die Energie wieder regenerierte. Es war gefährlich, zu viel zu verbrauchen. Er hatte gesehen, wie Wächter und Schattenhexen starben, indem sie ihre Magie bis zum Äußersten verausgabten, um andere vor Angriffen zu schützen.

Er konzentrierte sich wieder auf seine Begleiter, als er mitbekam, dass die beiden Männer endlich einsahen, dass sie morgen abreisen mussten.

„Du wirst mir eine Nachricht schicken, wenn sich irgendetwas ändert, in Ordnung?“, brummte Jass. Nico sagte nichts, beugte sich nur vor und küsste Lia auf die Wange.

Wan Mei folgte den Männern nach draußen und sie nahmen auch von ihm Abschied.

„Du musst uns besuchen kommen, damit wir mal unter weniger dramatischen Umständen einen trinken gehen können“, sagte Jass und schüttelte ihm fest die Hand.

Wan Mei ging zuerst hinunter in die Lobby, schlich dann wieder hoch und fragte sich, warum er sich die Mühe machte. Hätten die anderen beiden protestiert, wenn er einfach in Lias Zimmer geblieben wäre? Vielleicht. Aber darum ging es nicht. Wenn er geblieben wäre, hätten sie genau gewusst, dass ihr Zustand schlimmer war, als er und Lia ihn darstellten. Er öffnete die Tür leise mit der Schlüsselkarte, die er einer ahnungslosen Reinigungskraft entwendet hatte, als Lia nicht auf Telepathie reagiert hatte. Sie saß immer noch im Bett und umarmte ihre Knie.

„Was auch immer du tun willst, kannst du es schnell machen? Ich kann meine Augen nicht mehr lange offenhalten und mein Gehirn fühlt sich an, als wäre es mit Sirup gefüllt“, sagte sie.

Er konnte sehen, wie verängstigt sie war, also schlug er einen sanften Tonfall an: „Es ist in Ordnung, A-Lián. Du musst nicht wach bleiben. Ich werde dir nicht wehtun.“

„Das klingt ja gar nicht gruselig, wenn du das so sagst.“

„Wenn du noch sarkastisch sein kannst, dann kann es dir gar nicht so schlecht gehen.“

Das brachte sie zum Lächeln und er setzte sich neben sie.

Sie protestierte nicht, sondern fragte nur: „Was bedeutet A-Lián?“

„Ich erzähle es dir morgen.“

„Erzähl es mir jetzt“, verlangte sie mit schläfriger Stimme.

„Leg dich hin, und ich werde es dir erzählen.“

Sie legte sich hin und zog die Decke bis zum Hals hoch, bevor sie ihn erwartungsvoll ansah.

„Lián bedeutet Lotusblume. Das ‚A‘ ist wie ein Präfix, das du vor den Namen eines Menschen setzt. Wie bei einem Spitznamen.“

„Das ist schön. Ich mag es“, murmelte sie.

Sie schloss die Augen und schlief fast sofort ein. Er wartete einen Moment, bevor er seine Hand unter die Decke schob. Sie reagierte überhaupt nicht. Sie hatte ihre Hose ausgezogen und trug nur ein Nachthemd, sodass er die Wunde leicht erreichen konnte. Der Fluch, der an ihrer Magie fraß, fühlte sich wütend an. Er biss und wehrte sich selbst gegen Wan Meis Kräfte, als er versuchte, ihn zu entfernen. Lia atmete regelmäßig und ihre Schultern entspannten sich. Er war sich sicher, dass sie tief schlief oder sogar ohnmächtig war. Wan Mei erlaubte sich, zum ersten Mal seit Jahren seine wahre Gestalt anzunehmen.

Die schwarzen Ranken zischten, als sie Lias Körper verließen und seinen Arm hinaufkrochen, wo sie langsam zu zerfallen begannen. Sie keuchte und öffnete ihre Augen, die nun wieder rot statt grün leuchteten. Verdammt, das hätte nicht passieren sollen! Hastig nahm er wieder seine menschliche Form an, aber sie hatte ihre Augen bereits erneut geschlossen. Er flüsterte ihren Namen. Sie seufzte nur im Schlaf und runzelte die Stirn, wachte aber nicht auf. Die zerstörerische Energie in seinem Arm begann wieder zu beißen. Er hatte es nicht vollständig auflösen können, bevor er die menschliche Gestalt angenommen hatte. Es schien ihm trotzdem zu riskant, sich wieder zu verwandeln. Stattdessen streckte er sich neben der schlafenden Frau aus und versuchte den nagenden Schmerz durch Atmung unter Kontrolle zu bekommen.

Er hatte seinen Arm gerade genug betäubt, als er hörte, wie sie im Schlaf murmelte: „So wunderschön."

Er sah sie an. Ihre Stirn war gefurcht und ihre Augen bewegten sich hektisch unter ihren geschlossenen Lidern. Träumte sie von dem gutaussehenden Mann, den der Albtraum ihr gezeigt hatte? Er stützte sich auf einen Ellbogen und versuchte die Sorgenfalten mit seinen Fingern zu glätten. Sie wischte sie weg, als würde sie eine Fliege vertreiben und drehte sich auf die Seite. So hatte er sich eine Nacht im Bett mit einer schönen Frau nicht vorgestellt. Aber selbst wenn sie wach und willig gewesen wäre, so wäre er zu müde gewesen, irgendetwas zu tun. Diese menschliche Gestalt war so schwach und brauchte ständig Ruhe und Schlaf. Er schloss die Augen.

# Kapitel 12

*Wan Mei / Seoul, Südkorea*

Es duftete nach Sandelholz, aber irgendwie war es intensiver als Zuhause. Er öffnete die Augen und runzelte die Stirn. Warum war er in einem Gästezimmer in Master Sus Haus? Noch wichtiger, wer hatte ihn in diese Kleidung gesteckt? Der Gedanke, dass ihn jemand ausgezogen hatte, war ihm unangenehm. Er trug den gleichen weißen *Dobok*, den die Schüler im *Dojang* und oft im Haus trugen. Wie war er überhaupt hierhergekommen? Erinnerungen strömten herein. Lia. Er war neben ihr eingeschlafen. Er zog den Ärmel des *Dobok* hoch und untersuchte seinen Arm. Die schwarzen Ranken waren verschwunden. Er stand auf und musste sich dann wieder schnell hinsetzen. Nach einigen Atemübungen bekam er den Schwindel unter Kontrolle und stand vorsichtiger auf. Dem Sonnenstand nach zu urteilen, musste es Mittag sein. Als er die Tür öffnete, hörte er ein Kichern und folgte ihm. Die Tür zu einem kleinen Aufenthaltsraum stand offen und er sah Lia und Ming-Yue, die auf dem Boden im Schneidersitz saßen und über etwas kicherten. Das Kind sah ihn zuerst und sprang auf.

„Wan-*gege*!“, rief es und katapultierte sich in seine Arme. Er fing das Mädchen auf, bevor es ihn umwerfen konnte. Lia drehte sich um und starrte ihn mit einem Ausdruck der Erleichterung an. Sie sah ziemlich seltsam aus, aber bevor er etwas sagen konnte, hörte er eine sanfte Stimme hinter ihm, die das kleine Mädchen auf Mandarin zurechtwies. Er setzte das Kind ab und drehte sich um, um Madam Wu respektvoll zu begrüßen und sich für sein unangebrachtes Erscheinungsbild zu entschuldigen. Sie lächelte ihn an und nahm ihre Enkelin an die Hand.

„Ich werde etwas für dich zum Essen vorbereiten lassen. Du musst hungrig sein.“

Sie war aus der Tür, bevor er etwas fragen konnte, also drehte er sich zurück zu Lia.

„Tu mir das nie wieder an!“, rief sie aus und schubste ihn.

Er fing ihre Hände und sah sie vorwurfsvoll an.

„Warum siehst du aus wie eine Vogelscheuche?“, fragte er.

Sie blinzelte ihn an, befreite ihre Hände und hob sie an ihren Kopf, wo ihr Haar in schrecklich schiefen Zöpfen und Pferdeschwänzen hervorstach.

„Ming-Yue wollte mir eine neue Frisur machen“, erklärte sie und löste das Durcheinander. „Und du kannst nicht einfach das Thema wechseln. Was hast du dir bloß dabei gedacht? Du wärst fast gestorben! Meine Magie ist doch nicht dein Leben wert!“

„Sei nicht so theatralisch. Ich war nicht dem Tode nahe“, sagte er.

„Das sagst du jetzt, aber hast du eine Ahnung, was ich durchgemacht habe?“, fragte sie und schubste ihn erneut.

Er fing ihren Arm, wirbelte sie herum und drückte ihren Rücken an seine Brust.

„Hör auf, mich zu schubsen, du verrückte Frau. Wenn du dich so sehr um mich sorgst, warum versuchst du mich jetzt zu verprügeln?“

„Lass die Dame los, Wan Lao“, tadelte ihn Master Su von der Tür aus und Wan Mei gehorchte. Lia schnaubte und holte eine Bürste vom niedrigen Tisch.

„Zieh dich bitte an und komm essen“, sagte Master Su und Wan Mei neigte den Kopf. Lia machte sich auf, ihm zu folgen, aber Park Su hielt sie zurück: „Madam Wu und Ming-Yue und möchten sich von Ihnen verabschieden, Ms. Novak.“

***

Als Wan Mei sich zum kleinen Speisesaal begab, war Lia bereits dort und lief wie eine gefangene Wildkatze auf und ab. Master Sus Haushälterin beobachtete sie nervös. Wan Mei nickte der Frau zu, und sie neigte den Kopf und verließ den Raum.

Lia wandte sich ihm zu. Sie sah sehr verlegen aus und sagte: „Es tut mir leid, dass ich dich geschubst habe, aber ich war wirklich besorgt. Ich weiß, ich hätte mit 'Danke, dass du mich gerettet hast' beginnen sollen, aber ich war so erleichtert, dass du aufgewacht bist, dass ich ein wenig den Verstand verloren habe."

„Warum sind wir hier?", fragte er, ihre Entschuldigung ignorierend.

„Als du nicht aufgewacht bist, wusste ich nicht, was ich tun sollte."

„Du bist in Panik geraten, weil ich bis zum Mittag geschlafen habe?"

„Ich konnte dich nicht aufwecken und du hast kaum geatmet. Weißt du überhaupt, wie lange du außer Gefecht warst?" Er sah sie nur an. „Es sind etwa 30 Stunden vergangen, seit ich aufgewacht bin, und du nicht", erklärte sie.

„Oh", sagte er nur.

„Was meinst du mit ‚oh', du …", begann sie, aber hielt dann an. Sie atmete tief durch, bevor sie fragte: „Wie fühlst du dich?"

„Hungrig."

„Wan Lao!"

„Was? Du hast mich gefragt, wie ich mich fühle. Mir geht es gut. Ich bin nur hungrig."

Ihre Augen weiteten sich plötzlich in Panik. „Deine Magie ist nicht verschwunden, oder?"

„Sie ist noch da."

„Bist du sicher? Zeig es mir."

„Ich bin kein Bühnenzauberer", sagte er, sah dann aber Tränen in ihren Augen aufsteigen. Frauen, dachte er resigniert und änderte seine Haarfarbe so, dass es ihrem Kastanienton glich. Ihr fiel die Kinnlade herunter.

„Bis du jetzt glücklich?", fragte er.

„Eher neidisch", erwiderte sie.

„Wie fühlst du dich denn?"

„Jetzt, wo ich weiß, dass du nicht meinetwegen tot bist, geht es mir wieder gut."

„Wieder so dramatisch", kommentierte er und sah ihre Hüfte bedeutungsvoll an.

„Nein", sagte sie und trat einen Schritt zurück, „Da ist nichts außer einer Narbe. Du musst nicht noch einmal hinsehen."

Er hob die Augenbrauen und sie fügte hinzu: „Madam Wu hat nachgeschaut. Und glaube mir, sie hat mehr Autorität als du."

„Da gebe ich dir recht. Die wenigsten Leute haben mehr Autorität als eine chinesische Matriarchin“, gab er zu. „Was hat sie gesagt? Über die Wunde meine ich.“

„Sie sagte, es sei nichts Magisches mehr daran. Sie hat mir auch eine Salbe gegeben, um die Narbe verblassen zu lassen.“

„Gut.“

Sie sah ihn nervös an. „Sie sagte auch, du hast die Wunde in deinen eigenen Körper aufgenommen und geheilt. Warum hast du das getan?“

„Weil ich es kann.“

Sie betrachtete ihn nachdenklich und sagte: „Ich schulde dir wirklich viel. Danke. Wie kann ich mich revanchieren?“

„Das ist nicht nötig. Aber ich muss schon sagen, dass du echt ein Magnet für Schwierigkeiten bist. Selbst eine Schattenhexe ist nicht unverwundbar.“

Sie verzog das Gesicht. „Ich hätte eine Energierüstung anlegen sollen, als ich das Unheil kommen spürte. Ich habe einfach nicht erwartet, dass es so nah war.“

Sie hielt inne, als sie Master Su kommen sah.

„Es tut mir leid, dass Sie warten mussten. Bitte setzen Sie sich“, sagte er höflich auf Englisch.

„Ich hoffe, das ist nicht furchtbar unhöflich, aber ich habe bereits mit Ming-Yue gegessen, als wir spazieren waren. Sie hat mir gezeigt, wie man Stäbchen benutzt“, erklärte Lia.

„Zumindest ist sie mit Stäbchen besser als mit Haaren“, sagte Wan Mei mit einem Grinsen.

„Trinken Sie einfach etwas Tee“, bot Master Su an und reichte ihr eine Tasse.

Sie bedankte sich und Wan Mei begann zu essen, während die anderen ihm erzählten, was vorgefallen war. Als Lia ihn stundenlang nicht aufwecken konnte, hatte sie gedacht, er läge im Sterben und war zur Master Su gerannt. Dieser hatte ein paar Verbindungen spielen lassen, um Wan Mei von einem Krankenwagen zu seinem Haus transportieren zu lassen und hatte Madam Wus Hilfe angefordert.

„Sie sagte, sie könnte nichts tun. Du würdest aufwachen, wenn du bereit wärst. In ein paar Stunden oder ein paar Tagen oder vielleicht sogar Wochen“, schloss Master Su seinen Bericht.

Lia schauderte bei der Erinnerung und sagte: „Es tut mir sehr leid, Ihnen so viele Schwierigkeiten bereitet zu haben, Master Su. Ich bin Ihnen für Ihre Hilfe sehr dankbar."

„Es ist nichts, Ms. Novak. Ihr Blut ist auf meinem Gebiet vergossen worden. Das liegt in meiner Verantwortung. Zwei so gefährliche verwünschte Gegenstände innerhalb weniger Tage. Ich bin beschämt."

„Es ist nicht Ihre Schuld."

„Ich bin das Hexenoberhaupt dieses Landes. Aber ich kann Ihnen versichern, dass Xiang Yanlin Südkorea verlassen hat und es ihr untersagt ist, dieses Land jemals wieder zu betreten. Falls sie es dennoch tut, wird sie hingerichtet. Ihre eigenen Hexen werden sie jetzt wahrscheinlich ohnehin bestrafen. *Wūshī Jūnzhǔ* war sehr erbost. Er sagt, dass die Übereinkunft, die er mit Ihnen getroffen hat, Bestand hat. Xiang Yanlin hat auf ihre eigene Faust und gegen seinen ausdrücklichen Befehl gehandelt."

Lia schien das nicht zu glauben, widersprach aber nicht.

„Er wird sie nicht zu hart bestrafen. Sie ist seine Geliebte", mischte sich Wan Mei ein.

„Ein *Wūshī Jūnzhǔ* muss über solche Angelegenheiten erhaben sein. Er muss sie zumindest wegen offenen Ungehorsams verbannen, wenn er seine Ehre bewahren will", entgegnete Master Su ernsthaft.

„Und was ist mit den anderen? Ich bin sicher, keiner von ihnen war Han-Chinese. Waren das alle seine Leute?", fragte Wan Mei und versuchte sich an die Gesichter der anderen Angreifer zu erinnern.

„Ich habe nur den Fährtenleser gesehen, der mit ihr verhaftet wurde. Er ist sicherlich kein Chinese. Er sah mehr wie jemand aus den ehemaligen Sowjetländern aus. Aber vielleicht hat *Wūshī Jūnzhǔ* Hexen aus anderen Ländern Asyl in Taiwan gewährt. Wir tun das hier manchmal auch."

„Das ist möglich, aber alle vier?"

„Vielleicht dachten sie, sie müssten ihre Loyalität gegenüber ihrer neuen Gemeinschaft beweisen?", schlug Lia vor.

„Vielleicht. Ich kann mich nicht in die Angelegenheiten taiwanesischer Hexen einmischen, aber ich habe auch den Eindruck, dass sich da etwas Seltsames zusammenbraut. Möglicherweise etwas, das der *Wūshī Jūnzhǔ* nicht unter Kontrolle hat", gab Master Su zu.

„Oder er will einfach den Anschein wahren, um es glaubhaft leugnen zu können", erwiderte Lia skeptisch.

Wan Mei wollte Einwände erheben, denn er wollte nicht glauben, dass Lin Yuchen keine Ehre besaß. Der Wächter hatte sein Wort als Lin und *Wūshī Jūnzhǔ* gegeben. Andererseits gab es in dieser modernen Welt nur noch wenig Ehre und der ehrwürdige Lin Clan von damals existierte nicht mehr.

Park Sus Gedanken schienen in eine ähnliche Richtung zu gehen, denn er sagte: „Es ist höchst ungewöhnlich, dass eine Elementhexe mit Zaubersprüchen arbeitet. Ich frage mich, wer sie unterrichtet hat. Was würdest du sagen, wie alt Lin Yuchen ist?"

„Anfang oder Mitte vierzig", antwortete Wan Mei.

„Die beiden Xiang Zwillinge sind Mitte zwanzig. Vielleicht war er ihr Lehrer. War der Lin Clan nicht legendär für seine Zaubersprüche?"

„Vor Jahrhunderten, vielleicht. Die pervertierten Talismane, die sie verwendet hat, wären für die Lin ein großes Tabu gewesen", antwortete Wan Mei.

„Verzweifelte Zeiten erfordern verzweifelte Maßnahmen", brummte Master Su. „Ich muss zugeben, dass es mich beunruhigt, dass sie sowohl solche abartigen Zaubersprüche als auch die Klingen von *zhōng liè* haben."

Lia sah geschockt von ihrer Teetasse auf. „Master Su, ich möchte nicht respektlos sein, aber warum haben Sie die Klinge zurückgegeben?"

Park Su lächelte sie an. „Ich habe sie nicht zurückgegeben. Aber es gibt noch zwei weitere."

Sie zuckte zusammen. „Wo sind sie?"

„Ich weiß es nicht."

„Kommen diese verfluchten Gegenstände immer paarweise? Oder in Dreiergruppen? Ich habe nur ein paar verfluchte europäische Objekte gesehen und sie waren alle einzigartig. Signora Visconti und der Hohe Hexenmeister haben einige von ihnen vernichtet. Aber keiner von ihnen war so mächtig wie die Jade oder dieses Messer."

„Weißt du, wie sie dabei vorgegangen sind?", fragte Wan Mei interessiert.

„Ich kenne die Einzelheiten nicht. Aber Mr. Tozzi würde es dir sicherlich erzählen“, sagte sie und sah Park Su an. „Ich bin sicher, er würde das Wissen auch mit Ihnen teilen, wenn es Sie interessiert.“

„Ich versuche, mich von solchen verwünschten Gegenständen fernzuhalten. Sie sind hier strengstens verboten. Wenn ich einen finden würde, würde ich ihn einfach in den tiefsten Ozean werfen. Dann kann sich jemand anders in 100 Jahren darum kümmern, falls sie wieder auftauchen“, entgegnete Master Su.

Sie lächelte ihn an. „Ich verstehe das, aber ich hoffe, Sie behalten diese Klinge trotzdem.“

Wan Mei konnte seinen Protest nicht zurückhalten: „Die drei reinen Klingen von *zhōng liè* sind keine verfluchten Gegenstände. Chinesische Hexenmeister pflegten andere übernatürliche Wesen zu jagen und sie ihrer Energien zu berauben, um noch stärker zu werden und ihr Leben zu verlängern. Xian Wei fertigte die Klingen als Verteidigung gegen solche Hexenmeister und ihre Anhänger an. Er gab sie an die drei großen Hexenclans weiter, damit sie zum ehrenvollen Schutz der Schwächeren eingesetzt werden konnten.“

„Äußerst human von ihm“, kommentierte Lia.

„Er hatte gute Absichten“, protestierte Wan Mei. Er wusste, dass sein Ton zu defensiv war, aber er konnte nicht anders.

„Ich meinte das nicht sarkastisch. Es ist bestimmt besser, seiner Macht beraubt zu werden als zu sterben.“

„Das kommt darauf an. Xiang Yanlin hätte dich damit auch töten können, wenn sie ein lebenswichtiges Organ getroffen hätte. Außerdem bin ich mir sicher, dass ein machtgieriger Hexenmeister von früher lieber gestorben wäre als zu einem machtlosen Sterblichen zu werden.“

„Xian Wei hatte zwar gute Absichten, aber ich finde seine Methoden trotzdem fragwürdig“, sagte Master Su ernsthaft.

Lia sah ihn an. Als er nichts sagte, blickte sie zu Wan Mei. „Welche Methoden?“

„Er und dreiunddreißig seiner mächtigsten Anhänger opferten ihre eigenen Energien und Leben, um sie in diese Klingen zu gießen.“

Ihre Augen weiteten sich. „Du hast gesagt, die Jade wurde durch Blutopfer zu einem Objekt der Zerstörung.“

„Xian Wei und seine Anhänger haben ein freiwilliges Opfer gebracht. Die Macht der Jade ist durch grausames Abschlachten von anderen zustande gekommen."

Sie schauderte.

„Gibt es solche Geschichten in Ihrem Teil der Welt nicht?", fragte Master Su.

„Doch. Es gibt Geschichten über keltische Druiden, die etwas Ähnliches versucht haben, in der Hoffnung, eine Eroberung Britanniens durch Rom zu verhindern. Ich weiß nicht, ob diese Legenden wahr sind. Wenn sie stimmen, dann hat es nichts gebracht, denn die Römer haben gesiegt."

„Man könnte sagen, dass auch Xian Wei und sein großes Opfer gescheitert sind. Am Ende war es erst die unerschütterliche Entschlossenheit der Kommunisten, die den letzten marodierenden Hexenmeister und seine Anhänger in China vernichtet hat. Und leider auch jede andere Hexe mit ihnen. Die Partei macht da keine Unterschiede. Wenn man fast unendlich viel Kanonenfutter und moderne Waffen hat, kann man selbst gegen die stärkste Magie siegen."

„Gibt es in China wirklich gar keine Hexen mehr?", fragte Lia.

„Wenn es welche gibt, hoffe ich, dass sie sich gut versteckt haben. Das Ministerium für Öffentliche Sicherheit hat immer noch eine geheime Einsatzgruppe dafür. Die Partei vergisst nichts", erklärte Master Su.

„Ich weiß, dass Hexen in einigen Teilen Afrikas und Indiens noch offen verfolgt werden. Aber zumindest ist es nicht staatlich organisiert."

„Macht das die Sache besser?"

„Nein. Aber es macht sie weniger effektiv."

„Der größte Trick des Teufels war es, die Welt davon zu überzeugen, dass er nicht existiert", zitierte Master Su und fügte hinzu, „Das ist mal etwas, das ihr europäischen Hexen richtig gemacht habt."

„Das ist nicht ganz zutreffend. Je weiter man nach Osten geht, desto mehr Leute werden Sie finden, die immer noch an Hexen glauben. Oder zumindest daran, dass Magie existiert", widersprach Lia mit einem Lächeln.

„Sind Sie in Osteuropa geboren?"

„Ich wurde in Kroatien geboren. Was früher Jugoslawien war."

Master Su dachte einen Moment darüber nach. „Gab es dort nicht einen Bürgerkrieg in den 1990ern?“

Sie nickte. „Ich wurde nach dem Krieg geboren.“

„Das dachte ich mir. Es kommt selten vor, dass Schattenhexen in einer Zeit und an einem Ort des Friedens geboren werden“, bemerkte Park Su.

„Harrington erwähnte einmal etwas Ähnliches. Er sagte, es gab früher mehr Schattenhexen und Wächter, weil es mehr Kriege gab. Seit dem Zweiten Weltkrieg wurden nur wenige von uns in Europa geboren. Drei Schattenhexen wurden während oder kurz nach einem Krieg im ehemaligen Jugoslawien geboren und einer in Italien während eines großen Mafia-Konflikts“, erzählte Lia.

„Wer ist dieser Harrington?“, fragte Wan Mei.

„Er ist ein englischer Wächter. Er hat Julien großgezogen und mich teilweise auch. Ein wundervoller Mann.“

„Eine Vaterfigur“, schlussfolgerte Master Su und schien seltsam amüsiert.

„Wurdest du nicht von deiner Familie großgezogen?“, fragte Wan Mei.

„Doch. Zum Teil. Aber als meine magischen Fähigkeiten hervorkamen, war das ziemlich problematisch. Meine Großmutter ist eine Naturhexe, aber sie kannte keine anderen Magier. Eine italienische Hexe sah mich rein zufällig und informierte den Hohen Hexenmeister. Dieser hat dann dafür Sorge getragen, dass ich Zeit mit meinesgleichen verbrachte und ich dürfte in jeden Schulferien nach England oder Italien fahren. Mit sechzehn bin ich dann in eine Internatsschule in England gekommen.“

„Wolltest du gehen, oder war das seine Idee?“

„Oh, ich wollte gehen. Ich konnte es kaum erwarten zu gehen. Es gab niemanden wie mich in der Nähe meines Wohnortes und ich wollte unter Leuten sein, vor denen ich nicht verstecken musste, dass ich eine Hexe bin.“

„Die Hexe, die dich gefunden hat – war das Signora Visconti?“, fragte Wan Mei.

„Es war einer ihrer Verwandten. Aber sie war es, die kam, um mir zu helfen. Sie freundete sich auch mit meiner Großmutter an. Sie half auch meine Eltern zu überzeugen, mich gehen zu lassen. Sie war eine wunderbare Frau. Sie hat einen solchen Tod nicht verdient."

Ihre Augen füllten sich wieder mit Traurigkeit, aber dieses Mal flossen keine Tränen.

Park Su sah sie mitfühlend an. „Es tut mir leid, dass ich Ihnen nicht zu mehr Gerechtigkeit für ihren Tod helfen konnte. Ich kann es mir nicht leisten, Partei zu ergreifen."

Sie lächelte ihn an und sagte: „Ich kann Ihnen nicht genug für Ihre Hilfe und Gastfreundschaft danken, Master Su. Wenn Sie erlauben, dann muss ich jetzt los und meine Abreise vorbereiten."

* * *

Wan Mei nahm ebenfalls Abschied von Master Su und folgte ihr hinaus.

„Du hast vergessen, deine Haare wieder zu ändern", erinnerte sie ihn.

„Ich habe es nicht vergessen."

„Sie sind immer noch braun."

„Ich weiß. Es gefällt mir."

„Kannst du mir den Trick beibringen?"

„Nein."

Sie seufzte und fragte: „Kannst du mir zumindest helfen, ein Taxi zu rufen? Diese App ist verwirrend."

„Ich bringe dich zurück zum Hotel."

„Wie?"

„Ich habe immer noch die Schlüssel für den …" Er hielt inne und tastete die Taschen seiner Hose ab. „Wo sind all meine Schlüssel? Und mein Portemonnaie? Und mein Telefon?"

„In deiner Jacke, nehme ich an. Oder in meinem Bett? Übrigens, bitte sag mir, dass du nur in meinem Bett geschlafen hast, weil du ohnmächtig geworden bist oder so."

„Ich neige sehr zu Ohnmacht", erklärte er feierlich.

Sie schubste ihn mal wieder und gab ihm dann ihr Telefon. Es hatte ein Bild einer schwarz-weißen Katze als Bildschirmschoner und er betrachtete es. „Du möchtest mir deine Katze zeigen?"

„Oh, komm jetzt, ich flehe dich an. Besorg uns ein Taxi. Master Su wird denken, wir trödeln absichtlich vor seinem Haus herum."

Er tat ihr den Gefallen und sagte: „Es wird in fünf Minuten hier sein. Hat dir schon mal jemand gesagt, dass du schrecklich herrisch bist?“

„Das sagt der Richtige.“ Plötzlich grinste sie. „Die kleine Ming sagt, du musst deine Älteren respektieren.“

„Wirklich? Das ist seltsam. Letzte Woche konnte sie noch kein Englisch. Oder hast du über Nacht Koreanisch oder Chinesisch gelernt?“

„Kim Sun spricht alle drei dieser Sprachen. Er hat für uns übersetzt. Er ist ein sehr kluger und sehr netter Junge. Worauf ich aber hinauswollte, ist, dass ich ein Jahr älter bin als du, also darfst du mich nicht herumkommandieren.“

„Das hast du irgendwie missverstanden.“

„Müsste ich viel älter sein oder liegt es nur daran, dass ich keine Chinesin bin? Oder daran, dass ich nicht mit dir verwandt bin?“

„All das und mehr.“

Sie zog eine ihrer entzückenden Grimassen und er grinste.

„Hast du sie auch vor Madam Wu ‚die kleine Ming‘ genannt?“

„Nein. Aber wie es aussieht, kann ich Ming Yue nicht richtig aussprechen …“

„Nein, das kannst du wirklich nicht.“

„… also sagte sie mir, ich soll sie A-Ming oder Ming'er nennen.“

„Das bedeutet aber nicht ‚klein‘.“

„Aber Kim Sun … Habe ich seinen Namen richtig ausgesprochen?“

„Einigermaßen richtig.“

Sie schnaubte und fuhr fort: „Er sagte, es sei wie ein Kosewort.“

„So ungefähr. Etwas, was Zuneigung oder Vertrautheit ausdrückt.“

„Als du mich A-Lián genannt hast, war das ein Zeichen der Zuneigung?“

Er spürte, wie seine Ohren heiß wurden. Er hatte nicht gedacht, dass sie sich daran erinnern würde. Er versuchte seine Verlegenheit zu überspielen: „Wenn ich ‚liàn‘ so ausgesprochen hätte, hätte es ‚Kette‘ bedeutet.“

Sie runzelte ihre niedliche Nase. „Das wäre vielleicht passend. Aber bald bist du mich ja los. Was hast du denn gehört, als ich dich mit ‚*gōng zǐ*‘ ansprach?“

„So wie du es jetzt ausgesprochen hast, bedeutet es ‚junger Herr‘.“

„Aber das ist doch, was ich sagen wollte!“

„Ja, aber so, wie du es vorher ausgesprochen hast, bedeutet es ‚Kuscheltier‘ oder ‚Puppe‘.“

Sie schien empört und er konnte nicht anders, als zu grinsen.

„Das hast du dir ausgedacht!“

„Natürlich habe ich mir das nicht ausgedacht. Wo hast du denn diese Anrede gelernt?“, fragte er.

„Aus Wuxia Filmen.“

„Hast du viele davon gesehen?“

„Natürlich. Sie haben fliegende Schwerter in solchen Filmen. Gib mir Schwerter und Kostüme und ich werde es mir anschauen.“

„Wenn du Schwerter und Kostüme willst, könntest du dir eine Million koreanischer Dramen anschauen.“

„Ich habe es einmal versucht. Es war eine schmalzige Romanze und hatte bei Weitem nicht genug Schlachten, Monster und fliegende Schwerter.“

„Du bist wahrlich eine Schattenhexe. Immer auf Blut aus. Da ist unser Taxi. Sprich nicht schlecht über koreanische Dramen vor dem Fahrer.“

# Kapitel 13

*Wan Mei / Seoul, Südkorea*

Sie hatte keine Gelegenheit das zu tun, denn ihr Telefon klingelte, sobald sie losfuhren. Er tat so, als würde er nicht zuhören. Obwohl sein Gehör auch in menschlicher Form äußerst scharf war, dämpfte er es immer auf ein Minimum, sonst wäre er schon vor langer Zeit verrückt geworden. Nach ihrem versöhnlichen Ton zu urteilen sprach sie wohl mit Lord Ravenstone.

„Ist alles in Ordnung?“, fragte er, nachdem sie das Gespräch beendet hatte.

„Ja, aber ich muss nach Hause, bevor Julien auf die Idee kommt, dass er mich abholen muss.“

Er wollte sie fragen, was sie ihm sagen würde, aber er kannte die Antwort bereits. Sie würde ihm alles erzählen. Er machte ihr keinen Vorwurf. Der Mann war immerhin ihr Hexenbruder und ihr Vorgesetzter.

„Was ist ein Gugu?“, fragte sie.

„Ein was?“

„A-Ming hat dich so genannt. Wan Gugu.“

„*Gē Ge*. Älterer Bruder. Es ist ein allgemeiner Ausdruck für ältere Verwandte oder Freunde, denen man nahesteht.“

„Sie denkt, du hast den Mond und die Sterne in den Himmel gehängt.“

„Was soll das heißen?“

„Sie denkt, du bist der Größte, der Beste, der Klügste und Schönste und …“

„Sie ist sechs. Mit ihrer Urteilskraft ist es nicht weit her.“

„Ich kenne kein Kind, das so eine hohe Meinung von mir hat.“

„Wie viele Kinder kennst du überhaupt?“

„Viele. Nur sind die meisten nicht ganz so klein wie sie. Ich versuche sie normalerweise zu meiden. Die meisten sind ziemlich nervig."

„Und du wunderst dich, warum sie nicht denken, dass du den Mond oder was auch immer aufgehängt hast."

Lia zuckte mit den Schultern, als wäre ihr das egal.

„Es ist noch nicht so lange her, dass du selbst ein Kind warst", fügte er hinzu, und sie sah ihn an, als wäre er verrückt geworden.

„Ich bin 26, du kleiner … Ge."

„Kleiner … oh, ein jüngerer Bruder?"

„Ja."

„Das wäre dann *Dì Dì*."

„Klar. Das ergibt Sinn", seufzte sie. „Gibt es dann auch zwei verschiedene Wörter für große und kleine Schwester?"

„Ja. Es hängt davon ab, wie viele es gibt. Aber *Jiě Jiě* ist wie *Gē Gē*, und *Mèi Mèi* ist wie *Dì Dì*."

Sie sah ihn mit leicht gerunzelter Stirn an.

„Als Madam Wu gestern kam, hat sie dich A-Mei genannt. Sie kann doch unmöglich denken, dass du ihre kleine Schwester bist."

„Vielleicht hast du nicht richtig gehört", behauptete er.

Sie sah ihn forschend an, sagte aber nichts.

* * *

Das Lächeln, mit dem der Rezeptionist im Hotel sie empfing, war sehr verkrampft.

„Wenn du jemals wieder nach Seoul kommst, wähle ein anderes Hotel. Ich bin ziemlich sicher, dass sie dich loswerden wollen. Was hast du denn angestellt?", fragte Wan Mei mit einem Grinsen.

„Lass mich mal nachdenken. Wir sind hier an zwei aufeinanderfolgenden Tagen zerrissen und blutend aufgetaucht. Dann der Krankenwagen, der dich aus meinem Bett geholt hat. Ich verstehe zwar kein Koreanisch, aber ich kann mir gut vorstellen, was sie gedacht haben."

„Was haben sie gedacht?", neckte er.

Lia ignorierte die Frage und fuhr fort: „Ich kann es kaum erwarten, von hier zu verschwinden. Ich habe auch den Generalschlüssel zurückgegeben, mit dem du neulich hereingekommen bist. Ich dachte, das würde weiteren Ärger vermeiden, aber offenbar hat es sie noch misstrauischer gemacht. Will ich überhaupt wissen, wie du an den Schlüssel gekommen bist?“

„Was stellst du dir denn vor, wie ich drangekommen bin?“

„Hast du das Zimmermädchen verführt?“

Er lachte. „Natürlich nicht. Ich habe ihn einfach gestohlen.“

Alle seine Sachen waren noch in seiner Jacke, die über dem Stuhl hing. Er überprüfte sein Telefon. Es gab überhaupt keine Anrufe, nur ein paar geschäftliche E-Mails. Er fragte sich, wie lange es gedauert hätte, bis überhaupt jemand bemerkt hätte, dass er verschwunden war. Es war kein schöner Gedanke. Er sah zu Lia, die im Schneidersitz auf dem Bett saß und ihr Telefon anstarrte. Es schien sie nicht zu beunruhigen, dass sie mit einem Mann allein in einem Hotelzimmer war. Tatsächlich wirkte sie ziemlich entspannt, als hätte der Gedanke an Sex zwischen ihnen nie auch nur ihre Gedanken gestreift. Er hingegen hatte plötzlich alle möglichen erotischen Bilder im Kopf.

Sie sah zu ihm auf und fragte: „Hast du alles?“

Er verdrängte die Bilder aus seinem Kopf und nickte.

„Hast du einen Flug gefunden?“

„Ich habe nicht nach Flügen gesucht. Juliens Sekretärin wird den nächsten für mich finden. Lass uns beeilen. Die Frau ist furchtbar effizient. Vielleicht sagt sie mir, dass ich in einer Stunde am Flughafen sein muss.“

„Und du horchst und gehorchst?“

„Normalerweise nicht, aber jetzt will ich nur noch nach Hause. Ich will in meinem Bett schlafen, mich mit Scones vollstopfen und Bücher lesen. Und ich will mindestens eine Woche lang nicht aus dem Haus gehen müssen. Oder besser zwei Wochen. Außerdem kann der Manager es kaum erwarten, dass ich das Hotel verlasse. Master Su will auch, dass ich das Land verlasse, bevor ich in einen weiteren Vorfall verwickelt werde, der dann zu seinem Problem werden könnte, und du willst wahrscheinlich weniger Drama in deinem Leben.“

„Ich hatte den Eindruck, dass Master Su dich mag.“

„Vielleicht. Ich mag ihn auch. Mir ist schon klar, dass es nichts Persönliches ist, sondern das, was ich als fremde Hexe hier repräsentiere.“

„Und das ist vor allem sehr viel Drama“, neckte er.

Sie zuckte entwaffnend mit den Schultern, und er lachte.

* * *

Er hielt das Taxi auf dem Weg zu seiner Wohnung an und sagte: „Ich bin gleich zurück. Ich muss nur kurz etwas holen.“

Als er zurückkam, führten Lia und der Fahrer ein etwas unbeholfenes Gespräch. Das Englisch des Mannes war nicht das Beste und sie schien ein wenig verwirrt von seiner Begeisterung für englischen Fußball. Es war ein Thema, zu dem sie offensichtlich nicht viel sagen konnte. Der Fahrer fuhr fort, über sein Lieblingsthema zu plaudern, aber als er schließlich erkannte, dass keiner seiner Fahrgäste seine Liebe zum Fußball teilte, gab er auf.

Sobald sie draußen waren, sagte sie: „Ich hätte ihn gebeten zu warten, aber ich glaube, ich halte es nicht aus, auf dem ganzen Weg zurück noch mehr über Manchester United zu hören.“

„Wir rufen dir ein anderes Taxi. Musst du sofort los?“

Sie schüttelte den Kopf. „Nein. Ms. Chadwick hat mir geschrieben, dass der nächste Flug morgen früh ist.“

Der gleiche Portier, der den Angriff miterlebt hatte, war wieder im Dienst. Obwohl er neugierig aussah, war er doch zu höflich, um Fragen zu stellen. Er brachte Lia die Einkaufstaschen, die er von der Straße gerettet hatte, und sie dankte ihm überschwänglich. Sie schien unsicher, was sie danach tun sollte, also drehte Wan Mei sich einfach zum Aufzug um. Sie folgte ihm. Oben angekommen, zuckte er zusammen bei dem Durcheinander. Er war vorgestern panisch hinuntergelaufen und hatte das schmutzige Geschirr auf dem Tisch gelassen. Unordnung war etwas, was er schwer abhaben konnte.

„Ich helfe dir beim Aufräumen“, bot sie an und begann dann zu lachen.

„Was ist denn so lustig?“

„Ich habe nachgeschlagen, was ‚Mei‘ bedeutet. Es hat viele Bedeutungen, aber es kann auch ‚hübsch‘ bedeuten.“

„Und das ist lustig?“

„Das stand auch, dass *wán měi* perfekt bedeutet. Makellos.“

Er erstarrte mit einem Teller in der Hand.

„Ich meinte nur, dass du es offenbar nicht ertragen kannst, dass Dinge nicht makellos sind. Du hast soeben ausgesehen, als ob …“, begann sie und dann fiel ihr Mund für einen Moment offen. Sie schloss ihn schnell wieder und biss sich auf die Lippe, als würde sie versuchen, nicht zu lachen.

„Was ist jetzt schon wieder?“, fragte er resigniert.

„Haben dir deine Eltern wirklich diesen Namen gegeben, oder ist es ein Spitzname?“

„Was?“, fragte er und tat so, als ob er sie nicht verstünde.

„Wan Mei.“ Er sagte nichts. „Wirst du mir nicht einmal sagen, dass ich es falsch ausgesprochen habe, und die Art und Weise, wie ich es ausgesprochen habe, etwas völlig anderes bedeutet? Das machst du sonst auch immer.“

„Du hast es falsch ausgesprochen.“

Sie runzelte die Nase und schob ihm die schmutzigen Teller zu. Er nahm sie und brachte sie zum Geschirrspüler.

„Was hätte deine Mutter gemacht, wenn du weniger perfekt geworden wärst?“, fragte sie.

Er wusste nicht, was er darauf antworten sollte. Zhinü machte keine Fehler in ihren Designs. Wenn sie etwas webte – seien es Stoffe oder Zauber – so kam das Resultat immer genau so hervor, wie sie es sich vorgestellt hatte.

„Es tut mir leid. Ich wollte dich nicht verspotten“, sagte sie hinter ihm in unsicherem Ton.

„Es ist in Ordnung“, erwiderte er. Es herrschte Stille und er drehte sich um. Sie sah aus, als wollte sie fliehen.

„Du bist ganz schön beängstigend und beängstigend schön, wenn du zur Eisstatue wirst.“

„Ich weiß nicht einmal, was das bedeutet.“

„Ich wollte dich nicht verletzen.“

„Ich weiß. Ich bin nicht so schnell beleidigt, wie du immer denkst.“

„Aber du magst diesen Namen nicht?“

„Es ist nur ein Name.“

Verwirrung zeichnete sich in ihrer Miene ab, als sie ihn ansah, offensichtlich unsicher, was sie sagen sollte. Er nahm die Tüte von der Bäckerei und reichte sie ihr.

„Das sind Scones mit Rosinen“, sagte sie verblüfft.

„Das will ich doch hoffen.“

Sie lächelte ihn so liebevoll an, dass sein Herz einen Schlag aussetzte.

„Das war sehr aufmerksam von dir. Du hättest das nicht tun müssen. Wenn ich es nicht besser wüsste, würde ich denken, du möchtest gar nicht, dass ich gehe.“

Das wollte er auch nicht, aber er grinste nur und behauptete: „Ich dachte mir, es ist besser, dich zu besänftigen, bevor du wieder anfängst, mich zu schubsen.“

Sie schien nach etwas in seinem Gesicht zu suchen und sagte dann schließlich: „Vielen Dank für alles, was du getan hast. Ich sollte jetzt gehen.“

„Geh nicht.“ Die Worte waren heraus, bevor er sie zurückhalten konnte. Als er sah, dass sie eine Erklärung erwartete, fügte er hinzu: „Ich würde gerne noch mit dir reden.“

„Also gut“, stimmte sie etwas zögernd zu.

„Wenn es dir unangenehm ist, mit mir hier allein zu sein, könnten wir woanders hingehen“, bot er an und sie lächelte endlich.

„Du denkst, ich habe Angst vor dir?“

„Glaubst du etwa, du kommst gegen mich an?“, fragte er mit einem Lächeln. „Du kannst es ja mal versuchen.“

„Nein. Ich könnte dich verletzen.“

Er stürzte abrupt auf sie zu. Sie wirkte nicht einmal überrascht und trat einfach beiseite. Er blieb direkt neben ihr stehen und wollte sie wieder herumwirbeln, aber sie schleuderte ihn mit einem roten Energiestrahl von sich und er landete in einem Sessel. Sie kniete sich besorgt neben ihn.

„Bist du verletzt?“

Er lachte und rieb sich den Hinterkopf. „Nein. Aber jemand hätte dir irgendeine normale Art der Selbstverteidigung beibringen sollen, die nicht von deiner Magie abhängt. Du kannst nicht einfach Leute verhexen und ihnen die Knochen brechen. Auch wenn die meisten normalen Menschen nicht mehr an Hexen glauben, so wirst du bestimmt Verdacht erregen, wenn du es mehr als ein- oder zweimal machst.“

„Harrington hat immer gesagt, ich muss nur einen Nerv leicht beschädigen, um jemanden zu lähmen.“

„Alles, was du tun musst, ist, deine rote Rüstung aufzurufen. Die meisten Dinge sollten einfach daran zerbrechen."

„Ja, aber ich kann sie nicht ununterbrochen aufrechterhalten, ohne mich vollkommen zu verausgaben. Das hast du selbst gesagt, als wir auf der Insel waren."

„Ich meinte nur in Notfällen. Aber ich muss zugeben, die meisten Schattenhexen hätten nicht so viel Energie verschwenden können, ohne zu ermüden."

„Ich war sehr müde."

„Aber du hast nicht das Bewusstsein verloren oder bist ausgebrannt."

„Ich nehme an, das passiert nur, wenn ich die Energie freisetze und auf etwas richte. Ich war wütend, aber die Energie hat mich nicht verlassen. Sie war einfach nur um mich herum."

„Ich weiß nicht, ob das so sein kann", sagte er mit einem Stirnrunzeln.

„Und was macht dich zum Experten? Wie viele Schattenhexen kannst du denn schon gesehen haben?"

Dutzende. Er wusste es nicht einmal mehr. Die meisten waren Feinde gewesen und er hatte sie getötet. Das konnte er ihr aber nicht sagen, also behauptete er einfach: „Ich habe es irgendwo gelesen."

Sie erhob sich vom Boden und setzte sich auf das Sofa. „Gibt es hier viele Bücher über Schattenhexen?"

„Nicht viele. Dein Hoher Hexenmeister muss doch auch welche haben."

„Er hat ein paar auf seiner Insel."

„Und er lässt einfach jede Hexe kommen und diese Bücher lesen?"

„Vielleicht nicht jede. Diejenigen, denen er vertraut. Wenn sie die Bücher überhaupt lesen können."

„Weil sie auf Latein sind?"

„Einige sind auf Latein, einige auf Altgriechisch. Viele von ihnen wurden nach dem Fall von Konstantinopel nach Italien verschifft. Es gibt aber auch andere Sprachen. Einige haben Übersetzungen und einige sind so alt oder so beschädigt, dass niemand weiß, wo oder wie man anfangen soll, sie zu restaurieren."

„Du hast gesagt, dass die Legende über die Jade auch eine Übersetzung war."

„Es ist ein Fragment eines chinesischen Manuskripts, das eine viel spätere Kopie des Originals zu sein scheint. Dazu gibt es eine italienische Übersetzung des Textes aus dem 16. Jahrhundert. Aber ich habe die Geschichte zum ersten Mal gehört, als ich klein war."

„Der Hohe Hexenmeister hat dir solch grausame Geschichten erzählt, als du klein warst?"

„Er hat es als eine Geschichte über einen weißen Ritter erzählt, der böse Hexenmeister bekämpfte. Ich glaube, er wollte mir klarmachen, dass der weiße Ritter auch eine Hexe war, aber er war gut und bekämpfte das Böse. Ich war zehn und hatte furchtbare Angst, dass ich wie eine böse Hexe aus einem Märchen werden könnte, also erzählte er mir viele Geschichten über gute Hexen aus aller Welt. Aber die Geschichte der Blutopfer hat er Julien und mir erzählt, als wir Teenager waren. Er kam immer an Halloween zu Besuch und unterhielt uns mit solchen Geschichten. Und dann habe ich Signora Viscontis Übersetzung der alten italienischen Version kurz vor ihrem Tod gesehen. Diese begann mit der Legende von Zhinü und der Milchstraße. Der nächste Teil fehlte, denn das Original war bis zur Unleserlichkeit beschädigt. Der nächste lesbare Teil war die Geschichte des weißen Kriegerprinzen. Die Abenteuer des Herrn des Lichts oder so. Prinz des Lichts? Es ist schwierig, die Geschichte in europäische Sprachen zu übersetzen, weil sie Konzepte enthält, die wir nicht beschreiben können. Außerdem hatte der Protagonist so viele Namen. Lin irgendwas. Er wurde als Prinz, Krieger und die kalte weiße Blume bezeichnet. Ich weiß nicht mehr, welche Art von Blume es war. In den meisten europäischen Sprachen mutet es seltsam an, wenn man Blumenmetaphern verwendet, um einen Mann zu beschreiben. Wie bin ich jetzt überhaupt bei so einem Thema gelandet?"

„Keine Ahnung. Ich schalte immer ab, wenn ich deinen Ausschweifungen nicht mehr folgen kann", log er, und sie warf ein kleines rundes Sofakissen auf ihn. Er fing es auf und legte es grinsend hinter seinen Kopf.

„Oh, ich erinnere mich. Ich hatte dich gefragt, wo du diese Bücher über Schattenhexen gelesen hast. Jedes Mal, wenn du mir etwas nicht sagen willst, versuchst du mich einfach abzulenken", schloss sie.

„Du hast mich durchschaut. Dabei hat es bisher so gut funktioniert", neckte er.

„Es funktioniert nur, weil ich dich nicht bedrängen will. Ich respektiere es, wenn du mir etwas nichts sagen willst oder kannst."

„Madam Wu hat eine Sammlung von alten Legenden über Schattenhexen aus Hongkong mitgebracht", erklärte er. Das war nicht mal gelogen, hatte aber wenig mit seinem Wissen über ihre Art zu tun.

Dann fiel ihm auf, was sie da gesagt hatte und er fragte: „Deine Hexenkräfte sind schon ausgebrochen, als du zehn warst?"

„Als ich neun war."

„Das ist sehr früh. Ich dachte, die meisten Hexenkräfte zeigen sich erst, wenn Jugendliche in die Pubertät kommen oder durch ein extrem traumatisches …" Er hielt inne, als ihm bewusst wurde, dass er laut nachdachte, ohne die Konsequenzen zu bedenken.

„Es tut mir leid", entschuldigte er sich hastig. Was könnte ihr in so jungen Jahren nur zugestoßen sein? Oder war dieser Mann, den der Albtraum ihr gezeigt hatte, irgendwie beteiligt.

„Das muss es nicht. Es ist nicht durch ein Trauma oder Gewalt ausgebrochen", sagte sie.

Er blinzelte sie nur verständnislos an.

„Ich erkläre das bestimmt nicht einem Mann", brummte sie verlegen.

Er runzelte die Stirn. Es hieß, dass Hexenkräfte bei Jungen während der Pubertät zum Vorschein kamen und bei den Mädchen, wenn sie zu Frauen wurden. Was sollte das überhaupt bedeuten? Blut! Es bedeutete Blut.

„Oh!", sagte er mit mehr Verständnis.

Sie errötete und beeilte sich, das Thema zu wechseln: „Als du mir die Geschichte über die Jade erzählt hast, hast du jemanden erwähnt, den du einen törichten Jungen genannt hast? Wird er auch in diesen Legenden erwähnt?"

„Ich erinnere mich nicht. Warum ist das wichtig?"

„Ich habe mich nur gefragt, ob er in der Legende als töricht beschrieben wurde oder ob das dein Urteil war. Denn ich fand ihn nicht ganz so töricht. Auf einer Wolke zu sitzen und die Welt von oben zu beobachten, klingt ziemlich langweilig."

„Wie kommst du darauf, dass er auf einer Wolke saß?"

Sie sah ihn amüsiert an. „Du hast gesagt, er hat vom Himmel aus zugesehen. Worauf sitzt man im Himmel?"

„Woher soll ich das wissen?"

„Eben. Es ist nur eine Geschichte. Wenn ich mir einen pummeligen kleinen Jungen vorstellen will, der auf einer Wolke schwebt, dann kannst du mich nicht davon abhalten."

Er blinzelte ihr ungläubig zu und zwang sich dann zu lächeln. „Hat er auch runde blaue Augen und blonde Locken in deiner Vorstellung?"

„Warum sollte er? Er ist doch immer noch Chinese."

„Du denkst, die Unsterblichen lassen einfach ein kleines dickes Kind allein auf der Erde herumwandern?"

„Ich habe nicht gesagt, dass er dick war. Vielleicht nur angenehm pummelig, wie alle süßen kleinen Kinder sein sollten. Wobei ich jetzt auch nicht sagen kann, wie jung er war."

„Er wurde von einer Göttin erschaffen. Götter altern nicht. Dort, wo sie sind, gibt es keine Zeit. Aber sie schweben definitiv nicht auf Wolken."

Sie ignorierte den letzten Kommentar und sinnierte: „Der Junge altert auch nicht? Kein Wunder, dass er von der Wolke springen wollte. Es wäre furchtbar, für immer ein Kind zu sein."

„Ich glaube nicht, dass er ein Kind war. Er wurde erschaffen, um die Söhne der Göttin zu ersetzen. Ein Jugendlicher, kurz vor dem Erwachsenenalter. Wenn man bedenkt, dass man als Mann in China jahrhundertelang erst mit zwanzig volljährig war, dann sah er wahrscheinlich wie achtzehn oder neunzehn aus."

„Für alle Ewigkeit ein Teenager zu sein, klingt noch schlimmer als ein Kind zu sein. Und dann noch als Ersatz für etwas herhalten zu müssen, das nicht ersetzt werden kann. Armer Kerl." Er starrte sie nur an, und nach einem Moment sagte sie: „Geht es dir gut? Ich sollte dich ausruhen lassen."

„Du hast mir doch vorhin erzählt, ich hätte einen ganzen Tag verschlafen."

„Du hast über dreißig Stunden weitergeschlafen, nachdem ich aufgewacht bin. Wenn man das überhaupt als Schlaf bezeichnen kann. Es war eher, als wärst du im Koma gewesen. Erinnerst du dich nicht, dass du ohnmächtig geworden bist?"

„Erinnerst du dich daran, wenn du ohnmächtig wirst?"

„Ich bin in meinem Leben noch nie ohnmächtig geworden."

„Für mich sah es so aus, als wärst du ohnmächtig geworden."

„Ich bin einfach eingeschlafen, weil ich erschöpft war. Ich bin nicht in Ohnmacht gefallen."

„Ich auch nicht. Ich habe nur für einen Moment die Augen geschlossen und bin im Haus von Master Su aufgewacht."

„Warum hast du so lange geschlafen?"

„Ich weiß nicht. Vielleicht heilt man besser, wenn man ruht."

Ihre heitere Stimmung war verschwunden und sie sah todernst aus, was ihm ein Stich des Bedauerns versetzte.

„Wan Mei … äh … ich meine Wan … äh …"

Sie schien verwirrt, wie sie ihn ansprechen sollte.

„Du kannst dir aussuchen, welchen Namen du benutzen willst", bot er an, aber sie blieb ernst.

„Sollte ich dich je wiedersehen, dann mach das bitte nicht noch einmal, selbst wenn ich im Sterben liege. Ich bin dir sehr dankbar, dass du meine Magie gerettet hast, aber ich hätte es mir nie verziehen, wenn du dadurch zum Schaden gekommen wärest."

„Mir ist nichts passiert", sagte er ruhig.

Sie öffnete den Mund, um zu sprechen, überlegte es sich dann aber anders.

„Ich muss jetzt gehen."

Er rief ihr ein Taxi und begleitete sie herunter.

„Du hast versprochen darüber nachzudenken, ob du uns besuchen kommst", erinnerte sie ihn.

Er nickte und reichte ihr ihre Einkaufstaschen. Plötzlich stellte sie sich auf die Zehenspitzen und küsste ihn auf die Wange. „Danke für alles."

# Kapitel 14

*Wan Mei / Seoul, Südkorea*

Wan Mei war tagelang rast- und ruhelos. Er versuchte, sein bequemes und gemächliches Leben einfach fortzusetzen, aber alles schien farblos. Er war nie der Typ gewesen, der das Alleinsein mit Einsamkeit verwechselte. Es hatte Zeiten gegeben, in denen er sich danach gesehnt hatte, ein paar Stunden allein zu sein. Doch jetzt sehnte er sich nach jemandem, mit dem er sprechen konnte, ohne alles, was er war, verbergen zu müssen. Bei Master Su und Madam Wu musste er nichts vortäuschen, aber das fühlte sich irgendwie an, als würde er zu seinen Eltern rennen. Die jüngeren Hexen behandelten ihn respektvoll, waren aber immer auf Distanz. Sie sahen zu ihm auf, wie zu einem Älteren.

Aber es war ohnehin nicht ihre Gesellschaft, die er wollte. Er wollte Lia. Auch wenn sie alles überdramatisierte und sich ständig in Schwierigkeiten brachte, war das Leben interessanter, wenn sie da war.

In dieser melancholischen Stimmung war er, als der Portier anrief, um zu fragen, ob Wan Mei einen Besucher empfangen wolle.

„Wer ist es?“

„Der Herr sagt, er sei ein Freund von Ihnen. Sein Name ist Lin Yuchen.“

Wan Mei erstarrte. Was zum Teufel war jetzt schon wieder los? Es war wohl besser, es jetzt herauszufinden, bevor der Wächter irgendwas Dummes anstellte.

„Er kann hochkommen“, sagte er.

Wie hatte der Mann ihn überhaupt gefunden? Er öffnete die Tür und runzelte die Stirn bei dem Anblick seines Besuchers.

„Was willst du?“, fragte Wan Mei mit absichtlicher Unhöflichkeit.

„Ich brauche deine Hilfe.“

„Ich will dir aber nicht helfen."

„Lass mich zumindest zuerst erklären", sagte Lin Yuchen mit einem tiefen Stirnrunzeln. Er sah sehr elegant aus in seinem dunklen Anzug, der etwas zu warm zu sein schien. Wan Mei ließ ihn herein, blieb aber sehr vorsichtig.

„Wie hast du mich gefunden?"

Lin Yuchen sah ihn an, als wäre er ein Idiot. „Yanlins kleines Abenteuer war überall in den Nachrichten, einschließlich eines Videos von einem Augenzeugen. Es war nicht so schwer, das Gebäude zu finden."

„Wie hat sie mich denn gefunden?"

„Sie hat nicht nach dir gesucht. Sie suchte nach der roten Teufelin und ihren Freunden."

„Das beantwortet immer noch nicht, wie sie sie gefunden hat."

„Sie hat den großen Inder mit ihren Nägeln gekratzt. Es war nicht viel Blut, aber genug für einen starken Fährtenleser, um seine ungefähre Lage in Seoul zu finden."

„Wo ist die verrückte Frau?"

„Sie … deshalb bin ich gekommen."

„Ich hoffe, sie ist nicht hier. Ich werde sie ansonsten selbst hinrichten und Master Su die Mühe ersparen."

„Sie ist weggelaufen."

„Gut. Dann bist du die Verrückte endlich los."

Die Hand des Wächters ballte sich zur Faust. „Xiang Yanlin ist eine gute Frau. Und eine noch bessere Hexe. Sie hat viel für unsere Sache getan. Es ist die Jade, die ihren Verstand gestört hat."

„Warum warst du auch so dumm, Elementhexen auszusenden, um etwas so Gefährliches zu holen? Sie sind bei Weitem nicht stark genug", sagte Wan Mei gnadenlos.

„Ich habe die Gefahr unterschätzt. Solche Dinge werden selten den Legenden gerecht, die um sie gewoben werden."

„Was willst du von mir?"

„Ich glaube, sie wird versuchen, die Jade zurückzubekommen."

„Dann ist ihr Leben verwirkt."

„Das weiß ich. Ich brauche deine Hilfe, um sie aufzuhalten, bevor sie getötet wird."

„Ich bin kein Fährtenleser."

„Ich kann nicht ohne Einladung nach England fliegen. Mir ist es egal, ob ich sterbe, aber es würde einen internationalen Vorfall verursachen."

Wan Mei zuckte mit den Schultern. „Das ist dein Problem. Wenn du mich fragst, solltest du froh sein, sie los zu sein."

Lin Yuchen sah ihm in die Augen. Wan Mei konnte sehen, wie viel es diesen stolzen Mann kostete zu betteln oder sogar die folgenden Worte zu sagen: „Ich liebe sie. Ich kann sie nicht einfach aufgeben."

„Sie hat dich bereits aufgegeben."

„Sie ist nicht bei Sinnen."

„Und was soll ich dagegen tun?"

„Du sollst mir helfen, ihr Leben zu retten!"

„Schicke eine deiner Hexen hinter ihr her. Wozu brauchst du mich? Ich würde ihr doch am liebsten den Hals umdrehen. Und ich würde dir damit einen Gefallen tun."

Lin Yuchen sprang auf. „Hat Jin Chao dir einen Gefallen getan, als er Lin Bowen ermordete? Vielleicht war er ja zu alt geworden für deinen Geschmack."

Wan Mei erstarrte einen Moment und sah dann rot. Er packte den anderen Mann am Hals und drückte ihn gegen die Wand. Lin Yuchen wehrte sich und versuchte dann, ihn mit seiner grünen Energie zu treffen, aber es glitt einfach von Wan Mei ab und verpuffte. Panik erfüllte die Augen des letzten Hexers des Lin Clans. Wan Mei ließ ihn los.

„Du hast versprochen, den Lin Clan zu beschützen!", rief Lin Yuchen, als er wieder aufstand.

Wan Mei erwiderte nichts. Er würde nichts zugeben.

Sie starrten sich lange an, bevor Lin Yuchen fragte: „Willst du wissen, wie ich es herausgefunden habe?"

„Nein."

Die knappe Antwort schien den anderen Mann zu überraschen. Wan Mei kämpfte gegen seinen inneren Aufruhr. Er sah keinen Nutzen darin, irgendetwas abzustreiten oder zuzugeben. Fünfundzwanzig Jahre relativen Friedens hatte er gehabt. Fünfundzwanzig Jahre, in denen er gedacht hatte, dass sich alles geändert hatte und er jemand anderes sein könnte. Jemand völlig Neues. Und dann waren innerhalb weniger Tage so viele Dinge aus seiner Vergangenheit auf einmal aufgekreuzt, um ihn heimzusuchen.

„Hilf mir und ich werde dein Geheimnis bewahren“, bot Lin Yuchen an.

Wan Mei lächelte ihn kalt an. Was wollte der Mann tun? Jeder Hexe, die er traf, von seinen Spekulationen erzählen? Wie viel wusste er überhaupt? Die meisten würden ihm ohnehin nicht glauben, und selbst wenn – was machte das schon aus? Andererseits war der Mann nicht nur ein hochrangiger Wächter, sondern auch *Wūshī Jūnzhǔ*. Auch wenn dieser Titel von seiner einstigen Bedeutung weit entfernt war, so hatte sein Wort immer noch Gewicht.

„Wenn du dich von deinen Emotionen leiten lässt, wirst du mehr als nur die Frau verlieren. Du solltest von der Führungsposition zurücktreten, bevor du andere in deiner Obhut gefährdest, du Verrückter“, teilte Wan Mei dem Wächter mit.

„Du denkst, ich bin verrückt? Du hast den ganzen Jin Clan ausgerottet, um deinen Geliebten zu rächen! Wage es nicht, mich über Emotionen zu belehren! Was hättest du denn damals nicht getan, um ihn zu retten?“

Ich hätte alles getan, dachte Wan Mei. Aber er hatte Bowen trotzdem nicht retten können. Und er hatte auch nicht den ganzen Jin Clan ausgelöscht. Nur die Schuldigen. Und ihre Wachen. Und jeden, der ihm in jenem Moment im Weg gestanden hatte.

Er fasste sich wieder. Es hatte keinen Sinn, sich von Lin Yuchen provozieren zu lassen.

„Wenn du einen Krieg gegen europäische Hexen willst, bist du herzlich eingeladen, es zu versuchen. Allerdings wären deine Leute verrückt, dir dann zu folgen. Die Jade zurückzuholen ist eine Sache, aber ein direkter Kampf eine ganz andere. Denn jetzt haben sie das Recht auf ihrer Seite. Selbst wenn deine Frau die italienische Hexe töten musste, hätte sie es schnell und mit Gnade erledigen können. Stattdessen hat sie den Geist der alten Frau mit dieser Abscheulichkeit zerstört und sie ...“

„Sie war nicht bei Sinnen!“, unterbrach der Wächter hitzig.

„Wenn eine alte Kuh junges Gras frisst, sieht sie die faulen Stellen nicht“, sagte Wan Mei gnadenlos, auf ein altes chinesisches Sprichwort zurückgreifend.

Lin Yuchen sprang auf. „Du traust dich, mir so etwas vorzuwerfen? Sie mag vierzehn Jahre jünger als ich sein, aber gelten für dich andere Regeln, weil du jung aussiehst? Wie lange warst du schon in dieser Welt, bevor du eine Geliebte hattest!?“

Wan Mei hatte seine erste Geliebte innerhalb weniger Tage gefunden. Im Reich seiner Mutter verging die Zeit nicht. Man könnte daher behaupten, dass seine erste Geliebte älter als er gewesen war. Sie hatte das zumindest gedacht. Eine reife, aber immer noch schöne Kurtisane, die sich zurückgezogen hatte und nur junge und begehrenswerte Männer in ihr Bett ließ. Jahre später, als er sich in Tian Yanyu verliebte, war sie sechzehn gewesen. Er hatte zu dem Zeitpunkt immer noch wie Anfang zwanzig ausgesehen, obwohl er seit über fünfzig Jahren auf der Welt gewandert war. Viel später traf er dann Lin Bowen, der zu diesem Zeitpunkt nur fünfzehn gewesen war. Zwanzig, als sie ihre Gefühle für einander entdeckten. Zweiundvierzig, als er hinterhältig ermordet wurde. Wan Mei hatte geschworen, ihn und seinen Clan zu beschützen. Wie lange war er an dieses Versprechen gebunden? Spielte es noch eine Rolle? Yanlin Xiang gehörte nicht zum Lin Clan. Nicht einmal durch Heirat.

Er wandte sich Lin Yuchen zu, der den Anschein machte, als wolle er jeden Moment ausrasten. „Lass mich eine Sache klarstellen – ich habe kein Interesse daran, deine Freundin zu retten. Alles, was ich tun werde, ist dir einen politischen Ausweg aus dieser Situation anzubieten. Du hast einen eher wackeligen Waffenstillstand, der bereits durch das beschädigt wurde, was deine Leute vor diesem Haus getan haben. Sobald diese europäischen Hexen entdecken, dass deine Verrückte auf ihrem Territorium ist, hat sie nicht nur ihr Leben verwirkt, sondern auch deinen Waffenstillstand. Der einzige ehrenhafte Ausweg aus dieser Situation ist, ihnen die Wahrheit zu sagen, bevor sie es selbst herausfinden. Bitte sie, dich auf ihr Gebiet einzuladen, damit du Yanlin an ihrem Vorhaben hindern kannst. Versichere ihnen, dass du Frieden willst. Vielleicht bekommst du dann eine Chance, sie zu retten. Vielleicht auch nicht. Vielleicht werdet ihr beide sterben. Aber zumindest wirst du die anderen Hexen in Taiwan nicht in diese Situation hineingezogen haben.“

Lin Yuchen schwieg lange, bevor er sagte: „Es ist vielleicht schon zu spät.“

„Was meinst du damit? Sind andere Hexen mit ihr gegangen? Haben sie ihr bei der Flucht geholfen? Ihr habt sie jedenfalls nicht gut genug bewacht."

Der Wächter blickte durch das Fenster und gab zu: „Die gleichen Leute, die bei ihr waren, als sie versuchte, die Jade in Seoul zurückzuholen, haben ihr bei der Flucht geholfen. Sie sind Ausländer."

Wan Mei runzelte die Stirn. „Ich konnte sehen, dass sie nicht Han sind. Ich nahm einfach an, dass sie in Taiwan Zuflucht gefunden und sich eurer Gemeinschaft angeschlossen hatten."

Lin Yuchen schüttelte den Kopf, ohne ihn anzusehen. „Es gibt Gerüchte über unabhängige Hexen, die sich im letzten Jahrzehnt zu Söldnergruppen zusammengeschlossen haben."

„Es gab schon immer Hexensöldner, besonders in Gebieten, in denen Hexen nicht organisiert sind und niemand sie kontrolliert."

„Das sind normalerweise nur ein oder zwei hochrangige Hexen wie Schattenhexer, Wächter oder Seelenspieler. Sie verdingen sich bei Unternehmen und mächtigen Leuten, aber sie kümmern sich nicht um Hexenpolitik, sondern nur ums Geld. Das hier ist anders. Diese Leute scheinen ein gemeinsames Ziel zu verfolgen, das über Geld hinausgeht. Ich weiß aber bisher nicht, was es ist."

Ein schreckliches Gefühl kroch in Wan Mei hoch. Er hatte angenommen, das Wissen über die Jade sei auf die höheren Ränge der taiwanesischen Hexengemeinschaft beschränkt. Wie viele andere wussten jetzt davon? Wie viele wollten sie für ihre eigenen Ziele nutzen? Man musste schon sehr verzweifelt oder sehr leichtsinnig sein, um sich mit so einem verfluchten Objekt abzugeben.

„Hat dir Yanlin nichts erzählt, als man sie zu dir zurückgebracht hat? Da war doch auch dieser Fährtenleser, der mit ihr gefasst wurde."

„Der Fährtenleser behauptete, sie habe ihn nur bezahlt, damit er den Bestienmeister findet. Sie selbst weigerte sich zu sprechen."

Wan Mei war sich nicht sicher, ob er das glauben konnte. Er musste herausfinden, was vor sich ging. Für einen Moment wünschte er, er hätte die Jade behalten. Andererseits hätte das vielleicht all diese Hexen in das Territorium von Master Su gelockt. Südkorea hatte zu wenige Hexen, um in einem solchen Fall eine gelungene Verteidigungsstrategie zu entwickeln. Es wäre eine Katastrophe. Sollte es zu einem Kampf kommen, dann konnte er nicht zulassen, dass er hier stattfand.

„Wirst du tun, was ich vorgeschlagen habe?“, fragte er Lin Yuchen.

„Wir werden tun, was du vorgeschlagen hast. Aber wenn ich der europäische Hohe Hexenmeister wäre, würde ich denken, es ist eine Falle.“

„Du bist kein Hexenmeister. Was hat er von dir zu befürchten? Was könntest du schon gegen ihn ausrichten?“

Lin Yuchen warf ihm einen mörderischen Blick zu, lächelte dann aber bösartig. „Du könntest etwas gegen ihn ausrichten. Warum denkst du, dass er dir vertrauen wird? Du könntest mit mir unter einer Decke stecken.“

„Er vertraut mir nicht, aber er hat auch nichts von mir zu befürchten. Ich werde hier sein und nicht mit dir in Europa.“

Lin Yuchen ignorierte das und sagte: „Der Bestienmeister und der deutsche Fährtenleser haben die Jade nach England gebracht. Sie sind immer noch dort. Es wäre wohl am besten, den jüngeren Hexenmeister dort zu kontaktieren und ihn zu warnen.“

„Woher weißt du, wo sie sind?“

„Ich habe meine Kontakte in England“, antwortete der Wächter in einem Ton, der klarmachte, dass er Wan Mei für naiv hielt, weil er das nicht selbst erraten hatte.

* * *

Wan Meis Herz klopfte etwas zu schnell, als er Lias Nummer wählte. Das Telefon klingelte so lange, dass er gerade aufgeben wollte, als er ihre Stimme auf der anderen Seite hörte.

„Hallo?“

„Hallo, Lady.“

Es gab einen Moment der Stille auf der anderen Seite und dann flüsterte sie seinen Namen in einem seltsamen Ton, der sein Herz aussetzen ließ.

Du hast für sowas keine Zeit, rief er sich zur Ordnung und sagte: „Ich muss mit Lord Ravenstone sprechen. Lin Yuchen hat ihm etwas zu sagen. Es ist eine dringende Angelegenheit.“

„Ich werde ihn anrufen und ihm diese Nummer geben, wenn das für dich in Ordnung ist?“

„Ja. Aber bitte sag ihm, er soll sich beeilen.“

„Ich werde es ihm ausrichten“, versprach sie und legte auf.

Er war etwas verblüfft und nicht nur ein wenig verletzt von ihrer kühlen Art.

„Ist etwas nicht in Ordnung?“, fragte Lin Yuchen.

„Nein. Lass uns einfach einen Moment warten.“

# Kapitel 15

*Lia / Ainsley upon Thine, UK*

Lia hatte gehofft, dass Wan Mei sie anrufen oder ihr eine Nachricht schicken würde. Und nachdem er endlich angerufen hatte, wollte er nur, dass sie ihn zu Julien durchstellte. Aber so waren Männer eben. Was hatte sie auch erwartet? Dass er ihr von einem anderen Kontinent aus nachlaufen würde? Sie sagte sich, sie solle endlich erwachsen werden, und rief Julien an, um ihm die Neuigkeiten zu erzählen.

„Was will er denn?", fragte er.

„Er hat es mir nicht gesagt."

„Vertraust du diesem Mann?"

„Nicht im Geringsten."

„Ich meine nicht Lin Yuchen."

Sie schwieg einen Moment. Vertraute sie Wan Mei? Sie war völlig in seiner Gewalt gewesen und er hatte ihr keinen Schaden zugefügt. Im Gegenteil, er hatte sich in Gefahr begeben, um sie zu retten.

„Ich habe keinen Grund, es nicht zu tun", sagte sie schließlich.

„Du magst ihn. Dein Urteilsvermögen könnte dadurch beeinträchtigt sein."

„Danke für dein Vertrauen, Jules. Ich mag dich viel mehr als ihn, aber das heißt nicht, dass ich blind für deine Fehler bin."

„Du kennst mich seit fast fünfzehn Jahren und ihn seit ein paar Tagen. Außerdem denkst du, du schuldest ihm etwas. Du kannst aber nicht ganz sicher sein, ob das nicht alles eine Finte war."

„Du denkst, er hat das Ganze in Korea inszeniert, damit ich ihm etwas schulde? Ist das nicht selbst für deine Verhältnisse etwas paranoid?"

„Das ist nicht paranoid. Du bist einfach zu vertrauensselig."

„Er hätte uns die Jade wegnehmen können. Was könnte er sonst wollen? Sich in unser Vertrauen einzuschleichen? Mr. Tozzi hat ihn ohnehin schon eingeladen, hierherzukommen. Wenn er hätte spionieren wollen, so hätte er einfach die Einladung angenommen.“

„Das werden wir noch sehen. Ich rufe ihn an, wenn ich nach Hause komme.“

„Er sagte, es sei dringend. Und du hast selbst gesagt, dass du die Hexen in Taiwan genau im Auge behalten willst. Vielleicht hat Lin Yuchen wieder etwas Dummes vor.“

„Du hast recht, aber ich sehe nicht, warum ich mich sofort darum kümmern muss. Wenn *Wūshī Jūnzhǔ* einen triftigen Grund gefunden hat, warum wir ihm die Jade überlassen sollten, dann hätte er Onkel Gio anrufen sollen.“

Lia hielt inne und schlug dann vor: „Warum machen wir es nicht zu seinem Problem? Du hast ohnehin zu viel von seiner Verantwortung übernommen.“

„Ich will nicht, dass es so aussieht, als werde ich damit nicht alleine fertig.“

„Ich werde ihm einfach sagen, ich konnte dich nicht erreichen, weil du in einer wichtigen Besprechung bist.“

„Das bin ich doch auch!“

* * *

Lia versuchte, den Hohen Hexenmeister anzurufen, doch da er nicht antwortete, machte sie sich auf den Weg zu Ravenstone Manor. Mr. Tozzi und Harrington spielten Schach in einer gemütlichen Bibliothek neben dem Kamin. Sie wirkten wie zwei glückliche Rentner, die ihren Ruhestand und die Gesellschaft des anderen genossen. Nachdem sie ihnen die Situation erklärt hatte, hellte sich Mr. Tozzis Miene weiter auf. Es gab Momente, in denen sie schwören konnte, dass er Chaos liebte.

„Eine interessante Entwicklung“, bemerkte Harrington in seinem typisch ruhigen Ton.

„Ich hatte schon die Hoffnung aufgegeben, dass der Mann sich bei uns melden würde. Er ist ein faszinierender Fall, findest du nicht?“

„Das Letzte, was Julien ihm gesagt hat, ist, dass er ihn hinrichten lassen würde, wenn er westlich von Russland einen Fuß auf europäischen Boden setzt“, erinnerte Lia ihn.

„Was? Oh. Du meinst den *Wūshī Jūnzhǔ*. Ich sprach von Wan Lao. Zwischen den östlichen Meistern und den Oberhäuptern der Hexen im Westen herrscht immer ein bisschen Drama. Es ist eine gute alte Tradition. Unterschiedliche Wege und ein unterschiedliches Verständnis von Magie. Als Marco Polo …“

„Mr. Tozzi, wenn ich sie unterbrechen darf - es schien ziemlich dringend zu sein.“

„Ja, ja. Leute sagen das immer, obwohl die meisten Angelegenheiten nicht so dringend sind, wie sie denken.“

Er begann, die Telefonnummer in sein Handy einzutippen und spähte über seine Lesebrille. Lia hegte den Verdacht, sie war nur eine Art Verkleidung und er brauchte sie eigentlich nicht.

Wan Lao antwortete sofort. Sie fand, er klang sehr angespannt.

„Hallo, Mr. Wan! Ich freue mich, dass Sie angerufen haben“, sagte Tozzi fröhlich.

„Mr. Tozzi?“, fragte Wan Lao.

„Ich weiß, Sie wollten mit Lord Ravenstone sprechen, aber ich hoffe, Sie nehmen auch mit mir vorlieb.“

„Ich habe für jemand anderen angerufen.“

„Ja, ja, natürlich. Darf ich fragen, wie es kommt, dass Sie hier zum Vermittler geworden sind?“

„Es ist nicht meine Absicht, hier zu vermitteln. Ich reiche Sie an den *Wūshī Jūnzhǔ* weiter. Er kann erklären, was er möchte und mich dann endlich in Ruhe lassen.“

Lia runzelte die Stirn. Er war tatsächlich angespannt. Lin Yuchen begann zu sprechen und erklärte in ein paar kurzen Sätzen, dass Yanlin wieder abtrünnig geworden war.

Mr. Tozzi hob die Augenbrauen und sagte: „Danke für Ihre Warnung. Wir werden uns um sie kümmern.“

„Ich möchte kommen und versuchen zu helfen“, erklärte Lin Yuchen steif.

Das sonst so freundliche, väterliche Gesicht des Hohen Hexenmeisters wurde plötzlich steinern, als er sprach: „Ich schätze Ihre Warnung. Ich verstehe die Probleme, die abtrünnige Hexen einem bereiten können. Gott weiß, ich musste selbst schon einige meiner eigenen jagen. Doch es gibt Dinge, die selbst ich nicht vergeben kann. Sie haben diese Frau in mein Territorium geschickt und sie hat eine meiner ältesten Freundinnen und Vertrauten brutal ermordet. Ich kann den Diebstahl vergeben. Ich verstehe auch, dass man es wahrscheinlich nicht einmal als Diebstahl bezeichnen kann. Ich glaube Ihnen auch, dass Sie den Tod der Signora Visconti oder den feigen Angriff auf meine Hexentochter nicht befohlen haben. Aber wenn Sie die abtrünnige Feuerhexe nicht verstoßen wollen, dann sind Sie immer noch für sie verantwortlich. Und solange das der Fall ist, tragen Sie eine Mitverantwortung für ihre Verbrechen und sind hier nicht willkommen. Diese Frau hat ihr Leben verwirkt. Ich töte nicht leichtfertig, aber bei ihr werde ich keine Skrupel haben. Sie ist ihrer gerechten Strafe bereits zweimal entkommen, weil wir sie auf neutralem Gebiet eingeholt haben. Dies hier ist kein neutrales Gebiet. Mein Kontinent, meine Regeln!“

Lia spürte, wie ihr die Kinnlade herunterklappte. Sie hatte Mr. Tozzi noch nie so gesehen. Tatsächlich hatte sie ihn immer als einen charmanten, aber skurrilen alten Onkel gesehen. Es war so leicht, zu vergessen, wie mächtig er war. Es war selten genug, dass er seine Autorität betonte. Aber dass er wütend wurde? Sie konnte sich nicht erinnern, ihn jemals so gesehen zu haben. Selbst als er am Schauplatz des Todes der Signora Visconti ankam, hatte er nur traurig ausgesehen und sich selbst die Schuld gegeben. Das hier war ein völlig neues Bild und ein ziemlich erschreckendes dazu.

Es herrschte eine kurze Stille auf der anderen Seite und dann sagte Lin Yuchen betont gefasst: „Ich kann Ihnen etwas im Austausch für ihr Leben anbieten.“

„Nichts, was Sie mir anbieten können, macht das Leben eines Mitglieds des Hexenrats wett. Das Leben einer Freundin! Und halten Sie mich etwa für dumm genug, sie einfach freizulassen, damit sie wieder hinter meinen Leuten herkommen kann?“

„Ich werde ihr die Magie entziehen. In Ihrer Gegenwart, wenn nötig. Sie wird keine Gefahr mehr darstellen. Und ich werde Ihnen eine Geisel geben.“

„Eine Geisel? Wir leben nicht im Mittelalter, junger Mann! Sie können nicht einfach über Menschen verfügen wie …"

„Es ist keine Person, sondern ein Artefakt."

„Ich habe ein Haus voll von den verdammten Dingen!"

„*Shăndiàn* ist kein verdammtes Ding."

Lia runzelte die Stirn, als Mr. Tozzi erstarrte. Er würde das doch nicht wirklich akzeptieren, oder?

„Sie möchten mir ein mythisches Schwert als Geisel geben?", fragte er schließlich.

„Eher als eine Sicherheitsgarantie. Sie müssen schwören, es meinen Nachkommen zurückzugeben, wenn ich mein Versprechen halte. Aber Sie können es während meines Lebens behalten und nach Belieben untersuchen. Und ich will Ihnen nicht zu nahe treten, aber ich benötige einen diesbezüglichen Eid auch von Ihrem Nachfolger, da Sie nicht der Jüngste sind."

„Sie können nicht weggeben, was Ihnen nicht gehört."

„Das Schwert ist kein Erbe der taiwanesischen Hexen. Es ist das Erbe des Lin Clans. Es gehört mir. Ich bin der letzte lebende Magier der Lin."

Lia konnte sehen, wie die Räder hinter Mr. Tozzis Stirn arbeiteten. Sie wusste nicht, was dieses *Shăndiàn* war, aber der alte Mann konnte nie einem magischen Artefakt widerstehen, besonders einem, der mit einer Legende verbunden war. Sie sah zu Harrington, aber auch er schien von der Idee bezaubert zu sein. Waren das ihr Ernst? Der Hohe Hexenmeister hatte eben noch darauf bestanden, dass Yanlin hingerichtet werden müsse. Und jetzt war es in Ordnung wegen Excalibur 2.0?

„Entschuldigen Sie meine Unverschämtheit, Mr. Lin, aber wenn Sie der Letzte sind, welchen Nachkommen würde ich das Schwert dann übergeben? Oder sind diese erst für die Zukunft geplant?", fragte Tozzi schließlich.

Es gab einen Moment des Zögerns, dann sagte Lin Yuchen: „Yanlin ist schwanger."

„Na herzlichen Glückwunsch", sagte Lia leise, und Mr. Tozzi warf ihr einen tadelnden Blick zu.

„Das hätten Sie gleich sagen können. Ich kann doch keine schwangere Frau hinrichten", brummte er, plötzlich wieder der großväterliche alte Mann. Es herrschte allgemeines Schweigen und dann fügte er hinzu:

„Gut. Bitte kommen Sie so schnell wie möglich her. Wenn wir die Feuerhexe vorher finden, werden wir sie sicher verwahren, bis Sie ankommen. Ich nehme an, Sie haben eine dieser Klingen, mit denen sie Lia angegriffen hat? Wollen Sie diese benutzen, um die Kräfte der Feuerhexe mehr oder weniger sicher zu entziehen?“

„Ja.“

„Und Sie bringen *Shăndiàn* mit?“

„Ich werde veranlassen, dass es aus Taiwan gebracht wird.“

„Sie bekommen es zurück. Ich verspreche es. Ich möchte es nur sehen und eine Weile untersuchen. Wann können wir Sie erwarten?“

„Wir brechen auf, sobald meine Leute eine Fluggenehmigung und eine Landebahn arrangieren können. Wo sollen wir uns treffen?“

„Ravenstone Manor. Hier gibt es einen Kerker“, sagte der Hohe Hexenmeister, was ihm einen vorwurfsvollen Blick von Harrington einbrachte.

„Gut. Dann sehen wir uns morgen.“

„Warten Sie! Wir brauchen einen neutralen Beobachter, um sicherzustellen, dass die Bedingungen der Vereinbarung eingehalten werden. Es ist auch zu Ihrer eigenen Sicherheit, da wir uns nicht auf neutralem Gebiet treffen. Ich dachte da an Wan Lao. Er schuldet keinem von uns beiden Gefolgschaft. Er sollte als neutrale Partei mit Ihnen kommen.“

Lia fühlte, wie ihre Augen sich weiteten. Wenn der Hohe Hexenmeister etwas wollte, dann gab er nicht auf.

„Ich stimme zu. Aber ich bin mir nicht sicher, ob er das tun will“, sagte Lin Yuchen.

„Ich will nicht!“, rief Wan Lao im Hintergrund. Er musste das Telefon von Lin Yuchen geschnappt haben, denn seine Stimme war deutlicher zu hören, als er fortfuhr: „Sir, ich bin nicht ... eigentlich bin ich überhaupt nichts. Finden Sie jemanden, der die nötige Autorität hat, eine neutrale Partei zu sein.“

„Ich verstehe. Sie vertrauen keiner Seite“, stellte Mr. Tozzi nachdenklich fest.

„Mir sind beide Seiten egal. Deshalb ist es mir auch gleichgültig, wer hier vertrauenswürdig ist“, erklärte Wan Lao kalt und Lias Herz sank.

„Gerade das macht Sie zum perfekten Kandidaten. Egal, wie gleichgültig *Wūshī Jūnzhǔ* und ich ihnen sind, so suchen sie doch bestimmt einen Konflikt zwischen Hexengruppen zu verhindern, sonst hätten Sie diesen Anruf nicht getätigt. Sie möchten nicht, dass etwas durch einen Unfall oder ein Missverständnis schiefgeht, oder?"

„Sie sind zwei erwachsene Männer. Sie können das unter sich ausmachen."

„Natürlich. Aber wir haben hier einige volatile Faktoren, bei deren Lösung Sie helfen könnten."

Es herrschte einen Moment lang Stille auf der anderen Seite, dann hörte man einen gedämpften Streit zwischen den beiden Männern.

Schließlich sagte Wan Lao: „Gut. Ich komme."

„Wunderbar!", rief Mr. Tozzi aus.

Nachdem er aufgelegt hatte, strahlte er Lia an. Als er sah, dass sie sprachlos war, wandte sich Tozzi an Harrington. „Ich glaube, sie beabsichtigt, mich zu fragen, ob ich verrückt geworden bin und sucht nur nach geeigneten Worten. Kannst du ihr da was vorschlagen?"

„Wie wäre es mit ‚Sind Sie sicher, Sir?'", bot Harrington an.

„Nein, ich glaube nicht, dass ihr das als emotionales Ventil reicht", sinnierte Tozzi.

Lia verlor die Geduld. „All dies nur für ein weiteres Excalibur? Hätten Sie ihr nicht einfach ihre Magie entziehen und sie zurückschicken können?"

„Es ist nicht irgendein Schwert. Excalibur übrigens auch nicht. Die Cortana jedoch …"

„Sie knirscht schon mit den Zähnen, Gio. Reize sie doch nicht so", seufzte Harrington.

„Ich wäre euch sehr dankbar, wenn ihr endlich aufhören könntet, euch über mich lustig zu machen, meine Herren. Stattdessen solltet ihr euch genau überlegen, was ihr den Benevento sagen werdet! Wir haben sie doch nur mit großer Mühe davon abgehalten, eine Vendetta auf eigene Faust anzufangen. Sie, Mr. Tozzi, haben ihnen Gerechtigkeit versprochen. Das Letzte, was irgendjemand braucht, ist einer von Amadeos Ausrastern", erinnerte Lia ihn.

„Ich entschuldige mich. Aber du kannst doch nicht wollen, dass ich eine schwangere Frau hinrichte? Nicht einmal die Benevento würden das verlangen."

„Da wäre ich mir überhaupt nicht so sicher. Aber ich möchte nicht, dass sie hingerichtet wird, egal ob sie schwanger ist oder nicht. Entziehen Sie ihr einfach ihre Kräfte und schicken Sie sie zurück! Warum brauchen wir ihn hier dafür? Oder ein weiteres verfluchtes Objekt?"

„Meinst du *Wūshī Jūnzhǔ* oder Wan Lao?"

„Den Erstgenannten. Und den Anderen auch! Er will nicht kommen. Warum bedrängen Sie ihn?"

„Oh, ich denke schon, dass er will. Er brauchte diesen kleinen Schubs, um es zu tun. Aber was die andere Sache angeht - du weißt doch, dass das Entziehen und Zerstören von Hexenkräften keine exakte Wissenschaft ist. Ich könnte sie genauso gut töten oder verletzen, wenn sie zu denjenigen gehört, die ihre magischen Energien mit ihrer Lebensenergie verschmolzen haben. Wenn es nur um sie ginge, würde ich es tun, und wenn sie stirbt, stirbt sie eben. Aber ich kann es nicht tun, wenn sie schwanger ist. Ich werde kein unschuldiges Leben gefährden."

„Lin Yuchen könnte das erfunden haben, um Mitleid zu gewinnen!"

„Wir werden sehen."

Sie atmete tief durch und fragte: „Was ist dieses *Shǎndiàn*?"

„Erinnerst du dich an die Geschichte über den Krieger des Lichts?"

„Natürlich. Nach dieser Legende war er es, der die Jade im Drachenglas versiegelte."

„*Shǎndiàn* war sein Schwert. Angeblich wurde es im Himmel geschmiedet und es kann durch alles schneiden und alles durchstoßen."

„Warum hat er die Jade dann nicht in Stücke geschnitten?"

„Weil er damit das Böse, das darin gefangen ist, in die Welt gelassen hätte."

„Oh", sagte sie und fühlte sich dumm. Nach einer Weile fragte sie: „Was war diese seltsame Blumenmetapher in dieser Geschichte?"

„Die weiße Pfingstrose. Es soll ausdrücken, dass der Mann außergewöhnlich gutaussehend war. So wie man dich in der westlichen Literatur mit einer roten Rose vergleichen würde."

„Ja, ich bin sehr dornig", seufzte sie und er lachte.

* * *

Julien war nicht glücklich, als er nach Hause kam und von den Machenschaften des älteren Hexenmeisters hörte.

„Sind Sie sicher, Sir?“, fragte er im gleichen Ton, den Harrington vorgeschlagen hatte. Lia konnte ihr Lachen kaum zurückhalten.

„Es tut mir leid, Julien. Ich habe mich hinreißen lassen. Es war unhöflich von mir, sie in dein Zuhause einzuladen. Ich kann immer noch anrufen und sie zu der *Isola Incantata* umleiten, aber da diese verdammte Frau irgendwo hier sein muss, dachte ich, es sei die beste Lösung.“

„Das meinte ich nicht.“

„Und stelle dir vor – er hat sein eigenes Flugzeug. Vielleicht sollten wir auch eines haben? Wo kauft man eigentlich ein Flugzeug?“

„Das würde mehr Umstände bereiten, als es wert wäre. Es ist immer einfacher, in einem Notfall ein Flugzeug zu chartern.“

„Aber …“

„Und abgesehen von all den Genehmigungen und Lizenzen – ich baue hier keine Landebahn auf meinem Besitz, und Sie werden keinen Piloten finden, der auf der Zauberinsel landen kann.“

„Sie ist nicht ganz so klein …“

„Haben Sie einen Pilotenschein?“

„Nun, nein …“

„Also, wo finden Sie einen menschlichen Piloten, der keine Fragen über eine magische Insel stellt, oder einen Hexenpiloten, dem Sie genug vertrauen, um ihn kommen und gehen zu lassen, wie es ihm gefällt?“

„Sag mal, James, würdest du nicht gerne fliegen lernen?“, fragte Mr. Tozzi seinen alten Freund.

„Ich werde nicht dein Chauffeur sein, Gio. Lerne es doch selbst.“

„Denkst du, Silvio hätte Lust, einen Pilotenschein zu machen?“

„Er ist sechzehn, also darf er ohnehin nicht“, sagte Julien und kam entschieden zum Thema zurück: „Was erhoffen Sie sich von der Sache hier?“

„Warum fühlt sich jeder zum Kritiker berufen? Ich kann doch nicht eine schwangere Frau hinrichten!“

„Wenn sie überhaupt schwanger ist.“

„Diese Unterhaltung hatte ich bereits mit deiner Hexenschwester. Wenn ich mich richtig erinnere, beschwerte sie sich auch, dass es eine Lüge sein könnte. Dass wir *Wūshī Jūnzhŭ* hier nicht wollen. Schlug vor, wir sollten der Frau ihre Kräfte entziehen und sie zurückschicken. Hat mir vorgeworfen, ich würde Wan Lao zwingen, hierherzukommen. Als ob ich ihn gezwungen hätte! Hast du dem noch etwas hinzuzufügen?"

„Ja", sagte Julien, völlig unbeeindruckt von der Tirade. „Wo werden wir diese angeblich schwangere Verrückte finden? Hat schon jemand mit der Suche begonnen?"

„Warum sollten wir sie suchen? Sie kommt wegen der Jade. Deinen Namen muss sie doch mittlerweile kennen. Es ist nicht so schwierig, einen Lord in diesem Land zu finden, auch wenn es immer noch überraschend viele von euch gibt. Sie wird früher oder später einfach hier auftauchen." Er rieb sich nachdenklich das Kinn. „Vielleicht sollte ich einige Bannzauber hier gegen ihre fiesen Talismane verstärken."

Er zog davon, während er weiter mit sich selbst redete.

Julien ließ einen frustrierten Seufzer los und rieb sich die Augen. „Ihm macht das ganze Chaos Spaß."

„Nun, vielleicht nicht Spaß, aber er denkt, es ist aufregend. Er hasst nichts mehr als Langeweile. Aber ich kann nicht glauben, dass diese Frau verrückt genug ist, hierherzukommen. Selbst wenn sie nicht weiß, dass der Hohe Hexenmeister hier ist, muss sie doch wissen, dass sie es nicht mit dir aufnehmen kann."

„Ich bezweifle, dass sie an einem fairen Kampf interessiert ist. Wir alle haben unsere verwundbaren Punkte. Wir sollten uns lieber darum kümmern, statt die Zauberbanne um das Anwesen zu verstärken."

# Kapitel 16

*Wan Mei / Seoul, Südkorea*

„Du Mistkerl“, sagte Wan Mei und packte Lin Yuchen am Kragen, um ihn gegen die Wand zu schleudern. „*Shǎndiàn* gehört nicht dir!“

„Wieso? Du hast es weggeworfen, und jetzt willst du es plötzlich zurück?“

Wan Mei stieß den Mann angewidert von sich. Er hatte das Schwert nicht weggeworfen. In seiner untröstlichen Trauer hatte er es bei Lin Bowens Leichnam in der Grabkammer zurückgelassen, die sie für ihn errichtet hatten, nachdem er ihn gerächt hatte. Es sollte dortbleiben, nicht zu einem Familienerbstück der Lin werden. Dennoch war er nicht bereit, irgendetwas laut zuzugeben. Und es war sinnlos, Lin Yuchen die Schuld zu geben. Wer wusste schon, welcher seiner Vorfahren das Grab geplündert hatte?

„Warum hast du ihnen nicht gesagt, dass andere Hexen mit ihr gereist sind?“, fragte er vorwurfsvoll.

„Weil diese Hexen nicht meine Verantwortung sind.“

„Das könntest du auch über Yanlin sagen. Wenn sie sich mit unabhängigen Söldnern verbündet hat, gehört sie nicht mehr zu deinem Hexenorden.“

„Damit würde ich ihr Todesurteil unterschreiben! Ihres und das meines Kindes!“

Wan Mei verengte die Augen. „Ist sie wirklich schwanger?“

„Ja, das ist sie.“

„Und du bist sicher, dass es dein Kind ist?“

Der Wächter warf ihm einen weiteren mörderischen Blick zu, sagte aber nur: „Ich werde die notwendigen Vorbereitungen treffen und dann einen Fahrer schicken, um dich abzuholen. Wie lautet der Name, den du in deinem Pass verwendest? Du musst irgendeinen Nachnamen haben."

„Wu Wan Mei."

Madam Wu hatte sich immer um Wan Meis Dokumente gekümmert. Die Götter wussten, wie sie das machte. Er hatte nie gefragt. Sie hatte aufgehört, sich neue Namen für ihn auszudenken, da er diese ständig vergaß. Er hatte viele Pässe gehabt. Da er immer wie Mitte zwanzig aussah, musste sein fiktives Geburtsdatum alle paar Jahre neu erfunden werden. Sie hatte ihm den neuesten Pass kurz vor der Pandemie gegeben, als er nach Japan und dann nach Kanada gereist war, um einige Geschäftsabschlüsse für sie zu tätigen, während sie um ihren Ehemann trauerte.

* * *

Er rief Master Su an, um ihm zu erzählen, was vorgefallen war. Obwohl er weder ihm noch Madam Wu Gefolgschaft geschworen hatte, fühlte er sich ihnen zur Loyalität verpflichtet. Vielleicht war es auch nur einfach das Bedürfnis, jemandem zu erzählen, dass er wegging.

Wan Mei war etwas verwundert, als Master Su in Gelächter ausbrach. Der Mann hatte den merkwürdigsten Sinn für Humor.

„Dieser gerissene alte Mann. Er wollte, dass du zu ihm kommst, und er hat dich auch dazu gebracht, es zu tun. Ganz seinem Ruf entsprechend. Wie ein Hund, der einen Knochen nicht loslassen will."

„Und was ist mit Lin Yuchen?"

„Der Mann hat sein Gesicht verloren. Er tut mir sogar ein bisschen leid. Die taiwanesischen Hexen sind wie die meisten normalen Menschen. Sie wollen einfach in Frieden und Wohlstand leben. Wer will schon ein Oberhaupt, das sich von blinder Liebe zu einer Frau treiben lässt? Aber ich bin jetzt doppelt froh, dass ich die Jade nicht angenommen habe. Mal sehen, was ich über diese Söldner herausfinden kann."

Madam Wu war weniger amüsiert, als er sie anrief. „Lin Yuchen ist eine Schande für den Titel. Mir wurde gesagt, er sei einmal ein vielversprechender junger Mann gewesen. Aber selbst die Besten unter euch verlieren manchmal den Kopf wegen eines hübschen Gesichts, insbesondere wenn sie älter werden."

„Das ist eine ungerechte Verallgemeinerung“, protestierte Wan Mei und sie machte eine Pause, bevor sie weitersprach.

„A-Mei, ich würde mir nie anmaßen, dir Vorlesungen zu halten, aber hast du dich gefragt, ob du das Ganze für Lin Yuchen tust oder weil die grünäugige Schattenhexe dort auf dich wartet.“

„Ich bezweifle wirklich, dass sie auf mich wartet“, sagte er ausweichend.

„Du hast bereits zu viel riskiert, indem du sie vor den Auswirkungen der Hexenklinge gerettet hast. Dabei kennst du sie doch kaum. Bitte sei vorsichtig.“

Er versprach es, aber irgendwie schien sie das nicht zu beruhigen.

# Kapitel17

*Wan Mei / Ainsley upon Thine, UK*

Wan Mei blickte auf die berühmte englische Landschaft hinaus. Es regnete in Strömen und man konnte kaum etwas sehen.

„Hast du irgendwas herausgefunden?“, fragte er Lin Yuchen.

„Sie ist hier.“

„Meinst du an diesem Ort oder generell in diesem Land?“

„Sie wurde in London gesehen.“

„Das ist sehr hilfreich“, bemerkte Wan Mei sarkastisch.

Der Wächter warf ihm einen missbilligenden Seitenblick zu und sagte: „Es wird gemunkelt, dass es hier in der Nähe einen Ort von großer Macht gibt.“

„Welche Art von Ort?“

„Niemand ist sich sicher. Es gibt Gerüchte über einen mystischen Ort im Wald. Und auch darüber, dass die Mutter von Lord Ravenstone vor über zwanzig Jahren irgendwo in diesen Wäldern ermordet wurde. Der offizielle Bericht sagt, es sei ein Jagdunfall gewesen, aber es gab keine Schusswunden. Es war mitten im Sommer und dennoch gab es in jener Nacht einen großen Sturm, der einen Teil des Waldes zerstörte. Er blieb jahrelang für die Öffentlichkeit gesperrt, weil er angeblich wegen umfallender Bäume und Bodenerosion zu gefährlich war. Der Wald gehört zum Anwesen der Ravenstones, aber es heißt, es bringt Unglück, dorthin zu gehen. Vor einigen Jahren verbrachten zwei Teenager eine Nacht dort und am nächsten Morgen wurden beide tot aufgefunden.“

„Und das fand niemand verdächtig?“

„Angeblich starben sie an Unterkühlung. Die Nachrichten sagten, sie hätten zu viel Alkohol getrunken und seien dann nach dem Sex nackt außerhalb ihres Zeltes eingeschlafen. Ich weiß, dass Teenager nicht die Hellsten sind, aber das scheint außergewöhnlich dumm.“

„Denkst du, Ravenstone hat sie getötet oder töten lassen, weil er dort etwas Wichtiges versteckt?“

„Hätte er das getan, wäre er schlau genug gewesen, ihre Körper nicht auf seinem Eigentum liegen zu lassen. Aber diese Kinder könnten auf etwas gestoßen sein, was er dort versteckt.“

„Würde deine Freundin so dumm sein, allein an einen solchen Ort zu gehen?“

„Ich weiß nicht mehr, was sie tun oder nicht tun würde“, gab der andere Mann zu und sah weg.

* * *

Der Fahrer ließ sie vor einem Landhaus aussteigen. Wan Mei war fast enttäuscht. Das Gebäude samt Anwesen wirkte wie etwas aus einer Zeitschrift für einen schicken Landurlaub. Das Haus sah angenehm aus und war gerade stattlich genug, ohne zu groß zu sein. Er wusste, es war lächerlich, aber er hatte ein düsteres Schloss oder zumindest ein unheimliches viktorianisches Haus erwartet. Immerhin hätte das zu einem Namen wie Ravenstone Manor bestens gepasst.

Ein Mann mit grauen Haaren und einer extrem geraden Haltung öffnete ihnen die Tür. Wan Mei hatte auf einen Butler gehofft, aber dieser Mann war sicherlich keiner.

„Guten Tag, Mr. Lin, Mr. Wan. Oder ist es Mr. Wu? Ich fürchte, wir waren uns da etwas unsicher. Ich hoffe, Ihre Reise war angenehm. Mein Name ist James Harrington. Willkommen im Ravenstone Manor. Der Hohe Hexenmeister erwartet Sie in der Bibliothek.“

Sie folgten ihm durch einen gefliesten Flur zu einem Raum im hinteren Teil des Hauses.

„Würden die Herren Tee oder Kaffee bevorzugen? Das Wetter ist wirklich bestialisch“, sagte der Mann gesprächig.

„Nein, danke“, sagte Lin Yuchen und blickte geradeaus, aber Wan Mei lächelte den Mann an.

„Ich nehme an, sie sind nicht wirklich ein Butler?“, fragte er. Er wusste sehr wohl, dass er es nicht war. Der Mann war ein Wächter, aber da er seine Magie in dem Moment nicht nutzte, konnte Lin Yuchen nicht wissen, dass er hier einen Ebenbürtigen hatte.

Die Augen des Mannes funkelten amüsiert, als er erwiderte: „Nein, aber ich mache trotzdem ausgezeichneten Tee, wenn ich das so sagen darf."

„Dann hätte ich gerne welchen. Ich wollte nicht unhöflich sein. Es ist nur so, dass ich schon immer einen echten Butler treffen wollte."

„Das möchte jeder", sagte Harrington mit einem Schmunzeln.

Er öffnete die großen Doppeltüren zu einem großen, schönen Raum. Er war gefüllt mit Bücherregalen, die bis zur hohen Decke hinaufreichten und war in zwei Teile gegliedert – eine eigentliche Bibliothek und ein altmodisches Büro mit einem großen Mahagoni-Schreibtisch und Schränken mit kunstvoll gravierten Türen. Wan Mei erfasste all das mit einem Blick, konzentrierte sich aber schließlich fast wider Willen auf Lia. Sie stand neben einem Mann, den er für Lord Ravenstone hielt, während ein älterer Herr von einem Lesesessel aufstand. Wan Mei neigte den Kopf zur Begrüßung, aber seine Augen wanderten zurück zu der jungen Frau. Sie war noch schöner als in seiner Erinnerung, wirkte allerdings distanziert und ihre Augen waren irgendwie kalt. Sie trug eine weiße Bluse und gerade schwarze Hosen. Vielleicht wollte sie streng oder professionell wirken, aber das dünne schwarze Band, das unter dem Kragen ihrer Bluse zu einer Schleife gebunden war, ließ das Outfit spielerisch wirken. Sie wirkte auch größer als zuvor, da ihre schwarzen Stiefeletten ihr fast drei zusätzliche Zoll verliehen. Ihre Haare waren zu einem einfachen Pferdeschwanz zurückgebunden und lange Ohrringe aus Silber und Onyx hingen von ihren Ohren. Er verspürte den lächerlichen Drang, spielerisch daran zu ziehen.

„Willkommen, meine Herren", sagte Julien Ravenstone in seinem kühlen Ton und Wan Mei rief sich zur Ordnung.

Er überließ Lin Yuchen die höflichen Vorstellungen und Begrüßungen und konzentrierte sich auf die beiden Hexenmeister. Lord Ravenstone war groß und elegant, mit goldenen Haaren und eisblauen Augen. Trotz seiner relativen Jugend strahlte er Autorität aus. Wan Mei konnte ihn sich leicht an der Spitze imperialer Armeen vorstellen. Nun, zumindest konnte er sich vorstellen, wie dieser junge Fürst die Bewegungen der Truppen in einem Kommandozelt hinter dem Schlachtfeld plante. Man schickte Leute wie seine Lordschaft nicht in die ersten Reihen einer Schlacht.

Mr. Tozzi war jedoch eine Überraschung. Er war ein etwas kleinerer Mann, gekleidet wie ein alternder Pfau in einer lila Jacke und mit einem bunten Seidenschal um den Hals. Seine Haare waren weiß, seine Augen dunkel, und er wirkte allgemein wie das Lehrbuchbild eines schrulligen, aber lustigen alten Onkels. Doch als Wan Mei genauer hinsah, wich er vor Schock fast zurück. In der gebrechlichen Gestalt dieses Mannes steckte eine Macht, die er seit Jahrhunderten nicht gesehen hatte. Viel mehr magische Energie, als er eigentlich haben dürfte. Wan Mei hatte eine solche Menge an Energien zuletzt bei Ming Qing-fu gesehen, einer mandschurischen Hexenmeisterin, die viele andere Magier ihrer Energien beraubt und dabei den Verstand verloren hatte. Selbst Wan Mei hatte ihr kaum standhalten können. Doch in diesem Mann gab es kein Chaos, keine Energien des Grolls, die ihn von innen auffraßen. Im Gegenteil, das Übermaß an Energie strahlte sogar eine gewisse Harmonie aus.

Der jüngere Hexenmeister war zwar mächtig, aber nicht außergewöhnlich, denn Wan Mei hatte seinesgleichen schon einige Male in diversen Leben gesehen. Lin Yuchen hatte solche Erfahrungen jedoch nicht gemacht und schien gereizt. Anders als Wan Mei konnte er die massive goldene Energie, die den jungen Mann umgab, nicht sehen. Doch wie jede andere Hexe konnte er instinktiv spüren, dass er jemandem gegenüberstand, der allein durch seine Macht bereits eine echte Bedrohung darstellte.

„Ich nehme an, Sie haben sie bislang nicht gefunden?“, fragte Lin Yuchen und unterbrach den alten Hexenmeister mitten in einer belanglosen Höflichkeit.

„Wir haben nicht nach ihr gesucht. Sie wird früher oder später hier auftauchen, also warum sich die Mühe machen?“, antwortete Lord Ravenstone.

„Erlauben Sie mir, auf Ihrem Anwesen nach ihr zu suchen?“, fragte Lin Yuchen steif.

„Wenn Sie die Landschaft bei strömendem Regen erkunden möchten, bitte sehr“, erwiderte Ravenstone mit einem Schulterzucken.

„Es gibt andere Möglichkeiten“, schlug Wan Mei vor und alle Augen ruhten plötzlich auf ihm. „Ich meine einen Spurenzauber.“

„Sie tragen ihr Blut einfach so mit sich?“, fragte Julien skeptisch.

„Lin Yuchens Blut sollte funktionieren, wenn sie schwanger ist. Der Zauber wird das ungeborene Kind in ihr aufspüren.“

Tozzi rieb sich das Kinn. „Was für eine interessante Idee. Ich wusste gar nicht, dass so was funktioniert.“

„Aber so funktioniert Genetik nicht“, protestierte Ravenstone.

„Das mag sein, aber Magie und Biologie folgen nicht denselben Regeln.“

„Warum hast du mir das nicht früher gesagt? Ich hätte einen Fährtenleser mitbringen können“, knurrte Lin Yuchen Wan Mei auf Mandarin an.

„Es ist mir nicht früher eingefallen“, gab Wan Mei zu und wandte sich dann an Lia: „Wo ist Nico? Könnte er das nicht machen? Er hat ihr Blut bereits aufgenommen.“

„Er ist nicht hier. Außerdem habe ich ihn von dem Blut gereinigt, sobald er zurückgekehrt war. Eigentlich war es ohnehin das Blut ihres Bruders. Ich bin auch sicher, dass *Wūshī Jūnzhǔ* verständlicherweise nicht sein Blut einem unserer Fährtenleser anvertrauen möchte“, erwiderte Tozzi an ihrer statt und sah erwartungsvoll zu Ravenstone.

Der jüngere Hexenmeister reagierte nicht darauf, sondern öffnete die Tür. Harrington rollte einen Servierwagen herein, auf dem zwei Platten mit Kuchen und kleinen Sandwiches, eine große Teekanne mit einem Teeservice und eine Flasche Schnaps standen.

„Wer wird den Zauber ausführen? Ich nehme an, Sie vertrauen mir nicht mit Ihrem Blut, und ich traue Ihnen nicht, Zauber in meinem Haus zu wirken“, sprach Ravenstone schließlich.

Lin Yuchen schien von seiner Direktheit vor den Kopf gestoßen und Harrington warf schnell ein: „Wie hätten Sie gerne Ihren Tee?“

„Ich will keinen Tee“, gab der andere Wächter schroff zurück. Er starrte immer noch Ravenstone an, der seinerseits irritiert zu Harrington sah.

Der ältere Mann lächelte nur gütig und sagte: „Eine schöne Tasse Tee kommt nie ungelegen.“

Wan Mei konnte sehen, wie Lia sich auf die Unterlippe biss, offensichtlich in dem Bemühen, nicht über diese typisch englische

Bemerkung zu lachen. Ravenstone und Lin Yuchen ignorierten diese weise Aussage und stritten sich über irgendeinen Zauberschutz im Haus.

Harrington wandte sich an Wan Mei und sagte: „Wie hätten Sie gerne Ihren Tee, Master Wan?“

„Wie auch immer Sie ihn zubereitet haben, Mr. Harrington. Aber mein Nachname ist Wu“, sagte Wan Mei und lächelte zurück. Der Wächter goss eine Tasse ein und reichte sie ihm. Allein am Duft konnte Wan Mei erkennen, dass es sich um einen der feinsten Oolong Tees handelte, der perfekt aufgebrüht war. Tozzi lehnte sich vor und nahm die Schnapsflasche, aus der er sich einen großzügigen Schluck einschenkte, während Harrington Tee für Lia und sich selbst eingoss.

„Der Tee ist vorzüglich“, verkündete Wan Mei. Das stimmte zwar, aber er sagte es vor allem, um Harrington in seinem Bestreben zu unterstützen, eine zivilisierte Atmosphäre aufrechtzuerhalten.

Der ältere Wächter strahlte und fragte: „Wie wäre es mit einem kleinen Happen, bevor das alles damit endet, dass Sie herausgeschickt werden, um einen Zauber im Regen zu wirken? Die Petit Fours sind köstlich.“

Sowohl Lin Yuchen als auch Ravenstone drehten sich wieder mit einem Stirnrunzeln zu ihm um und Harrington lächelte unschuldig.

„Was? Ist das nicht der Grund, warum Master Wu hier ist? Als Pufferzone zwischen euch beiden?“

Tozzi hob sein Glas in einer zustimmenden Geste und Wan Mei fühlte, wie beide Männer ihn anstarrten.

„Vielleicht könnte ich eines davon haben, bis sie entscheiden, welcher von ihnen mir weniger vertraut?“, schmunzelte er Harrington an.

Er wusste, dass Ravenstone ihm nicht traute. Lin Yuchen wollte ihm auch nicht vertrauen, hatte aber keine andere Wahl. Es herrschte einen Moment Stille, während Tozzi ein frisches Glas Schnaps einschenkte und es Lin Yuchen anbot, der den Kopf schüttelte. Der alte Hexenmeister bot es Ravenstone an, der ebenfalls ablehnte. Schließlich trank er es selbst.

Ravenstone fragte schließlich: „Was benötigen Sie, Mr. Wu?“

Wan Mei legte den kleinen Kuchen, den er gerade essen wollte, beiseite und sagte: „Eine Karte des Anwesens und Lin Yuchens Blut.“ Er blickte aus dem Fenster. Hörte der Regen in diesem Land jemals auf? „Möglicherweise auch einen Regenschirm“, fügte er hinzu.

„Wie lange wird es dauern?“, erkundigte sich Ravenstone und sah überrascht aus, als Wan Mei antwortete: „Zwei Minuten.“

„Das ist interessant. Ich habe schon ähnliche Spurenzauber gesehen, aber die Vorbereitung dauerte Stunden und beinhaltete das Verbrennen von allerlei Kräutern und diverse andere Rituale“, sinnierte Tozzi.

Lin Yuchen spottete: „Das war wahrscheinlich nur zur Show, oder Ihre Hexen sind schwach.“

Tozzi warf ihm einen entrüsteten Blick zu und Harrington sprang erneut ein: „Ich werde eine neue Karte des Anwesens drucken.“

„Das mache ich“, sagte Julien und ging zur gegenüberliegenden Seite des Raumes zu einem großen Schreibtisch.

Lin Yuchen folgte ihm, ebenso wie die beiden älteren Männer. Wan Mei blieb, wo er war, und betrachtete das Wappen, das über dem Kamin an der Wand hing. Es war ein goldener Schild mit etwas Feuerrotem in der Mitte.

Er ging zu Lia, die aus dem Fenster in den Garten hinter dem Haus starrte.

„Ist das eine Fackel?“, fragte er sie leise. Sie riss ihren Blick von dem verregneten Garten und sah ihn stirnrunzelnd an. „Ich meine auf dem Schild“, sagte er und deutete auf das Wappen.

„Es soll ein flammendes Schwert sein.“

„Was sagen die Worte?“

„Per sanguinem et ignem. Durch Blut und Feuer.“

„Was bedeutet das?“

„Kommt darauf an, wen man fragt. Wir sind durch Blut und Feuer geschmiedet? Jass behauptet, es bedeutet: ‚Wir sind dahin gekommen, wo wir sind, indem wir das Blut anderer vergossen und sie verbrannt haben.‘ So ganz Unrecht hat er nicht.“

„Wo ist Jass?“

Sie zuckte mit den Schultern und fragte: „Bist du sicher, dass du sie mit dem Zauber finden kannst, wenn sie in der Nähe ist?“

„Ja. Wenn sie wirklich sein Kind in sich trägt.“

„Und wenn du nichts finden kannst, dann ist sie nicht schwanger?“

„Oder Lin Yuchen ist nicht der Vater. Vielleicht heilt ihn das von seiner Dummheit.“

„Warum lieben Männer geisteskranke Frauen?“

„Wie bitte?“

„Mir scheint, dass Männer sich immer am stärksten verlieben, wenn es eine völlig geistig instabile Frau ist. Ist es so eine Art Retter-Syndrom? Weil ihr alle ein Ritter in weißer Rüstung sein wollt?“

„Es ist sexistisch anzunehmen, dass alle Männer gleich sind.“

Sie machte ein verächtliches Geräusch, das ihn zum Lachen brachte.

„Vielleicht solltest du öfter so tun, als seist du ein hilfloses Fräulein in Not“, neckte er.

„Das habe ich nicht gemeint. Ich will nicht …“, begann sie entrüstet, hielt aber inne, als Ravenstone nach ihm rief, um zu fragen, ob die Karte groß genug sei. Wan Mei warf ihm und dem großen Stück Papier kaum einen Blick zu und nickte nur.

* * *

Einige Minuten später stand er in einem Pavillon, weit entfernt vom Haus. Das runde Steindach bot kaum Schutz vor dem Regen, der immer noch herunterprasselte. Seine Begleiter bildeten einen Ring aus Regenschirmen um ihn herum. Lia und Harrington waren im Haus geblieben und er konnte es ihnen nicht verübeln. Tozzi war wahrscheinlich aus reiner Neugier mitgekommen. Wan Mei schloss die Augen, fuhr mit seiner linken Hand über die Karte und sprach leise den Zauber, den ihm ein alter Spruchmagier in einem anderen Leben beigebracht hatte. Das Papier begann in silbrig-weißem Nebel zu schimmern. Die gezeichneten Linien begannen darauf zu fließen. Er nickte Lin Yuchen zu, der sich mit einem scharfen Messer in den Unterarm schnitt und das Blut auf die Karte tropfen ließ. Harrington hatte ihm eine Spritze und Desinfektionsmittel für eine sicherere Anwendung angeboten, aber der Mann hatte abgelehnt. Hexen waren im Allgemeinen immer melodramatisch, sinnierte Wan Mei, als er sah, wie das Blut langsam die Karte hinunterlief. Es bewegte sich nach Osten und hielt dort einen Moment an, machte eine Schleife, kam aber letztendlich am Rand des Papiers zum Stehen.

„Was ist dort?“, fragte Lin Yuchen und deutete auf die Schleife.

„Der Wald“, erklärte Ravenstone unverbindlich.

„Interessant. Sagen Sie mir, ob ich das richtig interpretiere, Mr. Wu. Sie war dort, um etwas zu suchen, ist aber davongezogen, als sie es nicht finden konnte“, mutmaßte Tozzi.

„Sie war kürzlich dort. Es war vor weniger als 12 Stunden, wenn es noch so stark angezeigt wird. Ob sie etwas gefunden hat oder nicht, kann ich nicht sagen. Es zeigt nur, dass sie in diese Richtung aufgebrochen ist, aber ich kann nicht sagen, wohin sie von dort aus gegangen ist.“

„Vielleicht brauchen wir einfach eine größere Karte?“

„Ich bezweifle wirklich, dass das funktionieren wird. Ein Embryo zu verfolgen ist nicht dasselbe wie einen vollständig ausgebildeten Menschen aufzuspüren. Was ist in dieser Richtung?“

„Die Dörfer Danby und Middleton“, sagte Ravenstone.

„Gibt es dort irgendetwas besonders Interessantes?“

„Nein. Wenn ich die Feuerhexe wäre, würde ich nicht in ein Dorf gehen. Dort wäre sie zu auffällig. Ich würde in eine Stadt gehen.“

„Ja, das verstehe ich, aber sie scheint etwas anderes als die Jade zu suchen. Gibt es in dieser Richtung etwas oder jemanden, der ihr helfen könnte? Oder jemanden, den sie benutzen könnte, um Sie zu erpressen?“, fragte Wan Mei.

Lin Yuchens Kopf schnellte hoch und Ravenstone lächelte nur freudlos.

„Dann sollten Sie diese Leute vielleicht warnen“, sagte Wan Mei.

„Das habe ich getan“, entgegnete Ravenstone kühl und fragte: „Können wir jetzt hereingehen?“

„Warten Sie – was haben Sie getan?“, fragte Lin Yuchen.

„Nichts. Nur Wachen an wichtigen Orten postiert. Wenn sie dort gewesen wäre, dann wäre ich informiert worden.“

Er drehte sich um, um zurück zum Haus zu gehen.

„Wo?“, insistierte Lin Yuchen.

Ravenstone antwortete nicht, also nahm es Tozzi auf sich, die Sache aufzuklären: „Wir hielten es für klug, Wachen bei denen aufzustellen, die uns am Herzen liegen. Nur für den Fall. Wie bei Viscount Ashton, Lord Ravenstones Vater.“

„Sie würde nicht …“, begann Lin Yuchen, hielt dann aber inne.

Wan Mei konnte nicht anders, als ihn zu bemitleiden. Er wusste, wie es war, jemanden zu lieben, der sich plötzlich in eine fast unbekannte Person verwandelte.

Er blickte auf Ravenstone und fragte sich, ob sein Vater auch ein Hexer war. Er konnte sicherlich kein Hexenmeister wie sein Sohn sein. Alle Hexenmeister waren unfruchtbar. Das unvermeidliche Ende des Familienzweigs. Vielleicht hatte es die Natur so eingerichtet, um noch mächtigere Kreaturen zu verhindern.

Er spürte Mr. Tozzis neugierigen Blick auf sich und lächelte den Mann an, als er fragte: „Ist Jass deshalb nicht hier? Er ist fort, um jemanden zu beschützen?“

„Ja“, gab Tozzi zu.

Wan Mei wollte keine indiskreten Fragen stellen, also sagte er einfach: „Ich mag Jass.“

„Die meisten Leute tun das. Haben Sie darüber nachgedacht, für eine Weile hier zu bleiben? Sie wären sehr willkommen“, sagte Mr. Tozzi.

Wan Mei warf einen Blick auf Ravenstones geraden Rücken und lächelte den Hohen Hexenmeister an, ohne etwas zu sagen.

Tozzi räusperte sich. „Ich weiß, Julien ist im Moment nicht gerade ein warmherziger und einladender Gastgeber, aber ich würde mich freuen, wenn Sie bleiben würden. Harrington auch.“

„Es ist Lord Ravenstones Zuhause, Sir.“

„Er besitzt nicht das ganze Land. Ich habe Immobilien in London, in denen Sie wohnen könnten, wenn Sie das bevorzugen.“

„Sir, ich kann Ihnen mit der Vernichtung der Jade nicht helfen. Wenn ich eine Idee hätte, wie man sie zerstören oder auch nur schwächen könnte, hätte ich das in Korea getan und sie dann ins Meer geworfen. Auf der nordkoreanischen Seite, nur für den Fall.“

„Das weiß ich, junger Mann. Und Sie hätten meinen Segen dazu gehabt, auch wenn Sie ihn nicht benötigen. Sehen Sie es vielleicht als eine Art Studentenaustausch. Waren Sie schon einmal hier? Es gibt auch hier Dinge zu sehen und zu lernen. Ich werde nichts von Ihnen verlangen. Es wäre einfach interessant, Ihre Perspektive zu gewissen Angelegenheiten zu sehen. Sie wurden so anders unterrichtet als wir. Und vielleicht könnten wir Ihnen Einblicke in Dinge geben, die Sie in Südkorea nicht haben.“

„Sie haben auch hier koreanische und chinesische Hexen und auch eine gute Beziehung zu den Japanern."

„Es gibt kaum ein paar Dutzend Hexen in Japan und nur eine Handvoll von hohem Rang. Es schmerzt mich, dass dort so viel Wissen verloren geht, weil es so wenige gibt, die es weitertragen können. Und ja, wir haben hier einige Hexen koreanischer und chinesischer Herkunft, aber die meisten von ihnen sind hier geboren und aufgewachsen. Es gibt sehr wenige Ausnahmen. Ich nehme an, Sie haben von Xiao Ling Sang gehört?"

„Ja. Er war ein Lehrer von Madam Wu, die ich gut kenne. Sie schätzt ihn sehr, aber sie erwähnte auch, dass es ihm nicht gut geht?"

„Das ist leider wahr. Ich weiß, ich muss einem jungen Menschen wie Ihnen bereits uralt erscheinen, aber Master Xiao ist noch fünfundzwanzig Jahre älter als ich. Wir haben viele Mahlzeiten und noch mehr Flaschen geteilt und ich wage zu behaupten, wir sind Freunde geworden. Wir haben diese Theorie entwickelt, dass – um es einfach auszudrücken – Hexenkräfte sich an ihre Umgebung anpassen. Es geht nicht nur um Herkunft, sondern …"

Er hielt inne, als sie die Haustür erreichten, wo Julien auf sie wartete und sie offenhielt.

„Könnten Sie unsere Gäste zurück in die Bibliothek bringen, Mr. Tozzi? Ich muss ein paar Leute anrufen. Es wird nicht lange dauern."

„Wir werden nach London zurückkehren. Ich rufe den Fahrer, damit er uns abholt", teilte Lin Yuchen allen mit.

Ravenstone betrachtete ihn kalt, bemühte sich aber um einen höflichen Ton, als er erklärte: „Die Dame muss in diesem Land mindestens einige Kontakte haben, also hat sie wahrscheinlich schon von Ihrer Ankunft gehört. Sie hat zwei Möglichkeiten – entweder schnell zu handeln oder unterzutauchen. Nach allem, was man mir erzählt hat, ist sie nicht jemand, der sich versteckt und wartet. Ich kann und will Sie nicht davon abhalten, nach London zurückzukehren, aber es wäre vielleicht klüger, wenn Sie noch ein paar Stunden hierblieben, damit wir schneller handeln können, falls wir Neuigkeiten bekommen. Wo ist Ihr Fahrer überhaupt?"

„Ich weiß es nicht. Ihm wurde gesagt, er solle in der Nähe bleiben."

„Harrington hat ihm gesagt, er könne hier warten, aber da heute kein Personal da ist und somit keine Gesellschaft, ging er ins Dorf. Ich nehme an, er genießt die Reize des örtlichen Pubs. Ich hoffe nur, er trinkt nicht zu viel", warf Tozzi ein.

Lin Yuchen schien sich nicht besonders für den Aufenthaltsort des Fahrers zu interessieren. Nach einem kurzen Moment des Nachdenkens neigte er den Kopf und sagte: „Sie haben recht, Lord Ravenstone. Danke für Ihre Gastfreundschaft."

Als sie zur Bibliothek gingen, fragte Wan Mei: „Wo ist dieser Pub?"

„Im Dorf."

„Ist das weit?"

Sowohl Tozzi als auch Lin Yuchen sahen ihn bestürzt an.

„Willst du jetzt ernsthaft einen Ausflug machen?", fragte der Letztere.

Wan Mei zuckte mit den Schultern. „Ihr braucht mich hier doch nicht mehr."

„Ich hatte gehofft, noch ein wenig mit Ihnen zu sprechen", sagte Tozzi hoffnungsvoll.

„Ich bin sicher, Master Wu scherzt nur", behauptete Lin Yuchen steif.

Tozzi öffnete die Tür zur Bibliothek, wo Harrington und Lia gemütlich Tee tranken.

„Habt ihr sie gefunden?", fragte Lia. Tozzi erklärte, was vorgefallen war, und sie runzelte enttäuscht die Nase. „Ich hasse Warten", murrte sie.

„Na, das ist ja ganz etwas Neues", sagte Harrington mit einem Funkeln in den Augen.

„Weißt du, wo der Pub ist?", fragte Wan Mei sie.

„Leider ja. Warum?"

„Können wir dorthin gehen?"

Sie blinzelte ihn entgeistert an. „Wozu?"

„Mr. Tozzi sagte, es sei reizend."

„Das habe ich so nicht gesagt", widersprach Tozzi.

Lia sah Wan Mei an und ihre Lippen formten allmählich ein Lächeln. Er war froh, es endlich wiederzusehen.

„Ja, lass uns in den Pub gehen", stimmte sie zu.

„Lia", seufzte Harrington.

„Was? Es wäre sehr unterhaltsam", sagte sie unschuldig.

„Für wen?"

„Für mich."

„Wirklich?", fragte Wan Mei.

„Ja. Du trinkst keinen Alkohol, was dich für die Stammgäste noch verdächtiger machen wird, als ich es je war. Außerdem würde ich gerne sehen, wie du deine perfekte Nase über den Tee, den sie dort machen, rümpfst und dann bestelle ich dir eine Portion matschige Erbsen. Dazu kommt noch der Bonus, dass Mrs. Robinson vor Ort vom Schlag getroffen wird, wenn sie dich sieht. Kannst du deine Haare wieder blau einfärben?“

„Sehe ich das richtig, dass du Mrs. Robinson nicht magst?“

„Was hast du denn gegen Erbsen?“, fragte Harrington gleichzeitig.

Tozzi räusperte sich und sagte: „James, man muss wirklich ein gebürtiger Engländer sein, um zu schätzen, was eure Küche Erbsen antut. Ganz zu schweigen von dieser gelben Abscheulichkeit namens Custard.“

Lia sah Wan Mei glücklich an und sagte: „Ja. Das bestelle ich dir auch.“

„Also versuchst du, mich und Mrs. Robinson gleichzeitig zu erledigen?“, fragte er.

Lin Yuchen rollte mit den Augen über all die Albernheit und wanderte zum Fenster.

„Ich bin sicher, du wirst es überleben“, sagte sie.

„Ich schlage vor, ihr geht ein andermal in den Pub. Ich werde noch mehr Tee machen. Hat Ihnen der Oolong geschmeckt, Master Wu? Oder wollen wir zu Imperial White oder etwas Belebendem wechseln?“, fragte Harrington.

„Was auch immer Sie wählen, wird perfekt sein.“

„Was würdest du bevorzugen, meine Liebe?“, fragte Harrington Lia.

„Ich würde es bevorzugen, keinen weiteren Tee zu trinken. Aber ich komme mit, um zu helfen.“

„Darf ich auch mitkommen?“, fragte Wan Mei.

„Natürlich“, sagte Harrington.

Tozzi sah ziemlich missmutig aus, und Wan Mei konnte ihm nicht übelnehmen, dass er nicht allein mit dem mürrischen Lin Yuchen gelassen werden wollte.

Harrington reichte Lia eine Flasche aus dem Kühlschrank in der Küche, und sie strahlte ihn an. „Habe ich dir je gesagt, dass du meine Lieblingsperson auf dieser Insel bist?“

„Diese Woche noch nicht“, schmunzelte Harrington und öffnete den Schrank mit seiner Teesammlung.

„Was in dieser Flasche macht einen zu deiner Lieblingsperson?“, erkundigte sich Wan Mei.

„Sprudelwasser. Aber das ist nur das Sahnehäubchen. Es gibt unzählige Gründe, warum Harrington meine Lieblingsperson ist.“

„Hast du wirklich jeden, den du je getroffen hast, eingestuft? Mit Harrington an der Spitze der Liste und Mrs. Robinson am Ende?“

„Ich würde sagen, die meisten Menschen, die ich treffe, sind mir vollkommen gleichgültig. Aber Mrs. Robinson ist ziemlich weit oben auf der Liste der Menschen, die ich verabscheue.“

„Stehe ich auf irgendeiner der Listen?“

„Sicher. Du bist der zweite Eintrag auf der Liste der Personen mit dem besten Stil und Geschmack.“

„Danke. Nicht, dass es ein Wettbewerb wäre, aber wer ist der Erste?“

„Lady Felicia. Sie ist Juliens Tante. Eine Heilige von einer Frau, die versucht hat, mich damenhaft zu erziehen. Es ist nicht ihre Schuld, dass es nicht funktioniert hat.“

„Ich würde sagen, sie hat ihre Sache hervorragend gemacht“, sagte er mit einem Lächeln.

„Grün, schwarz oder weiß?“, fragte Harrington.

Wan Mei warf Harringtons Sammlung nur einen höflichen Blick zu, war aber angenehm überrascht.

„Das ist eine wunderbare Sammlung, Mr. Harrington. Es muss schwierig gewesen sein, diesen Longjing zu bekommen.“

„Xiao Ling Sang hat es dem Hohen Hexenmeister geschenkt. Obwohl dieser sich der Ehre und des Werts eines solchen Geschenks bewusst ist, dachte er, es sei besser, es jemandem zu geben, der es wirklich zu schätzen weiß. Er ist eher ein Kaffeetrinker.“

„Es ist so wenig davon übrig. Bitte verwenden Sie es nicht meinetwegen.“

„Oh, aber ich würde die letzten Bestände gerne mit jemandem teilen, der es zu schätzen weiß.“

„Vielleicht würde Lin Yuchen es auch zu schätzen wissen und ein bisschen weniger … er selbst sein?“, schlug Lia vor.

„Ich glaube nicht, dass der Herr ganz er selbst ist. Er ist ein besorgter Freund und werdender Vater“, widersprach Harrington. Lia sah nicht sehr überzeugt aus, also fuhr er fort: „Ihr jungen Menschen urteilt immer so schnell. Wenn man eigene Fehler gemacht und diese bereut hat, entwickelt man ein Verständnis für die Schwächen anderer.“

Wan Mei musste zugeben, dass das durchaus stimmte, aber bevor er etwas sagen konnte, krümmte sich Lia plötzlich, als ob sie große Schmerzen hätte, und sank auf die Knie. Harrington eilte auf sie zu, aber Wan Mei war schneller.

Er kniete sich neben sie und fragte: „Was ist passiert?“

„Andrei“, keuchte sie.

Harrington verlor keine Zeit und begann zu rennen.

„Wer ist Andrei?“, fragte Wan Mei und hielt sie an den Schultern fest, aber sie deutete an, dass er still sein solle. Sie schien auf etwas zu hören, stand dann etwas wackelig auf und sagte, dass sie gehen müsse.

„Wohin?“, fragte er, aber sie eilte bereits davon.

Julien lief ebenfalls zur Hintertür. Wan Mei sah, wie Mr. Tozzi Lin Yuchen festhielt.

„Sie haben mein Wort. Das war die Vereinbarung.“

Der andere Mann schien wütend, nickte aber nur.

„Wenn Wan Lao gehen möchte, kann er gehen. Als Vermittler wird er sicherstellen, dass die Bedingungen unserer Vereinbarung nicht verletzt werden“, rief Tozzi.

Er hatte sehr laut gesprochen, und Wan Mei war sich nicht sicher, ob das an ihn oder Julien gerichtet war. Er zuckte nur mit den Schultern und folgte dem jüngeren Hexenmeister. Der Regen hatte aufgehört, aber die Luft war immer noch feucht, und der Himmel sah aus, als ob das Ende der Welt bevorstünde. Er setzte sich neben Lia auf den Rücksitz des Autos.

Ravenstone hatte sein Telefon herausgenommen, sagte aber nach einer Weile: „Niemand geht ran.“

„Er hat aufgehört zu schreien“, flüsterte Lia und rieb sich die Arme.

Wan Mei zog seine Jacke aus und legte sie ihr um die Schultern. Sie schien es kaum zu bemerken.

„Wer ist Andrei?“, fragte er erneut.

„Ein Junge“, antwortete sie vage.

„Wohin gehen wir?“

Sie sah ihn an, dann die Männer auf den Vordersitzen.

„Wir fahren zu einer Schule“, erklärte Harrington ruhig, trat aber kräftig aufs Gaspedal.

„Wir fahren nach Hogwarts?“

„Natürlich nicht. Nach St. Anne's. Es ist eine normale Internatsschule. Mit ein paar Extras.“

„Wie bitte?“

Harrington warf Julien einen Blick zu und der sagte: „Eine Internatsschule ist …“

„Ich weiß, was eine Internatsschule ist, Eure Lordschaft.“

„Einige junge Hexen gehen dort zur Schule und außerhalb der Unterrichtszeit lernen sie ihre Magie zu beherrschen.“

„Wer lehrt sie das?“

„Es gibt dort zwei Lehrer, die Hexen sind. Harrington hilft manchmal aus, ebenso wie der Rest von uns.“

„Ist Jass dort? Ich hoffe, er weiß, worauf er achten muss“, sinnierte Wan Mei.

„Er weiß jedenfalls, dass er gelbem Papier ausweichen sollte“, sagte Lia. Erst dann schien ihr bewusst zu werden, dass sie ein zusätzliches Kleidungsstück trug. Sie berührte einen der silbernen Knöpfe und gab ihm ein schwaches Lächeln des Dankes.

Harrington fragte: „Wenn ich fragen darf, Master Wu, warum sind diese Zaubersprüche auf Papier festgehalten?“

„Yanlin ist eine Elementhexe. Sie hat keine ... Ich weiß nicht, wie ich es nennen soll. Die innere Kraft? Sie kann keinen Zauber aus ihrer eigenen Energie wirken wie ein Spruchmagier. Sie kann nur vorgeschriebene Zauber verwenden und sie mit ihrem Blut aktivieren.“

„Jass sagte, Sie hätten ihm so einen gegeben, aber Sie haben ihn mit Ihrem Blut aktiviert? Warum nicht mit seinem?“

„Es ist nicht so einfach, wie nur Blut darauf zu verschütten. Oder ein paar Linien auf Papier zu zeichnen.“

„Wo lernt man solche Dinge?“

„Kommt darauf an. Ich denke, Xiang Yanlin hat sie vielleicht von Lin Yuchen gelernt. Er stammt aus einem Clan, der früher für seine

Zauberwirker bekannt war“, sagte Wan Mei und wich der eigentlichen Frage geschickt aus.

„Ist ein Zauberwirker anders als ein Spruchmagier?“, fragte Lia.

„Jeder kann ein Zauberwirker sein. Oder besser gesagt, jede Hexe mit mindestens einer durchschnittlich starken magischen Energie kann ein Zauberwirker sein. Die Spruchmagier der Lin erstellten Zaubersprüche, die nur von anderen Hexen ihres Blutes benutzt werden konnten.“

„Aber du willst mir doch nicht erzählen, dass Leute einander auf dem Schlachtfeld mit Papier beworfen haben?“, fragte Lia ungläubig.

Er lächelte. „Nein. Sie brauchten kein Papier. Zauberwirker müssen das Material auch nicht werfen. Sie nahmen die Zaubersprüche mit ihrer Energie auf, um sie zu aktivieren und dann auf das Ziel zu richten. Die Zauber waren in ihre Haut, Roben, Schwerter und Schwertscheiden eingeritzt und sie konnten sie frei mit ihrer Energie führen. Das waren nicht die einfachen Zaubersprüche, die jede Hexe lernen konnte. Nicht wie jene, bei denen man ein Ritual durchführt und die Worte sagt, wie ich es bei dem Verfolgungszauber getan habe. Es war eine viel kompliziertere und anspruchsvollere Art der Magie. Einiges davon muss überlebt haben, aber es muss unvollständig sein.“

Ravenstone griff nach seinem Telefon, als es klingelte. Alle blieben still, während er jemanden zuhörte.

„In Ordnung. Wir sind in zehn Minuten da. Versucht es vor dem Rest der Schule zu verbergen.“ Er legte auf und sagte: „Sie haben die Feuerhexe gefangengenommen. Allen geht es gut. Andrei hat sich die Haare und Augenbrauen versengt, aber ansonsten ist er in Ordnung.“

Lias Schultern entspannten sich und sie lehnte sich erleichtert zurück.

„Sie halten Hexen mitten in einer Schule gefangen?“, fragte Wan Mei.

„Nicht mitten in der Schule. Es gibt auf dem Campus mehrere Häuser und eines ist ausschließlich für Personen mit dieser speziellen Art von Stipendium reserviert.“

„Bist du auf diese Schule gegangen?“, fragte Wan Mei Lia.

„Ja. Aber erst, als ich sechzehn war und mein eigenes Zimmer haben durfte. Bei Schlafsälen ziehe ich die Grenze.“

„Sie ist furchtbar verwöhnt“, urteilte Ravenstone mit einem Grinsen.

„Ja, Eure Lordschaft“, entgegnete sie trocken.

„Und sind Sie auch auf diese Schule gegangen?“, fragte Wan Mei den Hexenmeister.

„Nein. Harrington, könntest du vielleicht langsamer fahren? Wir haben es nicht mehr so eilig und wenn du so weiterrast, wird uns die Streifenpolizei anhalten.“

„Die Jugend von heute. Kein Sinn für Abenteuer“, seufzte Harrington, verlangsamte aber auf das Tempolimit.

Lia zog die Jacke aus und gab sie Wan Mei mit einem Lächeln zurück. „Danke. Ich glaube, das Adrenalin dieser abenteuerlichen Fahrt mit Harrington hat mich aufgewärmt.“

„Das ist nur die Sitzheizung, Liebes“, sagte der ältere Mann vorwurfsvoll.

„Wo bist du zur Schule gegangen?“, fragte Lia Wan Mei.

„Seoul National University“, erwiderte er, obwohl das wahrscheinlich nicht das war, was sie meinte. Er hatte dort einen Abschluss in Design gemacht, einfach weil es ihm Spaß gemacht hatte.

„Bist du nicht auch in New York zur Schule gegangen? Oder in San Francisco?“

„Nur für eine Weile als eine Art Austauschstudent.“ Für etwa fünfzig Jahre in der echten Schule des Lebens, fügte er gedanklich hinzu, aber das konnte er ihr nicht so sagen.

Ravenstone warf ihm einen Blick über die Schulter zu. „Sie sprechen ausgezeichnetes Englisch.“

„Danke“, sagte Wan Mei und verzichtete darauf, auf diese Bemerkung weiter einzugehen.

Er hatte auch fast zwei Jahrzehnte in London verbracht, dachte aber, es sei besser, das nicht zu erwähnen. Es würde zu allerlei Fragen führen, die er nicht beantworten könnte. Und er hatte nicht übersehen, dass Ravenstone seiner Frage auch ausgewichen war.

# Kapitel 18

*Wan Mei / Canterbury, UK*

Sie fuhren auf einen großen Parkplatz, wo eine streng aussehende ältere Frau auf sie zueilte und ausrief: „Eure Lordschaft! Was für unerwartete Überraschungen wir heute Abend haben."

„Guten Abend, Ms. Talbot", sagte Ravenstone mit einem höflichen Nicken.

Dann sah sie Harrington und ihr strenger Ausdruck wich der Freude. „James! Wie schön, dich zu sehen!"

„Es ist immer gut, dich zu sehen, Belinda."

„Ms. Novak. Und …?"

Harrington stellte Wan Lao als Familienbesucher vor. Ms. Talbot sah von Wan Mei zu Julien und schien einige Schlussfolgerungen zu ziehen, die ungesagt blieben.

„Nun, das ist ein interessanter Abend. Obwohl ich sagen muss, es könnte für die Kinder zu aufregend sein, so viele Besucher zu bekommen."

„Es tut mir so leid, Belinda. Wir hätten anrufen und uns ankündigen sollen. Es war eine recht spontane Entscheidung, da wir in der Nähe waren und Mr. Wu sehen wollte, wie das Internat aussieht, da seine Familie plant, seine jüngere Schwester für ihr Abschlussjahr nach England zu schicken. Er selbst ging nach Harvard, aber die Familie findet, ein in Amerika verdorbenes Kind reicht."

Wan Mei lächelte höflich über den Scherz.

„Seine Lordschaft sagte, wir sollten nach einer asiatischen Dame Ausschau halten. Ist das ihre Schwester?", erkundigte sich Ms. Talbot.

„Meine ältere Schwester ist mit mir gekommen, und sie hatte wahrscheinlich dieselbe Idee und hat Jass um Rat gefragt“, log Wan Mei mit seinem charmantesten Lächeln.

Die Frau sah ihn an, und ihr Gesicht wurde weicher, als sie sagte: „Es ist eine gute Sache, wenn eine Familie so viel Gedanken und Mühe in die Ausbildung ihrer Kinder steckt.“

„Ist meine Schwester mittlerweile angekommen?“, fragte Wan Mei.

„Ich habe sie nicht gesehen.“ Sie strahlte dann Lia an. „Ich bin sicher, Ms. Novak kann Ihnen eine ausgezeichnete Perspektive darauf bieten, wie gut Schüler aus anderen Ländern sich hier integrieren können.“

„Ja, sie hat mir wunderbare Geschichten erzählt, wie viel sie hier gelernt und wie viel Spaß es gemacht hat.“

„Und ich bin sicher, Ming-Yue wird sich anständiger benehmen, als ich es getan habe“, sagte Lia mit einem Lächeln.

„Ich habe sicherlich Schlimmeres gesehen. Ich würde gerne noch mal mit Ihnen sprechen und hoffe, Sie überreden zu können, nächstes Semester zu uns als Lehrkraft zurückzukehren. Aber ich sollte Sie nicht in der Kälte stehen lassen. Vielleicht könnten Sie mich in den nächsten Tagen zum Tee besuchen? Du auch, James.“

„Gerne“, sagte Harrington, und die Frau verabschiedete sich endlich.

„Oh mein Gott, sie patrouilliert immer noch über das Gelände wie eine Gefängnisaufseherin“, kommentierte Lia leise.

Eine attraktive junge Spruchmagierin öffnete die Tür zum Haus, bevor Ravenstone anklopfen konnte. Sie sah etwas zerzaust aus, aber nicht verletzt.

„Kommt schnell rein“, zischte sie und führte sie hinein.

„Wo sind Jass und Malcolm?“, fragte Ravenstone ohne Zeit zu verschwenden.

„Sie verfolgen die beiden, die entkommen sind. Eine Spruchmagierin und ein Seelenspieler, wenn ich richtig gesehen habe. Außerdem liegt eine tote Empathin im Besenschrank. Die chinesische Feuerhexe ist oben“, sagte sie leise, dann runzelte sie die Stirn in Richtung Wan Mei. „Bist du ihr Freund?“

Ravenstone beeilte sich Wan Mei Anwesenheit zu erklären und stellte ihm die Frau als Jass' Schwester vor. Wan Mei hatte das schon vermutet.

Sie war nicht so riesig wie ihr Bruder, aber immer noch ziemlich groß für eine Frau und hatte denselben amerikanischen Akzent.

„Wo sind die Kinder?“, fragte Lia.

„Im Gemeinschaftsraum mit Mrs. Leeway. Die meisten haben nichts gesehen, also beunruhigt sie nicht unnötig. Ich muss kurz zu Maeve. Geht ihr zuerst nach oben.“

Lia rannte hoch und die anderen folgten. Wan Mei stieß fast mit ihr zusammen, als sie abrupt stehen blieb. Xiang Yanlin lag mit dem Gesicht nach unten auf dem Boden, anscheinend bewusstlos. Das war ungefähr das, was Wan Mei erwartet hatte. Allerdings hatte er nicht erwartet, dass ein kleiner Junge fest auf ihrem Rücken sitzen würde. Der elegante ältere Mann, der mit einem Schwert über sie wachte, war auch eine Überraschung.

„Vater, findest du das nicht ein wenig melodramatisch?“, fragte Ravenstone und hob eine Augenbraue. Lia rief den Jungen in einer Sprache, die Wan Mei nicht verstand.

Der Knabe strahlte sie an und begann schnell zu sprechen. Sie unterbrach ihn und sagte etwas, das ihn dazu brachte, aufzustehen und zu ihr zu laufen. Sie umarmte ihn, und er flüsterte ihr etwas zu.

„Gerald, du kannst nicht einfach so mit einer Antiquität herumfuchteln“, sagte Harrington vorwurfsvoll.

„Jeder fühlt sich zum Kritiker berufen“, seufzte der Viscount, gab aber die sehr scharf aussehende Antiquität an Harrington weiter und bot Wan Mei seine Hand an. Ravenstone führte die Vorstellungen erneut durch. Wan Mei konzentrierte sich auf den Viscount und war überrascht festzustellen, dass er nur ein normaler Mensch war. Wenn Magie in seinem Stammbaum üblich war, so hatte die Gabe ihn übersprungen.

Nach dem üblichen Austausch von Höflichkeiten fragte Ravenstone: „Warum bist du hier, Vater?“

„Jass und ich dachten, es wäre besser, hierherzukommen und die Kinder zu beschützen. Schließlich war es unwahrscheinlich, dass sie mich holen kommen. Ich weiß natürlich, dass Amira, Malcolm und Mrs. Leeway sich selbst verteidigen können, aber ich bin besser dazu geeignet, den Rest des Schulpersonals von hier fernzuhalten.“

„In Ordnung. Aber was ist passiert?“

„Nicht vor dem Kind“, flüsterte der Viscount und fügte lauter hinzu: „Andrei ist ein Held.“

Er strahlte den Jungen an. Der strahlte zurück und zog dann an Lias Ärmel. Sobald er ihre Aufmerksamkeit hatte, zeigte er auf den Kamin und legte ein Stück Holz hinein. Nach einem tiefen Atemzug tat er so, als würde er Feuer atmen, aber es schoss aus seinen kleinen Händen. Das Holzstück verbrannte sofort zu Asche und der Junge schien enttäuscht.

Lia sah schockiert aus, aber der Viscount klopfte dem Jungen stolz auf den Kopf. Wan Mei betrachtete das Kind genauer. Es schien zu jung, um schon ein vollwertiger Hexer zu sein, doch gab es eine zusätzliche Eigenartigkeit in seiner Magie, die er nicht einordnen konnte. Ein kleiner Feuerhexer, aber ein sehr ungewöhnlicher.

Amira kam dazu und fragte: „Könnte einer von euch helfen, die Kinder zu beruhigen? Mrs. Leeway hat alle Hände voll zu tun. Sie bat um Harringtons Hilfe, sagte aber, Julien oder Viscount Ashton würden auch gehen.“

„Komm schon, James, alter Mann, wir sind zum Babysitten abgeordnet“, sagte Ashton fröhlich, dann streckte er seine Hand dem Jungen entgegen. „Komm mit uns, kleiner Drache.“

Als sie gegangen waren, fragte Julien: „Haben die Kinder die tote Empathin gesehen?“ Amira zögerte und er hakte nach: „Wer hat sie getötet?“

Amira schien immer noch zögerlich, sagte aber schließlich: „Es war ein Unfall. Die Empathin griff Maeve an. Das Mädchen warf einen Verteidigungszauber auf sie. Die Frau flog zurück und die Treppe hinunter.“

Es gab eine peinliche Stille, bevor Amira fortfuhr: „Ich habe Maeve gesagt, dass die Frau nur bewusstlos ist. Ich wäre euch dankbar, wenn wir es dabei belassen könnten.“

Lia stimmte zu, aber Ravenstone runzelte tief die Stirn.

„Julien“, sagte Amira nervös und er nickte abrupt.

„Ich kümmere mich darum. Ist Blut geflossen?“

„Nur ein Rinnsal aus Mund und Nase, aber nichts, was den Boden erreicht hätte. Sie hat sich den Hals gebrochen.“

Er nickte, dann ruckte er seinen Kopf in Yanlins Richtung. „Und was ist mit dieser hier?“

„Jass hat sie erwischt, sobald sie hereinkam. Sie hat weiter Widerstand geleistet und da sie schwanger ist, konnte er sie nicht einfach so verprügeln. Also hat Andrei den Rest erledigt, bevor sie fliehen konnte. Er ist der dickköpfigste kleine Junge, den ich je gesehen habe.“

„Er wollte nur seine Freunde beschützen“, widersprach Lia.

„Trotzdem muss er noch lernen, dass er nicht einfach jedem Impuls folgen und in die Gefahr rennen kann“, sagte Julien streng.

„Was ist das für ein Kind? Er scheint kein normaler Feuerhexer zu sein“, fragte Wan Mei.

„Er ist ein Absorbierer.“

„Mit dieser Bezeichnung bin ich nicht vertraut.“

„Ein Hexer, der die Kräfte anderer Hexen nehmen und sie für eine Weile als seine eigenen nutzen kann. Er wird nur für ein paar Stunden oder vielleicht Tage ein Feuerhexer sein.“

Wan Mei konnte sein Erstaunen nicht verbergen und gab zu: „Ich hätte nie gedacht, dass solche Hexen wirklich existieren.“

„Wir auch nicht. Und wir haben auch keine richtige Bezeichnung dafür. Lia hat es einfach erfunden, weil es besser klingt als Alternativen wie Magiedieb. Hexen wie er wurden überall in Europa und darüber hinaus von anderen Hexen gnadenlos gejagt und getötet. Es gibt seit Jahrhunderten keinen Bericht über einen solchen Magier. Aber ich nehme an, solche Hexen haben auch alles getan, um zu verbergen, was sie sind“, erklärte Ravenstone.

Wan Mei hatte nicht gedacht, dass irgendetwas über Hexen ihn noch überraschen könnte, aber selbst er kannte solche Magier nur aus Geschichten und Legenden. Es hatte nicht einmal eine klare Bezeichnung für sie in chinesischen Sprachen gegeben, nur Beschreibungen voller Verachtung wie „Schmarotzer“ oder „diebisches Ungeziefer“. Es hatte sogar eine festgeschriebene Regel in allen drei großen Hexenclans gegeben: Wenn eine solche Person in ihren Reihen geboren wurde, musste sie sofort hingerichtet werden, sobald solche Kräfte ans Licht kamen.

Er hockte sich neben Yanlin. „Sie ist leer. Es ist nichts übrig außer ihrem goldenen Kern“, sagte er verwundert.

„Ihrem was?“, fragte Amira.

„Der Teil, der dich zu einer Hexe macht. Wenn du ausbrennst, wird sich deine Energie vollständig regenerieren, solange dein goldener Kern nicht zerstört ist. Nur ein Hexenmeister oder Gegenstände wie die Hexenklingen können den goldenen Kern zerstören. Ihr müsst ein anderes Wort dafür haben, aber ich kenne es nicht."

„Ich kenne kein Wort dafür, aber ich verstehe, was du meinst."

„Es wird in einigen alten Texten als Hexenkern oder Hexenessenz bezeichnet", sagte Julien und hockte sich auf die andere Seite der bewusstlosen Frau.

„Sollten wir sie nicht nach diesen Schriftzaubern durchsuchen?", fragte Lia nervös.

Wan Mei nutzte seine Energien, um alle *Língfú* zu sich zu ziehen. Sie flogen in seine Hand.

„Das hier ist wirklich sehr übles Zeug", stellte er besorgt fest.

„Sind sie wie der, den sie bei Signora Visconti verwendet hat?"

„Ich bin nicht sicher. Das hier ist Blasphemie. Einige von ihnen sind wie Umkehrungen von ursprünglich wohlwollenden Talismanen. Die Basis, von der da ausgegangen wird, sollte den Geist beruhigen. Es ist etwas, das ein Spruchmagier dir geben könnte, um dir durch eine traumatische Erfahrung zu helfen und deine geistige Gesundheit zu bewahren. Aber jemand hat es ins Gegenteil verdreht. Yanlin kann unmöglich in der Lage sein, so etwas zu tun. Es ist keine Frage von Blut und Tinte. Du musst es mit Magie füllen. Sie hat weder die Macht noch die Fähigkeit, es zu tun. Es muss ein sehr kundiger Spruchmagier sein oder ein Hexenmeister, der solche Kräfte kultiviert hat. Und selbst dann würde man sein geistiges Gleichgewicht riskieren, indem man solche Dinge handhabt."

Ravenstone wollte etwas sagen, hielt aber inne, als er Jass an der Tür sah. Ihm folgte ein anderer Mann, der eine kuriose Mischung aus Seelenspieler und Lufthexer war. Ein Mix von magischen Energien bei einem mächtigen Hexer war immer selten, aber diese schien besonders ungewöhnlich.

„Sie sind entkommen", verkündete Jass ohne Begrüßung und klopfte Wan Mei auf die Schulter. „Schön, dich zu sehen. Hättest schreiben können, weißt du."

„Hör auf, auf ihn draufzuhauen, Jass", sagte Lia und stellte den anderen Mann als Malcolm Mackenzie vor.

Mackenzie nickte Wan Mei zu und erklärte etwas verlegen: „Eine Polizeistreife hat uns wegen zu schnellen Fahrens angehalten. Wir dachten, es wäre besser, die Sache nicht noch schlimmer zu machen, indem wir sie auch einbeziehen."

„Es war dieselbe Spruchmagierin, die uns in Seoul angegriffen hat. Die anderen beiden habe ich noch nie gesehen", fügte Jass hinzu.

„Ohne Mac zu nahe treten zu wollen, aber wer schickt einen Seelenspieler und eine Empathin in einen Kampf?", fragte Amira.

„Genau die richtigen, um Kinder zu entführen. Der Seelenspieler kann ihren Geist verzaubern und der Empath wird sie dann ruhig halten", antwortete Mackenzie mit einem bitteren Lächeln.

Julien nickte zustimmend und sagte: „Lass uns hier aufräumen und dann bringen wir die Feuerhexe zurück zu ihrem Freund."

* * *

Die Fahrt zurück war nicht sehr komfortabel. Jass hatte sich auf den Beifahrersitz gesetzt, sodass Wan Mei und Lia wieder in dem zuvor recht bequemen Rücksitz landeten, aber diesmal mit einer bewusstlosen Frau zwischen ihnen. Wan Mei hatte Yanlin sicherheitshalber mit einem Kettenzauber belegt, aber ihr Kopf und ihre nach Osmanthus duftenden Haare fielen immer wieder auf seine Schulter. Lia war so nah an die Tür gerückt, dass er befürchtete, sie könnte herausfallen.

„Was hast du mit diesen gelben Papieren gemacht?", fragte sie ihn.

„Sie sind in meiner Tasche. Wenn Lord Ravenstone es erlaubt, werde ich sie genauer untersuchen. Wenn nicht, dann schlage ich vor, ihr verbrennt sie, bevor Mr. Tozzi sie in die Hände bekommt."

Ravenstone warf ihm einen Blick im Rückspiegel zu, sagte aber nichts.

Jass war es, der die offensichtliche Frage stellte: „Warum?"

„Weil er zu neugierig ist. Sie könnten ihm ins Gesicht explodieren. Zumindest metaphorisch. Ich bezweifle, dass sie bei jemandem seines Kalibers viel Schaden anrichten könnten, aber Harrington könnte aus Neugier auch dabei sein. Ich mag Harrington und möchte nicht, dass ihm etwas zustößt."

Er erwartete einige Einwände, aber es kam kein einziger. Sie schienen ihr Hexenoberhaupt auch ähnlich einzuschätzen.

Schließlich fragte Lia: „Kannst du sie einfach durch Verbrennen zerstören?"

„Ja. Zerstöre die Materie, an die sie gebunden sind und die Magie verschwindet ebenfalls."

Sie sah Yanlins Schmuck misstrauisch an. „Kann man solche Zauber in Steine schneiden?"

„Nicht in so kleine Steine wie an deinen Ohrringen oder ihrer Halskette. Und außerdem braucht es enorme Mengen an Kraft, Blut und Zeit, um das zu tun. Nicht-organische Materialien absorbieren nicht gut."

„Aber du hast gesagt, diese Leute hatten es an ihren Schwertern."

Verdammt, warum musste sie sich daran erinnern? Und warum hatte er überhaupt so viel erzählt?

„Schwertgriffe waren normalerweise mit Lederriemen oder irgendeiner Art von Stoff umwickelt."

„Was ist mit ihrer Kleidung oder Tätowierungen?"

„Wenn es an ihrer Kleidung wäre, dann an einem äußeren Kleidungsstück. Und Tätowierungen würden nicht funktionieren. Du müsstest es richtig in die Haut schnitzen. Ich würde es wirklich nicht empfehlen. Du bist nicht als Zauberwirker ausgebildet."

„Und ich bin auch wirklich nicht scharf darauf, etwas in meine Haut zu schnitzen", ergänzte sie mit einem Schaudern.

„Sind das nur Legenden oder ist das eine echte Sache?", fragte Jass.

„Alle Legenden sind nur Geschichten, bis sie sich plötzlich als wahr erweisen. So wie jeder dachte, die Lin Jade sei nur eine Legende."

Yanlin richtete sich auf, als wäre sie auf Stichwort erwacht.

„Oh mein Gott, diese Worte würden sie wahrscheinlich von den Toten wecken. Warum musstest du sie erwähnen?", seufzte Lia vorwurfsvoll und wich noch weiter zurück.

„Hör auf damit, sonst fällst du aus der Tür", warnte Wan Mei sie.

Ein ‚Klick' ertönte, als Julien das Sicherheitsschloss aktivierte. Yanlin blinzelte verwirrt, sah sich um und begann dann zu schreien.

„Bring sie zum Schweigen!", rief Jass.

Julien machte eine spärliche Geste. Yanlin verstummte abrupt und warf ihm einen mörderischen Blick zu. Trotz des Kettenzaubers stürzte sie sich mit ihrem ganzen Körper auf Lia. Wan Mei zog die Feuerhexe schnell zurück, aber Lia hatte bereits einen roten Schild erschaffen und Yanlins Kopf schlug dagegen. Die Feuerhexe wirkte einen Moment benommen, warf sich aber dann gegen Wan Mei. Bevor er den notwendigen Nerv erreichen konnte, um ihre Bewegungsfähigkeit abzuschneiden, hatte Lia sie an der Kehle gepackt und gegen die Rückenlehne des Sitzes gedrückt.

„Hör mir zu! Wir haben versprochen, dich nicht zu töten, aber das bedeutet nicht, dass ich dein Gesicht nicht so schlimm und dauerhaft entstellen kann, dass selbst dein dir ergebener Freund sich vor Ekel von dir abwenden wird", zischte sie.

Jass drehte sich um, den Mund offen vor Schock, und auch Wan Mei zuckte zusammen. Yanlin warf der Schattenhexe einen hasserfüllten Blick zu, setzte sich aber gerade hin und starrte nur noch nach vorne.

# Kapitel 19

*Wan Mei / Ainsley upon Thine, UK*

Yanlin schien nicht sehr erfreut, dass ihr Geliebter ihr nach England gefolgt war. Kein romantisches Wiedersehen, dachte Wan Mei. Nicht, dass er wirklich eins erwartet hatte. Lia ignorierte das alles und eilte ins Haus. Wan Mei hielt das für eine gute Idee und folgte ihr in die Küche.

„Welcher dieser Tees kostet kein Vermögen und ist koffeinfrei?“, fragte sie ihn, ohne sich umzudrehen.

„Jeder richtige Tee hat Teein, aber spielt das eine Rolle? Es ist ja nicht so, als würdest du so bald schlafen gehen können.“

Sie seufzte und ihre Schultern verspannten sich. „Wie spät ist es?“

„Kurz nach 20 Uhr. Wir könnten immer noch in den Pub gehen“, schlug er mit einem Zwinkern vor.

Sie lächelte und entspannte sich wieder etwas. „Ich bin sicher, Harrington kann dich in den Pub mitnehmen, wenn du eine Weile bei uns bleiben möchtest.“

„Was auch immer dein Hoher Hexenmeister sagt, ich glaube nicht, dass es Lord Ravenstone gefallen würde.“

„Das ist nicht wahr. Und ich möchte auch, dass du bleibst“, sagte sie und sah ihn mit ihren großen grünen Augen ernst an.

Jass wählte diesen unpassenden Moment, um hereinzuschneien.

„Hättest du das wirklich getan?“, fragte er Lia.

„Was getan?“

„Ihr das Gesicht zerschnitten!“

„Was? Nein! Ich wollte nur, dass sie still ist. Sag ihr das aber nicht.“

„Du solltest keine Drohungen aussprechen, wenn du nicht bereit bist, sie auch in Tat umzusetzen“, warnte Wan Mei.

„Da seid ihr ja. Was passiert hier? Hat jemand Tee gemacht?“, erkundigte Harrington sich fröhlich, als er dazukam.

„Eine Tasse Tee wäre wunderbar“, sagte Viscount Ashton, der hinter ihm hereinkam. Der kleine Junge hielt immer noch seine Hand.

Lia rief seinen Namen und er strahlte sie an.

„Wir dachten, es wäre klüger, ihn herzubringen als zu riskieren, dass er den Schlafsaal versehentlich anzündet“, erläuterte der Viscount fröhlich.

„Feuer atmen“, sagte Andrei glücklich und rollte sein „R“ wie bei einem russischen Akzent. Er hatte jedoch einen viel dunkleren Teint als jeder Russe, den Wan Mei je gesehen hatte. Der Knabe sah eher aus wie ein Inder oder Ägypter.

„Wir finden dir einen Kamin, in dem du ein Feuer anzünden kannst, kleiner Drache“, versprach der Viscount.

„Was habt ihr seinen Eltern gesagt? Holen sie ihn nicht übers Wochenende ab?“, fragte Lia.

„Nein, sie müssen für ein paar Tage nach Bulgarien zurück, um dort einige Dinge zu erledigen, und er sollte in der Schule bleiben. Harrington hat sie angerufen. Sie sagten, es wäre in Ordnung, wenn er nach Ainsley kommt, wenn du da bist. Könntest du bitte bei ihnen anrufen, bevor Harrington und ich der Kindesentführung beschuldigt werden?“, erwiderte der Viscount und schlenderte davon, um seinem Schützling etwas zum Anzünden zu finden.

„Aber Lin Yuchen ist hier. Ich dachte, ihr wolltet nicht, dass alle von ihm wissen“, sagte Lia zu Harrington.

„Nun, ich nehme an, diese Katze ist jetzt aus dem Sack. Es ist nur klug, den Jungen in unserer Nähe zu behalten, um zu zeigen, dass er unter unserem Schutz steht.“

* * *

Niemand schien es eilig zu haben, in die Bibliothek zurückzukehren, und Harrington führte sie in ein großes Wohnzimmer. Andrei hatte es geschafft, ein Feuer zu entfachen, ohne den ganzen Holzhaufen auf einmal zu verbrennen. Harrington und Lia hatten Tee, heiße Schokolade und Sandwiches gemacht und einige Kekse und Walnüsse gefunden.

Wan Mei saß auf einem übergroßen Sofa, mit Jass zu seiner Rechten und Lia zu seiner Linken. Andrei und der Viscount rösteten Brotscheiben auf Holzstäbchen über dem Kamin. Harrington strahlte alle an und betonte immer wieder, wie schön es sei, wieder ein belebtes Haus zu haben.

„Eine Party!“, rief Mr. Tozzi von der Tür und kam herein, gefolgt von dem jüngeren Hexenmeister, der angesichts all der Leute in seinem Haus etwas verdutzt wirkte.

„Was ist passiert?“, fragte Lia ihn, während Tozzi den Viscount und den Jungen freudig begrüßte.

„Wir haben es Lin Yuchen überlassen, seiner Freundin die Bedingungen der Vereinbarung zu erklären. Sie hat kein Wort gesagt, solange wir da waren. Sie könnten natürlich telepathisch kommuniziert haben, aber ich hatte den Eindruck, dass sie ihn in jeder Hinsicht mit Schweigen straft.“

„Ihr habt eine Feuerhexe in der Bibliothek zurückgelassen?“, fragte Harrington entsetzt.

„Sie hat derzeit überhaupt keine Energiereserven. Aber wir haben sie im kleinen Wohnzimmer gelassen, nur für den Fall“, beruhigte Julien ihn und nahm sich ein Sandwich.

„Was, wenn sie einfach abhauen?“, fragte Lia.

„Zu Fuß kommen sie nicht weit“, behauptete der junge Hexenmeister und zuckte zusammen, als Andrei ihm enthusiastisch ein Stück leicht verbrannten Toast auf einem Stäbchen entgegenstreckte.

Er bedankte sich bei dem Jungen, der ihn anstrahlte und dann erwartungsvoll in Wan Meis Richtung sah.

„Hallo, Andrei“, sagte dieser und stellte sich vor.

„Darf ich eine Frage stellen?“, fragte der Junge in seinem stockenden Englisch.

Wan Mei, der sich an seine eigenen Schwierigkeiten mit der englischen Grammatik erinnerte, als er die Sprache zu lernen begann, lächelte und nickte.

„Schwester Lia sagt, du isst lebende Kraken.“

„Ich habe nicht gesagt, dass er es persönlich getan hat. Außerdem war das keine Frage“, warf Lia hastig ein.

„Ich weiß nicht, was ein Kraken ist“, gab Wan Mei zu.

„Er meint einen Oktopus“, klärte Lia ihn auf.

„Viele Menschen in Korea mögen Meeresfrüchte. Manchmal sind sie noch lebendig“, erklärte er dem Jungen.

Andrei verzog angewidert das Gesicht, sagte dann aber wohlwollend: „Ich mache Toast für dich. Dann wirst du stark und groß wie Jass. Kraken nicht gut.“

Er hüpfte mit seinem Stäbchen zurück zum Kamin. Wan Mei sah zu Jass, der in seine heiße Schokolade hinein schmunzelte.

Ravenstone ließ seinen verbrannten Toast diskret unter einer Serviette verschwinden und bemerkte: „Wenn er dich weiterhin Schwester Lia nennt, werden die Leute denken, du seist eine Nonne.“

Lia zuckte nur mit den Schultern. „Lass ihn doch. Er ist glücklich und fühlt sich sicher. Das ist mehr, als ich zu hoffen gewagt hatte.“

„Er ist ein toller Junge“, fügte Jass hinzu.

„Weil er denkt, dass du groß und stark bist?“, neckte Lia.

„Bin ich das etwa nicht? Er sagte, ich sähe aus wie ein Prinz aus den Legenden. Mark?“

„Marko. Er ist der größte Held der Balkan Volkslieder.“

„Ein Typ mit goldenen Haaren in goldener Rüstung?“

„Natürlich nicht. Das hätte man damals auf dem Balkan als ‚weibisch‘ abgetan. Er ist riesig und hat feurige dunkle Augen, einen großen schwarzen Schnurrbart und einen Umhang aus Wolfsfellen. Rüstungen sind für Schwächlinge und Feiglinge.“

„Klingt schon besser. Was hat er getan?“

„Am meisten erinnere ich mich daran, dass er viel trinkt. Aus irgendeinem Grund teilt er den Wein mit seinem Zauberross. Und dann geht er los und verprügelt Monster oder sogar ganze Armeen. Manchmal mithilfe seiner Blutschwester, die eine Fee ist. Er ist verflucht, dem Sultan des Osmanischen Reiches zu dienen, also kann er trotz all seiner Heldentaten sein Volk nicht von der fremden Herrschaft befreien.“

„Was für eine bequeme Ausrede“, sagte Ravenstone mit einem Grinsen.

„Wer hat ihn verflucht?“, fragte Jass.

„Sein Vater. Ich habe vergessen, warum.“

„Vielleicht, weil er seinem Vater gegenüber nicht gehorsam genug war“, vermutete Wan Mei, und als sie alle zu ihm schauten, fügte er hinzu: „Ich dachte nur, das wäre das, was ein altmodischer chinesischer Vater tun würde."

„Meine Großmutter besteht darauf, dass einer der schlimmsten Orte in der Hölle für diejenigen reserviert ist, die ihre Ältesten, insbesondere ihre Eltern, missachten. Und ihrer Ansicht nach ist es schon respektlos, wenn man sagt, dass man nicht die Frau heiraten wird, die sie für einen ausgesucht hat", bemerkte Jass trocken.

Andrei kam wieder herüber und brachte Wan Mei ein Stück Toast, das nicht allzu verbrannt war. Wan Mei bedankte sich und war bereit, es aus Höflichkeit zu essen, obwohl er dieses trockene Brot nicht mochte.

„Warte", sagte der Junge und nahm das Brot wieder weg. Er schmierte eine dicke Schicht Butter und dunkle Marmelade darauf. „So ist besser", behauptete er und strahlte.

Wan Mei bedankte sich erneut und biss in den Toast. Es war gar nicht schlecht.

„Du wirst krank, wenn du nicht genug isst", erklärte der Junge ernsthaft. Er setzte sich auf den Boden und vergrub sein Gesicht in einer großen Tasse heißer Schokolade, die Harrington für ihn eingegossen hatte.

„Trink nicht so schnell, sonst wirst du krank", tadelte Lia, aber sowohl in ihrer Stimme als auch in ihrem Ausdruck lag große Zuneigung. Der Junge blickte auf und lächelte sie mit einem Schnurrbart aus Schokoladenmilch an der Oberlippe an. Ravenstone reichte ihm eine Serviette, und er wischte den Schokobart gehorsam ab.

Viscount Ashton gesellte sich zu ihnen. „Ich hoffe, es stört dich nicht, dass ich mich selbst eingeladen habe, Julien."

„Wenn ich Ja sage, wirst du mich dann wegen Mangel an Gehorsam verfluchen?"

„Wenn ich großen Wert auf deinen Gehorsam gelegt hätte, wärst du bereits vor deinem zwölften Lebensjahr zur Hölle verflucht worden. Andererseits hättest du dann wahrscheinlich Satan von seinem Thron gestoßen und würdest jetzt die Tore des Himmels angreifen. Wie es sich für einen Ravenstone gehört", sagte Ashton mit einem amüsierten Funkeln in den Augen.

„Danke, Vater", erwiderte Julien trocken in das allgemeine Gelächter.

„Es ist nur so, dass Ashton Hall bei diesem Wetter zu weit entfernt ist und ich wollte Gio mal wiedersehen.“

„Du brauchst keine Ausreden. Du bist immer willkommen. Aber du kannst auch ehrlich zugeben, dass du aus Neugier hier bist.“

„Ich habe zehn Tage lang bei dieser endlosen Beerdigung ein ernstes Gesicht bewahrt. Ich habe etwas Spaß verdient.“

„Spaß“, wiederholte Ravenstone schwach und fragte dann: „Du hast das Schwert nicht in der Schule gelassen, oder?“

Lautes Geschrei aus dem Flur beendete alle Gespräche. Ravenstone sprang auf und schob Andrei hinter seinem Rücken. Yanlin erschien in der Tür, gefolgt von Lin Yuchen. Er sah eher beschämt als besorgt aus. Seine Nase blutete. Wan Mei nahm an, dass er Yanlin über ihr Schicksal informiert hatte und ihre Reaktion nicht gerade gemäßigt gewesen war. Andrei zischte etwas hinter Ravenstones Rücken. Es bedurfte nicht viel Vorstellungskraft, um zu verstehen, dass es ein Schimpfwort war.

„Ich bitte um Entschuldigung“, sagte Lin Yuchen und zog seine Freundin weg.

„Ich nehme an, wir sind dann so weit. Master Wu, Julien, könntet ihr mit mir kommen, damit wir das endlich hinter uns bringen können?“, fragte Tozzi.

# Kapitel 20

*Wan Mei / Ainsley upon Thine, UK*

Sie versammelten sich im kleineren Wohnzimmer und Lin Yuchen sagte: „Ich werde ihr die Magie entziehen und sie dann nach London zurückbringen. Wir werden im Hotel bleiben, bis *Shǎndiàn* in ihren Händen ist und dann abreisen."

„Haben Sie über unseren alternativen Vorschlag nachgedacht?", fragte der Hohe Hexenmeister.

„Ja, habe ich. Ich entscheide mich für unsere ursprüngliche Vereinbarung. Ich hoffe, Sie sind ehrenhaft genug, sich an sie zu halten", erklärte der *Wūshī Jūnzhǔ* steif. Obwohl er versuchte, ruhig und gesammelt zu wirken, war sein Gesicht von tiefen Linien der Erschöpfung gezeichnet.

„Natürlich."

Lin Yuchen griff in die Innentasche seines eleganten Anzugs und holte eine Hexenklinge heraus. Die Scheide war aus schwarzem Leder und mit Silberverzierungen versehen, aber die Waffe selbst war schlicht und unscheinbar. Die Stahlklinge war nur so lang wie seine Handfläche und der hölzerne Griff war der eines gewöhnlichen Messers. Für das menschliche Auge war nichts Beeindruckendes daran, aber jeder Anwesende konnte die Macht dieser Waffe spüren. Wan Mei bemerkte, dass sie immer noch genauso aussah wie vor einem Jahrtausend, als sie ganz neu gewesen war. Alle drei Hexenklingen sahen exakt gleich aus und waren gleich mächtig. Er hatte alle drei in Aktion gesehen.

Yanlin schien weinen zu wollen, stand dann aber entschlossen auf und bot ihrem Geliebten ihre Kehle zum Durchschneiden an. Dieser ignorierte ihre trotzige Geste und ergriff ihre Hand, aber dann zögerte er.

„Du musst es tun", sprach er mit heiserer Stimme auf Mandarin.

Wan Mei blickte zu Tozzi. Trotz allem, was Yanlin getan hatte, schien der ältere Hexenmeister zu bedauern, was gleich geschehen würde. Ravenstone hingegen stand einfach mit einer kalten Miene da. Wan Mei nahm den Dolch und machte einen schnellen, flachen Schnitt in Yanlins Unterarm. Sie gab keinen Laut von sich, sah nur geradeheraus wie eine Frau, die dem Tod ins Auge sieht. Lebendige schwarze Adern wanden sich ihren Arm hinauf wie winzige Äste. Wan Mei trat einen Schritt zurück und reichte den blutigen Dolch Lin Yuchen, der ihn mit einem großen Tuch abwischte und wieder in die Scheide steckte. Tozzis Augen folgten der Hexenklinge, aber Ravenstones Blick blieb auf die Frau gerichtet. Sie stürzte sich auf ihn, vielleicht unfähig, seine kühle Gleichgültigkeit zu ertragen. Er wich nicht zurück, hob nur seine Hand in einer sparsamen Geste. Goldene Energie traf Yanlins Brust und schleuderte sie zurück in Lin Yuchens Arme.

„Wie lange wird das dauern?“, fragte Ravenstone.

„Noch ein paar Minuten“, sagte Wan Mei, da Lin Yuchen nicht antworten wollte.

„Und es kann nicht rückgängig gemacht werden?“

„Sobald es ihren Kern erreicht, ist es vorbei. Es gibt keinen Weg, es rückgängig zu machen.“

Yanlin sah Wan Mei an. „Wie hast du deine Hure gerettet?“, zischte sie ihn auf Mandarin an, aber er ignorierte sie. Als sie sah, dass keine Antwort kommen würde, verzerrte sich ihr schönes Gesicht zu einer bösartigen Grimasse. „Sag ihr, dass ich ihr Gesicht auch ohne Magie fürs Leben entstellen kann. Mal sehen, wie du sie dann rettest.“

„Yanlin“, knurrte Lin Yuchen, aber Wan Mei sagte nichts.

„Ich nehme an, sie stößt nur übliche Drohungen aus?“, fragte Tozzi.

Wan Mei nickte, dachte jedoch, es sei unklug, Yanlin zu unterschätzen, auch wenn sie ihre Hexenkräfte verlor. Ihr Wille war stärker als der des Mannes, der sie bewachen sollte. Wäre sie nicht schwanger gewesen, hätte Wan Mei ernsthaft darüber nachgedacht, sie zu töten, nur um sicherzugehen. Dabei wusste er nicht mal, warum er das wollte. Das hier war eigentlich nicht sein Kampf.

Yanlin keuchte und ihr ganzer Körper bog sich plötzlich vor Schmerz. Wan Mei konnte die letzten Überreste ihrer Energie sehen. Sie sahen aus wie orange Funken, die in der Luft schwebten. Tozzi betrachtete sie fasziniert, aber Ravenstone öffnete pragmatisch das Fenster und scheuchte sie hinaus. Wan Mei hätte gelacht, wenn Lin Yuchen nicht so empört ausgesehen hätte.

Tozzi beugte sich über Yanlin und sagte: „Es ist vollbracht. Sie ist keine Hexe mehr."

Lin Yuchen hob seine Geliebte auf und verließ wortlos den Raum. Tozzi begleitete ihn, um die Türen zu öffnen, da der Wächter seine Last in beiden Armen trug. Er sah aus wie ein trauriger Bräutigam.

„Haben Sie Mitleid mit ihr?", fragte Ravenstone plötzlich.

„Nein. Aber sie ist sehr mutig. Mutiger als er."

„Es ist der Mut des Wahnsinns."

„Ich weiß, aber trotzdem. Viele hätten angefangen zu weinen und zu betteln. Und obwohl ich mich dagegen sträube, habe ich trotzdem Mitleid mit Lin Yuchen. Sie wird ihm wahrscheinlich die Kehle durchschneiden, sobald sie aufwacht."

„Er hat es nicht gesagt, aber ich hatte den Eindruck, dass er immer noch hofft, dass sie ihn liebt."

„Umso törichter ist er", sagte Wan Mei und war überrascht, als Ravenstone bei diesen Worten zusammenzuckte. Er hatte ihn nicht für so einen Romantiker gehalten. Er erklärte: „Sie ist schwanger, aber es ist ihr egal, dass sie dieses Kind töten könnte. Als sie ihre Kehle zum Durchschneiden anbot, meinte sie es ernst. Weder das Kind noch der Vater scheinen für sie von Bedeutung zu sein. Und da sie ihre Niederlage nicht an Ihnen oder mir rächen kann, wird sie es wahrscheinlich an ihm tun."

Ravenstone schwieg lange, dann fragte er: „Wo sind diese Schriftzauber?"

Wan Mei nahm sie aus seiner Tasche und bot sie ihm an.

„Nein, ich will sie nicht. Aber Sie wollten sie sich genauer ansehen. Besteht eine Möglichkeit, herauszufinden, wer ihr dabei geholfen hat?"

„Nicht auf eine Weise, die auf eine bestimmte Person hinweisen könnte. Dafür kenne ich die Hexen Taiwans nicht gut genug", erklärte Wan Mei und zögerte für einen Moment. Aber dann dachte er an die Menschen im großen Wohnzimmer. An Lia, Jass, Harrington und den kleinen Andrei. Wenn er jetzt nichts sagte, dann könnten sie bald wieder in Gefahr sein. Also erzählte er Ravenstone von den Söldnern und der Möglichkeit, dass sie kommen würden, um die Jade zu holen.

Der junge Hexenmeister schien nicht überrascht zu sein. „Ich habe so etwas vermutet."

„Was werden Sie tun?"

„Wir werden sehen", sagte Ravenstone unverbindlich und Wan Mei verstand, dass er seine Pläne nicht so leicht preisgeben würde.

„Darf ich noch zwei Fragen stellen?"

„Natürlich. Aber ich weiß nicht, ob ich sie beantworten kann."

„Was haben Sie mit *Shǎndiàn* vor?"

„Nichts. Es ist nur ein Schwert, oder? Ein hübsches Spielzeug, mit dem Mr. Tozzi sich beschäftigen kann, ohne den halben Kontinent zu zerstören?"

„Es ist kein Spielzeug und es kann Magie neutralisieren. Aber es ist keine Massenvernichtungswaffe wie die Jade."

„Endlich mal eine gute Nachricht. Was ist die zweite Frage?"

„Was war diese alternative Vereinbarung, die Lin Yuchen erwähnt hat?"

„Der Hohe Hexenmeister hat vorgeschlagen, dass er das Schwert behalten kann, wenn er ihn in die Geheimnisse dieser Talismane einweihen kann."

Wan Mei sagte nichts dazu. Er dachte nicht, dass es irgendeinen Weg gab, wie Lin Yuchen die Magie der *Fúlù* erklären könnte, selbst wenn er gewollt hätte. Wan Mei hätte es auch nicht erklären können. Dabei war er sich sicher, dass er viel mehr darüber wusste als der letzte Lin. Es setzte ein ganzes Leben in einer anderen Kultur und einer anderen Zeit voraus. Ein Verständnis von Magie, das einzigartig und nur den drei großen Hexenklans von *Huáxià* eigen war.

Ravenstone sagte: „Als Lia mit einer dieser Klingen verwundet wurde, haben Sie es verlangsamt und die Verletzung auf den eigenen Körper übertragen, um sie zu heilen. Ich nehme an, Sie werden mir nicht sagen, wie das möglich ist?"

„Ich könnte es Ihnen nicht erklären, selbst wenn ich wollte."

„Werden Sie mir zumindest sagen, warum sie es getan haben?"

„Weil ich es konnte. Weil Master Su es als Gesichtsverlust betrachtet hätte, wenn so etwas auf seinem Territorium passiert wäre. Weil ich nicht wollte, dass Sie die taiwanesischen Hexen aus Rache abschlachten. Oder einfach, weil ich die Dame mag. Wählen Sie irgendeinen dieser Gründe oder alle gleichzeitig."

Ravenstone betrachtete ihn nachdenklich und sagte: „Ich hätte Master Su nicht die Schuld gegeben. Der Hohe Hexenmeister auch nicht. Wir wissen, dass wir nicht jede abtrünnige Hexe in unserem Gebiet kontrollieren können und er kann es auch nicht. Und ich hätte auch nicht wahllos taiwanesische Hexen getötet. Nur Yanlin und ihren Bruder. Und Lin Yuchen, um sicherzugehen. Er war derjenige, der für sie gebürgt hat."

„Und dennoch - er ist *Wūshī Jūnzhǔ*. Sie hätten einen Krieg verursacht", entgegnete Wan Mei hitzig. „Oder hätten Sie einfach die Tatsache ausgenutzt, dass Sie und Ihre Leute stärker sind? Die Hexen von Taiwan sind zu wenige an Zahl und Macht, um Vergeltung zu üben."

„Ich werde alles tun, was nötig ist, um die Sicherheit meiner Leute zu gewährleisten", antwortete Ravenstone ruhig.

„Ein Krieg hätte Ihre Spruchmagierin nicht wieder zum Leben erweckt oder Ihrer Schattenhexe ihre Magie zurückgegeben."

„Sie ist nicht meine Schattenhexe. Sie ist meine Schwester. Und Sie wissen so gut wie ich, dass es wie eine offene Einladung ausgesehen hätte, unsere Leute anzugreifen, wenn wir es ein zweites Mal hätten durchgehen lassen. Aber ich möchte nicht streiten. Egal aus welchen Motiven sie es getan haben, ich bin Ihnen dankbar, dass Sie mir einen blutlosen Ausweg aus dieser Situation eröffnet haben."

# Kapitel 21

*Wan Mei / London, UK*

Die Rückfahrt nach London verlief schweigend. Als sie im Hotel ankamen, bat Wan Mei Lin Yuchen um ein weiteres Gespräch. Sie trafen sich in der Hotelbar. Der Wächter wirkte erschöpft und drückte ein Glas mit Eis und Schnaps gegen seine Stirn. Wan Mei setzte sich ohne ein Wort neben ihn.

Schließlich sah der andere Mann ihn an und seufzte. „Willst du auch einen?"

„Ich trinke kein Alkohol."

Lin Yuchen schnaubte. „Natürlich nicht. Der Lichtbringer hat keine Laster."

„Wenn er wirklich existierte, dann hätte er wahrscheinlich ein paar. Wo ist Yanlin?"

„Im Bett. Wann wird sie aufwachen?"

„Ich weiß es nicht. Hast du schon einmal eine der Hexenklingen benutzt?"

„Ich bin seit sieben Jahren *Wūshī Jūnzhǔ*. Das ist nicht so lange und wir benutzen die Klingen nur in extremen Fällen."

„Dies war ein Extremfall. Was wirst du mit der Frau tun?"

„Sie mit nach Hause nehmen und versuchen, ihren Verstand wiederherzustellen."

„Wenn sie dir davor nicht die Kehle durchschneidet, während du schläfst."

Lin Yuchen schien weder empört noch überrascht.

„Du hast bereits daran gedacht", schloss Wan Mei.

„Bis vor ein paar Tagen hätte ich so was nicht geglaubt. Aber nach allem, was sie mir heute entgegengeschleudert hat, habe ich das Gefühl, ich kenne sie nicht mehr."

„Es tut mir leid."

„Ich brauche dein Mitleid nicht!", rief Lin Yuchen aus, holte dann aber tief Luft. Der Barkeeper und andere Gäste hatten ihnen seit seinem Ausbruch missbilligende Seitenblicke zugeworfen.

„Kann ich dich bitten, das Schwert zu diesem verfluchten Anwesen zu bringen? Ich möchte dort nicht noch einmal hin", sagte er schließlich.

„Du könntest es einfach per Kurier schicken."

„Ja, sicher. Warum haben wir die Jade nicht auch einfach per Post verschickt?", sagte der Wächter sarkastisch.

„Das ist nicht dasselbe. *Shǎndiàn* ist im Vergleich dazu ziemlich harmlos."

„Es sei denn, du führst es."

Wan Mei sagte nichts.

„Sein Wert auf dem Markt wäre viel höher als der der Jadenadel. Es ist eine hervorragend gefertigte Antiquität. Ich kenne Sammler, die Millionen dafür zahlen würden", fuhr Lin Yuchen fort, wahrscheinlich in dem Versuch, Wan Mei zu provozieren.

„Dann verkauf es, wenn du es zurückbekommst. Das könnte deinem Kind mehr nutzen als ein Schwert, das einfach an der Wand hängt."

„Tu nicht so, als wäre es dir egal. Als ich es dem europäischen Hexenmeister angeboten habe, bist du ausgerastet."

Als Wan Mei wieder nur schwieg, fragte Lin Yuchen: „Willst du immer noch nicht wissen, woher ich weiß, wer du bist?"

„Es ist mir egal, für wen du mich hältst."

Der andere Mann lachte bitter. „Ich weiß es, auch wenn du es nicht zugeben willst."

„Ich glaube, du hast größere Probleme."

„Und der große Herr der Legende wird mir sagen, wie ich sie lösen kann?"

„Ich glaube nicht, dass dir das jemand sagen kann."

„Warum bist du noch am Leben?", fragte der Mann plötzlich.

„Warum sollte ich es nicht sein?", fragte Wan Mei ruhig zurück.

„Der Albtraum hat mir gesagt, dass du der Einzige bist, der noch durch die Welt streift. Es mag andere geben, im tiefen Schlaf oder irgendwo, wo er sie nicht erreichen kann, aber die meisten existieren einfach nicht mehr."

„Niemand kann für immer leben", sagte Wan Mei unverbindlich. Das Wesen hätte ihn ohnehin nie erreichen können. Er träumte nicht und hatte daher auch keine Albträume. Oder konnte das Wesen ihn und andere Unsterbliche durch die Träume der Menschen sehen? Hatte es diese Information je preisgegeben, als sie sich vor so langer Zeit begegnet waren? Er konnte sich nicht entsinnen. Aber dann erinnerte er sich an etwas anderes, was die Manifestation auf der Insel gesagt hatte.

„Was hast du für dieses abscheuliche Wesen getan, dass es dir einen Gefallen schuldete?"

„Das geht dich nichts an."

„Du schuldest mir jetzt auch einen."

Lin Yuchen starrte ihn wütend an, gab aber schließlich nach und fragte im Gegenzug: „Was wünscht sich solch ein Wesen am sehnlichsten?"

„Leute zu erschrecken und sich von ihrer Angst zu ernähren?"

„Nein, du Dummkopf. Was würdest du wollen, wenn du für immer ein körperloser, entstellter Junge wärst?"

„Jemand anders zu sein?"

„Eine wohlgestaltete physische Form zu besitzen."

„Was hast du getan?", fragte Wan Mei entsetzt.

„Als ich jung war, ließ ich ihn in meinem Körper umherwandern. Ich war nicht so schön wie du, aber gutaussehend genug für seine Zwecke. Er konnte alles erleben, was er wollte. Essen, Trinken, Lachen, Tanzen und Sex. Es hat mich Jahre gekostet, meinen Ruf wiederherzustellen, nach allem, was er in meinem Körper angestellt hat."

„Du hast eine solche Kreatur in deinen Körper gelassen? Bist du verrückt?"

„Ich war verzweifelt."

„So verzweifelt kannst du gar nicht gewesen sein, um eine so große Dummheit zu rechtfertigen."

„Was weißt du schon?! Mein Vater war dumm genug, in Hongkong zu bleiben, als es an China zurückgegeben wurde. Er war kein Hexer. Er dachte, er sei sicher, weil er reich und erfolgreich war. Kein Jahr nach der

Rückgabe von Hongkong standen die Hexenjäger der Geheimpolizei mit einer lächerlichen Ausrede vor unserer Tür und nahmen ihn mit. Der alte Narr hatte versucht, dein verdammtes Schwert zu verkaufen, um eine schlechte Investition auszugleichen. Sobald sie es sahen, wussten sie Bescheid. Meine Mutter war klüger. Sie schickte meine Schwester und mich mit dem nächsten Flug zu meinem Onkel nach Taiwan und verlegte ihr Unternehmen hier nach London, wo sie uns später auch zur Schule schickte."

„Und dein Vater?"

„Wurde nie wieder gesehen."

„Was hat der Albtraum damit zu tun?"

Lin Yuchen lächelte böswillig. „Er kann sehr grausam sein, weißt du. Ich habe ihn heraufbeschworen, um die Entführer meines Vaters in den Wahnsinn zu treiben. Er konzentrierte sich monatelang auf diese besondere Abteilung der Geheimpolizei und versetzte sie in ihren Träumen in Angst und Schrecken. Schließlich fand er heraus, dass mein Vater zu Tode gefoltert und wie Müll in einem ihrer Öfen verbrannt wurde."

„Es tut mir leid."

„Es war seine eigene Schuld!"

„Ein Mangel an Vorsicht verdient doch keine solche Strafe."

„Verdient oder nicht, es ist der Preis, den er zahlen musste."

„Sind deine Schwester und deine Mutter noch am Leben?"

„Ja. Sie sind keine Hexen. Sie sind glücklich."

„Glaubst du, dass Hexen nicht glücklich sein können?"

Lin Yuchen lächelte bitter, als er sagte: „Ich habe es nur selten gesehen."

„Ich habe es oft gesehen."

„Gibst du mir jetzt irgendeinen Ratschlag, dass ich das Glück in mir selbst suchen muss und nicht in äußeren Umständen finden kann?"

„Nein. Ich stelle nur eine allgemeine Tatsache fest. Diese Hexen in England scheinen ziemlich zufrieden mit ihrem Leben zu sein."

„Das sind einige der mächtigsten Wesen auf ihrem Kontinent."

„Und du denkst, dass die Macht sie glücklich macht?"

„Ich weiß es nicht. Es ist mir auch egal. Aber im Unterschied zu uns stehen sie nicht unter ständiger Bedrohung."

„Jetzt schon. Diese Leute, einschließlich deiner Freundin, sind hinter ihren Kindern her. Tiefer kann man wohl nicht sinken."

Lin Yuchen zuckte bei diesen letzten Worten zusammen, murmelte aber nur: „Sie ist nicht sie selbst."

Wan Mei war sicher, dass der Mann es besser wusste und sich nur an Illusionen festklammerte. Er holte eines der Talismane aus seiner Tasche.

„Sie besitzt weder die Macht noch die Fähigkeit, um solche *Fúlù* zu erschaffen, geschweige denn sie so zu pervertieren", sagte er und zeigte ihm einen Talisman, der dem ähnlich war, den Yanlin verwendet hatte, um die alte Frau in den Wahnsinn und den Selbstmord zu treiben. Lin Yuchen wurde bleich.

„Solltest du deinen Status als Hexenoberhaupt behalten, dann musst du alles tun, um die Person zu finden, die das hier erschaffen hat", fügte Wan Mei eindringlich hinzu.

„Ich weiß. Aber noch habe ich keine Anhaltspunkte. Einige davon sind Kopien aus der kleinen Sammlung von Lin Clan Talismanen, die ich geerbt habe. Aber diese Veränderungen sind etwas, das ich nicht verstehe. Ich kenne keinen einzigen Spruchmagier in Taiwan, der das tun könnte. Verstehst du, wie das gemacht wird?"

„Nein, aber ich hatte noch keine Zeit, sie genauer anzusehen."

„Muss die Person, die sie derart verändert hat, ein Spruchmagier sein?"

„Ein Hexenmeister könnte es auch tun. Sie können jede Art von Hexenmagie herbeirufen, aber es liegt an ihnen, in wie vielen und welchen sie sich spezialisieren wollen."

„Es gibt keine Hexenmeister in Taiwan. Oder meinst du, es könnte ein Fremder sein?"

„Nein. Selbst wenn du einen unbekannten Hexenmeister in der Nähe hättest, was sehr unwahrscheinlich ist, hätte er nicht das Wissen, um es zu tun. Es geht nicht nur um Stärke. Es geht um Fähigkeiten, die ein nicht chinesischer Hexer in einem Leben nie allein erlernen könnte."

„Könntest du so etwas erschaffen?"

Wan Mei sah ihn an und wollte wieder alles leugnen, aber das hier war zu wichtig. „Ich könnte einige der Originaltalismane des Lin Clans nachbilden. Ich weiß aber nicht, wie man diese so ins Gegenteil verkehrt und bösartig macht. Ich würde es erst gar nicht wollen. Man kann das nicht tun, ohne sich selbst zu schädigen. Es ist, als würde man Gift einatmen, während man andere vergiftet. Man stirbt halt nur langsamer als sie."

Lin Yuchens Hand umklammerte sein Glas so fest, dass seine Knöchel weiß wurden. „Glaubst du, das ist es, was Yanlin so verändert hat?", fragte er.

„Ich weiß es nicht. Unvorsichtige Spruchmagier wurden manchmal krank und starben sogar, während sie zu viele Verteidigungszauber erschufen, die töten konnten. Aber ich habe noch nie gehört, dass es schwerwiegende Auswirkungen auf die Zauberwirker hatte, die sie im Kampf verwendeten. Es kommt auf die Absicht an. Die *Língfú*, die Yanlin verwendet hat, wurden mit äußerster Bosheit erschaffen und verwendet. Außerdem musste sie den Zauber mit ihrem Blut aktivieren, was die schädlichen Energien noch näher an sie band."

Lin Yuchen starrte in sein leeres Glas und hob es dann in die Richtung des Barkeepers. Der Mann füllte ein neues Glas mit Whiskey und reichte es ihm.

„Kannst du ihr helfen?", fragte Lin Yuchen schließlich.

„Nein. Aber wenn sie von diesen Zauberflüchen infiziert wurde, dann könnte es geholfen haben, dass du ihre Hexenkräfte vernichtet hast."

„Wie hast du denn Ravenstones Schattenhexe gerettet?"

„Das war etwas anderes. Ich habe die Ausbreitung sofort verlangsamt und die schädliche Magie aus ihrem Körper in meinen übertragen. Das kann ich mit einem gestörten Verstand nicht machen."

„Warum hast du es getan? Was bedeuten diese europäischen Hexen dir schon?"

„Meine Gründe sind hier nicht von Belang", antwortete Wan Mei, nicht bereit, dieses Gespräch noch einmal zu führen.

„In Ordnung. Aber wenn du mehr darüber erfährst, wie diese geschriebenen Flüche funktionieren, wirst du es mir dann sagen?"

„Warum sollte ich?"

„Es wäre im Interesse aller, denjenigen zu finden, der sie erschaffen hat. Du kannst so tun, als sei es dir egal, aber das glaubt dir eh keiner mehr."

„Wenn ich mehr über die Person herausfinde und du sie allein konfrontierst, dann würde das sehr wahrscheinlich deinen Tod bedeuten“, warnte Wan Mei.

„Was spielt das schon für eine Rolle?“

„Dein Kind wird einen Vater brauchen.“

„Einen Vater wie mich? Das glaube ich nicht.“

„Besser als eine Mutter wie Yanlin“, sagte Wan Mei scharf, und Lin Yuchen zuckte zusammen.

Schließlich fragte der Wächter nur: „Also, was wirst du tun? Kommst du und findest ihn selbst?“

„Ich weiß es nicht.“

„Du kannst diese europäischen Hexen nicht nach Taiwan bringen, um nach dem Ursprung der Bluttalismane zu suchen. Das muss dir klar sein.“

„Das ist mir klar. Außerdem haben sie dir doch versprochen, dass keiner von ihnen auch nur einen Fuß in Taiwan setzen wird.“

„Es geht nicht nur um das Abkommen. Wir müssen in der Lage sein, unsere eigenen Probleme ohne Hilfe von Außenstehenden zu bereinigen.“

Wan Mei seufzte. Der Mann hatte recht. „Ich bin mir nicht sicher, ob ich überhaupt etwas herausfinden kann. Aber wenn du schwörst, dass du nicht in eine Selbstmordmission rennen wirst, werde ich es dir sagen, falls ich erfahre, wer sie gemacht hat und wie.“

„Danke.“

„Du hast nicht geschworen.“

„Ich schwöre es auf die Gräber meiner Vorfahren.“

„Ihre Gräber wurden ausgegraben und ihre Knochen verstreut.“

„Nicht alle von ihnen. Aber gut. Auf meine Ehre, das Leben von Yanlin und das Leben meines Kindes. Und ich möchte dir etwas geben.“

„Es gibt nichts, was ich von dir will.“

„Das hier wirst du wollen.“

* * *

Wan Mei ging auf sein Zimmer und Lin Yuchen kam nach einer Weile zu ihm. Er trug eine dekorative Schachtel in den Händen.

„Dies ist einer der Gründe, warum ich dich erkannt habe“, sagte er.

Wan Mei öffnete die Schachtel. Darin befand sich eine dünne Schicht Drachenglas, unter der eine Zeichnung eingeschlossen war. Sein Herz blieb stehen. Lin Bowen hatte dieses Bild gezeichnet. Es war ein Porträt von Wan Mei, der in die Ferne blickte, sein langes Haar lose, sein weites Gewand über der Taille ungebunden. Jeder, der es betrachtete, konnte die Liebe und das Verlangen des Künstlers nach seinem Motiv sehen. Es war ihm unwohl bei dem Gedanken, andere konnten dieses Porträt gesehen haben. Nicht, dass er sich seiner Liebe schämte, aber diese Darstellung war zu intim.

„Die Legende besagt, dass es zu Lin Bowens Grabbeigaben gehörte."

„Warum hast du es dann nicht dort gelassen?", fragte Wan Mei, ohne aufzublicken.

„Das war lange vor meiner Zeit. Vielleicht wollten meine Vorfahren das, was von seinem Erbe übrig war, retten. Oder die Tatsache verbergen, dass er einen Mann geliebt hatte. Manche Leute hätten das nicht so leicht akzeptiert."

Wan Mei hatte sein Gesicht unter Kontrolle gebracht und sah endlich auf. „Dieses Bild beweist nur, dass es irgendwann einen Mann gab, der mir etwas ähnlich war."

Lin Yuchen grinste. „Ja klar. Du hattest vor einem halben Jahrtausend einen Doppelgänger. Aber das Bild ist eher nebensächlich. Du hast einen anderen Fehler begangen. Du hast die Regeln des Clans zitiert, als wir uns zum ersten Mal trafen. Wenn du nicht erkannt werden willst, dann sprich nicht in einem Jahrhunderte alten Dialekt. Heute versteht das niemand, außer Gelehrten der klassischen Poesie. Und selbst wenn sie es verstehen, sprechen sie es nicht aktiv. Ihre Aussprache ist reine Vermutung."

Wan Mei war schockiert. Er hatte nicht bemerkt, dass er das getan hatte. Dennoch beschloss er, es auszusitzen. „Bist du jetzt ein Gelehrter der klassischen Poesie?"

„Ich habe den Albtraum einmal gebeten, mir die Regeln vorzulesen, um zu hören, wie sie im Original klangen. Diese Gelehrten liegen bei der Hälfte der Zeichen ziemlich daneben."

„Vielleicht bin ich einfach ein besserer Gelehrter."

„Wie du willst. Du kannst es aber genauso gut zugeben. Es ist ja nicht so, als könnte ich es herumerzählen. Die Leute würden denken, ich bin verrückt geworden."

Sie werden das so oder so denken, wenn sie erfahren, wie viel du trotz deiner Position für die Feuerhexe riskiert hast, dachte Wan Mei, blieb jedoch still.

# Kapitel 22

*Wan Mei / London, UK*

Wan Mei schob ein Stück Gurke auf seinem Teller herum und fühlte sich ziemlich elend. Lin Yuchen hatte einen schlechten Einfluss auf ihn. Vielleicht hatte seine verrückte Freundin ihm im Schlaf die Kehle durchgeschnitten, dachte er rachsüchtig, bereute es aber sofort. Der Mann hatte genügend gelitten. Außerdem hatte er wahrscheinlich gute Absichten gehabt, als er ihm die Zeichnung und die Warnung gegeben hatte. Es war sein eigener Mangel an Vorsicht, der Wan Mei wütend machte. Das Porträt hatte ihn jedoch nur traurig gemacht. Auch der Gedanke, morgen nach Seoul zurückzukehren, spendete ihm keinen Trost. Einerseits wünschte er sich, nach Hause zu gehen und sich in seinem Bett zu verkriechen, andererseits wusste er, dass er nur grübeln und in bittersüßen Erinnerungen schwelgen würde. Er hatte manchmal solche Tage, aber zum Glück waren sie eher selten. So konnte man nicht leben.

Er hatte sich die ganze Nach hin und her gewälzt, aber der Schlaf hatte nicht kommen wollen. Schließlich war er aufgestanden und hatte das Porträt betrachtet. Er hatte auch versucht, mehr über die Schriftzauber herauszufinden, aber es fühlte sich an, als würden die Zeichen seine Augen verbrennen. Am Ende hatte er sie einfach geschlossen und versucht zu meditieren. Doch selbst dann waren Bilder vor seinem inneren Auge aufgetaucht, und er war nicht in der Lage gewesen, sie loszulassen. Die Erinnerung an Lin Bowen mit Zeichenkohle in seinen Händen. Das Bild von Lin Yuchens abgekämpftem, unglücklichem Gesicht. Ravenstones kalte Augen, die ihn wie ein interessantes Präparat unter dem Mikroskop betrachteten. Lias große grüne Augen, als sie ihn bat bei ihr zu bleiben.

Als er in sein Zimmer zurückkehrte, erschien Lin Yuchen mit einem langen Paket.

„Wirst du es ihnen bringen?“, fragte er.

Wan Mei schwieg eine Weile. Er konnte die Anwesenheit des Schwertes spüren. Lin Yuchen öffnete die Schachtel und zog das Schwert vorsichtig heraus. Es war in einer Scheide aus poliertem weißem Holz mit kunstvollen silbernen Verzierungen gehüllt. Er reichte es Wan Mei mit dem Griff zuerst. Unfähig, sich zu beherrschen, zog Wan Mei es heraus. Der Jadegriff fühlte sich unter seinen Fingern vertraut an, und die stählerne Klinge war poliert und scharf.

„Du hast gut darauf aufgepasst.“

„Das habe ich nicht. Es war schon so, als ich es bekommen habe. Ich nahm an, es stünde unter einem Schutzzauber, der es nicht altern ließ.“

Wan Mei runzelte die Stirn. Aber vielleicht war es verzaubert. Das Schwert war ein Abschiedsgeschenk seiner Mutter gewesen. Es hatte nie auch nur einen Hauch von Rost oder Abnutzung gezeigt. Er steckte das Schwert wieder ein.

„Es ist wunderschön“, sagte Lin Yuchen.

„Es ist kein Schmuckstück. Wo ist Yanlin?“

„In der Suite. Wir werden abreisen, sobald Tozzi das Schwert hat. Und sobald du zurückgekehrt bist, natürlich.“

„Hat sie etwas gesagt?“

„Nichts, was für dich von Belang wäre.“

Wan Mei starrte das Schwert eine ganze Weile an, bevor er es neben die Schachtel mit der Zeichnung legte. Plötzlich verspürte er den Impuls, beide zu verbrennen.

„Ich werde das Schwert zu Tozzi bringen. Ihr könnt ohne mich abreisen. Ich werde vorerst hier bleiben.“

Vielleicht war es an der Zeit, etwas Neues zu versuchen.

# Kapitel 23

*Wan Mei / Ainsley upon Thine, UK*

Wan Mei war am Ende mit den Nerven, als er auf Ravenstone Manor ankam. Er hatte im Voraus angerufen und Harrington hatte angeboten, ihn von einem Fahrer abholen zu lassen. Wan Mei hatte abgelehnt und gesagt, dass das Fahren auf der linken Seite doch wohl nicht so schwierig sein könnte.

„War nicht so schwierig, oder?“, fragte der englische Wächter mit einem Lächeln, als er die Tür öffnete.

Wan Mei räusperte sich. „Das ist keine zivilisierte Art, den Verkehr zu regeln. Es widerspricht einfach allen menschlichen Instinkten.“

Harrington lachte fröhlich. „Kommen Sie herein. Ich habe frischen Tee aufgebrüht, um die Nerven zu beruhigen.“

Wan Mei folgte ihm hinein und fragte: „Wo ist Mr. Tozzi?“

„Er wird bald hier sein. Er und Gerald haben Andrei ins Dorf gebracht, um dem Reinigungspersonal aus dem Weg zu gehen. Lassen Sie uns ins Empfangszimmer gehen. Ich glaube, sie sind dort fertig.“

„Entschuldigen Sie, Mr. Harrington, aber das sind wir nicht. Einer der Herrschaften muss eine Zigarre fallen gelassen haben. Der Teppich ist an mehreren Stellen versengt. Wir müssen ihn zur Reparatur mitnehmen“, sagte eine üppige junge Frau, die aus der Bibliothek kam.

„Genau. Es war eine Zigarre. Dann gehen wir eben ins kleine Wohnzimmer.“

„Da sind Blutflecken auf den Sofakissen. Alina arbeitet daran. Sie hatten wohl eine ziemliche Party letzte Nacht“, bemerkte die Frau etwas vorwurfsvoll.

„Ja, Mary, die hatten wir. Einer unserer Gäste hatte Nasenbluten. Könnten Sie uns einfach sagen, wo wir nicht im Weg sind?“

„Im Wintergarten."

„In Ordnung. Wenn Sie Lord Ravenstone mitteilen könnten, dass wir dort sind?"

Ohne auf eine Antwort zu warten, führte Harrington Wan Mei in die andere Richtung, aber dann erinnerte er sich an den Tee und kehrte in die Küche zurück. Eine ältere Frau in einem weißen Kittel warf ihnen beiden einen ziemlich ungehaltenen Blick zu.

„Ich bin gleich wieder weg, Mrs. Smithy", versprach Harrington und schob den Servierwagen schnell hinaus.

Sie ließen sich in einem Raum nieder, der ein bisschen wie eine hübsche Glaskiste aussah. Er war mit großen Pflanzen gefüllt, die eine gemütliche Sitzecke umgaben.

Harrington war gerade dabei, Tee einzuschenken, als Ravenstone mit einem mürrischen Gruß hereinkam und ein großes Blatt in seinem Weg beiseiteschob.

„Harrington, warum brauchen wir so viele Pflanzen?", brummte er.

„Sie sind gut für die Seele und die Luft."

„Können wir sie nicht zumindest ein wenig zurückschneiden? Es ist wie ein Dschungel hier drin."

„Ich werde mit Sam sprechen", seufzte Harrington in einem missbilligenden Ton.

„Es tut mir leid, Mr. Wu. Ich wollte nicht unhöflich sein. Schön, dass Sie gekommen sind."

„Ich habe das Schwert gebracht."

„Können wir damit warten, bis all die Dienstmädchen weg sind? Wie können drei von ihnen überall gleichzeitig sein? Irgendwie bin ich auf meinem Weg hierher zweimal an Bertha vorbeigekommen."

Wan Mei sah ihn genauer an. Er sah jünger aus, wenn er keinen Anzug trug, sondern Jeans und einen blauen Pullover, der zu seinen Augen passte.

„Haben Sie schlecht geschlafen, Eure Lordschaft?", fragte er höflich.

„Oh, ich weiß nicht. Vielleicht habe ich wirklich geschlafen und von drei alten Männern geträumt, die bis vier Uhr morgens Seemannslieder sangen?"

Harrington grinste unbußfertig und Wan Mei fragte unschuldig: „Was sind Seemannslieder?"

Harrington begann zu singen und auf den Tisch zu klopfen.

„Gib mir dieses Schwert, damit ich mich darauf stürzen kann“, stöhnte Ravenstone.

„Und ich dachte, nur Lia hätte diesen Hang zum Drama“, sagte Wan Mei mit einem Grinsen.

„Jemand hat uns beigebracht, dass es besser ist, dramatisch in Worten zu sein als in Taten“, sagte Ravenstone mit einem seitlichen Blick auf Harrington und schaute dann in die Teekanne. Was er dort fand, schien ihm nicht zu gefallen.

„Soll ich Mrs. Smithy bitten, dir Frühstück zu machen?“, fragte Harrington nachsichtig.

„Ich habe keinen Hunger. Ich werde sie um Frühstückstee oder Kaffee bitten.“

„Das hier ist auch Tee, Julien.“

„Aber nicht der, den ich will, Captain Harrington. Wo sind deine Piratenkameraden?“

„Im Dorf.“

„Und Andrei?“

„Er ist mit ihnen gegangen. Es ist schon fast Mittag, weißt du.“

„Das Kind kann durch alles hindurch schlafen“, murrte Ravenstone.

„Dies ist ein so großes Haus. Wie konnten Sie sie überhaupt aus dem Wohnzimmer singen hören?“, fragte Wan Mei.

„Weil sie direkt unter meinem Fenster waren.“

„Nun, Andrei hat draußen ein Feuer für uns angezündet, also dachten wir, wir könnten das für eine gemütliche Runde nutzen“, erklärte Harrington fröhlich.

Ravenstone sah ihn missmutig an, aber dann wandte er sich an Wan Mei: „Sind der *Wūshī Jūnzhǔ* und seine Dame schon weg?“

„Er wartet nur noch darauf, dass Sie oder Mr. Tozzi bestätigen, dass Sie *Shǎndiàn* erhalten haben. So war es vereinbart.“

Julien seufzte und griff nach der schwarzen Schachtel. „Mit Ihrer Erlaubnis?“

Wan Mei nickte. Der Hexenmeister nahm das in ein Seidentuch gewickelte Objekt heraus und entfaltete es vorsichtig auf dem Tisch.

„Soll ich nach den Dienstmädchen Ausschau halten?“, scherzte Wan Mei.

„Ich werde einfach behaupten, es sei ein Weihnachtsgeschenk für meinen Vater. Die exzentrischen Eigenheiten meines Erzeugers sind hier hinlänglich bekannt“, kommentierte Ravenstone trocken.

„Sei vorsichtig damit, Julien“, sagte Harrington, seine Augen voller Bewunderung für die Handwerkskunst, mit welcher der Griff und die Schwertscheide geschmiedet waren.

Ravenstone stand auf und versuchte, das Schwert zu ziehen. Es bewegte sich nicht. Wan Mei runzelte die Stirn. Es war doch erst an diesem Morgen problemlos herausgeglitten.

„Darf ich es versuchen?“, fragte er.

Der Hexenmeister reichte es ihm und Wan Mei zog es ohne Probleme heraus. Was für ein Trick war das? Lin Yuchen hatte doch nie im Leben genügend Macht, um ein Schwert wie *Shǎndiàn* zu verzaubern.

„Gibt es einen Mechanismus, den man zuerst drücken muss?“, fragte Harrington.

„Das wäre in einer Schlacht äußerst unpraktisch“, sagte Wan Mei.

„Es sieht nicht so aus, als hätte es jemals eine Schlacht gesehen. Es sieht eher dekorativ aus“, kommentierte Ravenstone.

„Das Schwert ist keine Dekoration“, widersprach Wan Mei und bemühte sich, seine Irritation zu verbergen. Er reichte das nackte Schwert an Ravenstone, der es nahm und dann seinen Arm abrupt sinken ließ.

„Es fühlt sich ohne die Schwertscheide viel schwerer an. Wie ist das nur möglich?“, überlegte Julien laut, als er das Schwert vorsichtig auf den Tisch legte.

„Darf ich es versuchen?“, fragte Harrington und wirkte dabei enthusiastisch wie ein kleiner Junge.

„Das müssen Sie mich nicht fragen, Mr. Harrington. Ich bin nur der Bote, nicht der Besitzer“, sagte Wan Mei.

Es fühlte sich wie Verrat an, diese Worte auszusprechen. Als Ravenstone nickte, hielt Wan Mei das Schwert dem Wächter hin, aber auch er konnte es nicht aus der Scheide ziehen.

„Wie merkwürdig“, murmelte Harrington.

„Was werden Sie jetzt tun, Eure Lordschaft? In Bezug auf Lin Yuchen, meine ich?“, fragte Wan Mei und fürchtete, dass all seine Bemühungen, den Frieden zwischen den Fraktionen zu wahren, zunichtegemacht werden würden.

Ravenstone betrachtete das Schwert nachdenklich und ein seltsames Lächeln begann um seine Mundwinkel zu spielen.

„Nichts. Er soll nach Hause gehen. Ein verzaubertes Spielzeugschwert sollte Onkel Gio monatelang beschäftigen.“

„Es ist kein Spielzeugschwert.“

„Ich bitte um Verzeihung. Es war nicht beleidigend gemeint. Aber es ist mir egal, ob es echt ist, solange es ihn glücklich macht. Abgesehen von der Gewichtsveränderung fühlt es sich gar nicht magisch an“, sinnierte Ravenstone und holte dann sein Handy heraus.

Wan Mei zog das Schwert für Harrington heraus und legte es auf den Tisch, damit der alte Mann es untersuchen konnte.

„Guten Morgen, Mr. Lin. Wir haben die Lieferung erhalten. Ich wünsche Ihnen eine gute Reise“, sagte Ravenstone am Telefon.

Er bekam offensichtlich eine ebenso knappe Antwort und legte mit einem gemurmelten Gruß auf. Dann blickte er Harrington an und bat: „Kannst du es jetzt weglegen? Du kannst es später nach Herzenslust untersuchen.“

Der ältere Mann zögerte, dann schob er das Schwert mit einiger Mühe in die Scheide und sagte: „Master Wu, es wäre schön, wenn sie hierbleiben könnten, bis der Hohe Hexenmeister zurückkehrt. Er sollte jeden Moment hier sein.“

„Natürlich“, sagte Wan Mei höflich.

„Fliegen Sie nicht mit Lin Yuchen zurück?“, erkundigte sich Ravenstone.

„Glauben Sie, es wäre klug, mich und Yanlin gleichzeitig an Bord zu haben?“, fragte Wan Mei mit einem Lächeln zurück.

„Das wäre wahrscheinlich keine gute Idee. Ich dachte nur …“. Es klopfte an der Tür und er hielt inne.

„Das müssen meine Piratenfreunde sein“, sagte Harrington.

Seine Annahme erwies sich als falsch, denn es war eine große junge Frau mit einem schweren Tablett.

„Es tut mir leid, die Herren zu unterbrechen, aber Mrs. Smithy hat mich geschickt, um Lord Ravenstone Tee und frische Scones zu bringen, da er kein Frühstück hatte“, erklärte sie.

„Verstehe. Sie hat wahrscheinlich behauptet, dass ich versuche, ihn mit ‚ausländischem grünem Matsch‘ zu vergiften“, mutmaßte Harrington mit einem Grinsen und versuchte dem Mädchen das Tablett abzunehmen, aber sie drängte sich an ihm vorbei.

Wan Mei unterdrückte ein Grinsen. Das Mädchen wich den großen Pflanzenblättern geschickt aus und stellte das Tablett vor Julien ab, in der Manier einer Priesterin, die ein Opfer am Altar ihres Gottes darbringt.

„Danke, Bertha", sagte er fast resigniert.

„Benötigen Sie noch etwas?", fragte sie.

„Nein, danke. Bitte richten Sie Mrs. Smithy meinen Dank aus."

Sie neigte den Kopf und ging. Sie war kein dickes Mädchen, aber groß und stark gebaut, was ihre eleganten Bewegungen noch bewundernswerter machte. Niemand würde ihr Gesicht als hübsch bezeichnen, aber es war ziemlich interessant, mit großen haselnussbraunen Augen, einem reinen Teint und einem würdevollen Ausdruck. Wan Mei hätte alles darauf gewettet, dass das Mädchen ernsthaft in ihren Arbeitgeber verknallt war. Nun, zumindest rannte sie ihm nicht kichernd und stolpernd hinterher. Harrington öffnete ihr die Tür und schloss sie mit einem Grinsen wieder.

„Sie haben sehr aufmerksames Personal, Lord Ravenstone", zog Wan Mei ihn auf.

„Das kann man wohl sagen", erwiderte Ravenstone trocken, während er sich eine Tasse starken schwarzen Tee einschenkte. „Darf ich Ihnen einen echten englischen Scone anbieten, Master Wu?", fragte er.

„Nein, danke."

„Harrington, bist du sicher, dass es nichts gibt, was ich tun kann, um Mrs. Smithy davon abzuhalten, in Rente zu gehen?", fragte Ravenstone, während er Unmengen von karamellisiertem Zucker in seinen Tee schaufelte.

„Ich habe schon alles versucht, aber sie möchte Vollzeit Großmutter sein."

Ravenstone schien zu finden, dass Enkelkinder kein triftiger Grund waren, ihn und seine Küche zu verlassen, sagte aber nichts.

Es klopfte wieder an der Tür, aber dieses Mal war es nur eine Formalität. Tozzi stürmte herein, gefolgt von Viscount Ashton und Andrei.

Nach einer Runde höflicher Begrüßungen allerseits näherte sich der Junge Julien und blickte auf die Rosinenbrötchen, die der Hexenmeister mit Butter und Honig angerichtet hatte.

Ravenstone reichte ihm beide Brötchenhälften und fragte dann: „Habt ihr dem Jungen heute Morgen kein Frühstück gegeben?“

„Sprich nicht über ihn, als wäre er nicht anwesend. Und natürlich haben wir gefrühstückt, aber er ist ein heranwachsender Junge, der gerade von einem langen Spaziergang in der Kälte kommt“, rügte sein Vater.

Wan Mei hatte den Eindruck, dass der Viscount genauso auf Enkelkinder versessen war wie Mrs. Smithy.

„Ich entschuldige mich, Andrei“, sagte Ravenstone ernst.

Der Junge strahlte ihn an, während er das Gebäck in wenigen Bissen verschlang. Als er fertig war, flüsterte er etwas in Ravenstones Ohr, das den Mann zum Lächeln brachte.

„Ja, sie ist weg“, sagte er.

„Dann gebe ich dir“, sagte der Junge und legte seine Hand in die von Julien.

„Was tust du …?“, begann Julien und hörte auf, als seine Augen orange aufleuchteten. Tozzi und Harrington schienen beide entgeistert und selbst Wan Mei war überrascht. Hatte der Junge gerade die magischen Energien, die er von Yanlin genommen hatte, auf den Hexenmeister übertragen?

Viscount Ashton, der einzige normale Mensch im Raum, sah sich verwirrt um. „Was ist passiert?“, fragte er in die plötzliche Stille.

„Wie hast du das gemacht, Andrei?“, fragte Harrington leise.

Der Junge zuckte mit den Schultern. „Ich habe es ihm einfach gegeben.“

„Was hast du ihm gegeben?“, fragte Ashton, der immer noch nichts verstand.

„Das böse Hexenfeuer“, sagte der Junge und wirkte plötzlich besorgt. „Habe ich etwas falsch gemacht?“

Zuerst antwortete niemand, dann räusperte sich Tozzi und sagte: „Nein, aber du hättest dir dabei selbst schaden können.“

„Ich weiß, was meins ist, was nicht“, erklärte Andrei ernsthaft in seinem merkwürdigen Englisch.

„Hattest du keine Angst, Lord Ravenstone damit zu verletzen?", fragte Wan Mei leise.

Der Junge schüttelte den Kopf. „Nein. Er hat schon Feuer. Alle Farben. Mr. Tozzi auch. Er hat mehr. Farben wie niemand sonst."

„Kannst du das sehen?", fragte Harrington und der Junge nickte.

„Habe ich eine Farbe?", erkundigte Ashton sich fasziniert.

„Nein, aber sie haben ein gutes Herz", erwiderte der Junge diplomatischer, als man es von einem Kind erwartete.

„Bedeutet das, dass der Rest von uns keins hat?", fragte Tozzi mit einem Lächeln.

Der Junge wirkte verlegen und der Hohe Hexenmeister beeilte sich zu sagen: „Ich habe nur Spaß gemacht. Hättest du das Feuer Lord Ashton geben können?"

„Nein, es würde ihn verbrennen", protestierte der Junge und schien völlig schockiert, dass das nicht für jeden offensichtlich war.

„Und Harrington?"

„Nein. Ich kann das Grün von dem chinesischen Mann nehmen und Mr. Harrington geben. Sie haben dieselbe Farbe. Nicht dieser Chinese … nicht Mr. Wu. Der andere Mann mit der bösen Hexe."

Wan Mei fühlte alle Augen auf sich gerichtet. Er wusste, dass sie alle darauf brannten, den Jungen zu fragen, was er in ihm sah. Aus reiner Neugierde stellte er die Frage selbst.

„Was siehst du, wenn du mich ansiehst, Andrei?"

„Du musst mehr essen", sagte der Junge prompt.

Wan Mei lachte und fragte: „Sonst nichts?"

„Zuerst denke ich, du bist kein Hexer. Wenn ich genauer hinschaue, bist du wie … Eis. Etwas ist hinter dem Eis, aber ich sehe es nicht. Ich kann dir nichts nehmen. Oder dir etwas geben."

„Andrei, tu das nicht wieder, ohne vorher mit jemandem zu sprechen. Es könnte gefährlich für dich sein", befahl Ravenstone.

„Aber ich kann nützlich sein!"

„Aber mein Kind, es ist nicht deine Aufgabe, nützlich zu sein. Wir wollen nur, dass du glücklich bist", sagte Viscount Ashton.

„Was ist, wenn die böse Hexe zurückkommt?", flüsterte der Junge.

„Sie wird nicht wiederkommen. Aber wenn dich jemand bedroht – was sehr unwahrscheinlich ist, aber nur für den Fall – dann kannst du alles tun, was du für notwendig hältst, um dich zu verteidigen“, betonte Ravenstone.

„Und wenn es etwas ist, gegen das du dich nicht verteidigen kannst, dann renne und verstecke dich“, riet Wan Mei. Der Knabe nickte eifrig, und Wan Mei fühlte sich verpflichtet hinzuzufügen: „Du hast von mir nichts zu befürchten, Andrei. Ich bin nicht wie die böse Hexe.“

„Gibt es noch mehr Hexen wie dich?“

„Ich glaube nicht, dass es hier jemand wie mich gibt.“

„Und in China?“

„Es gibt keine hochrangigen Magier mehr in China. Falls doch, hoffe ich, dass sie sich gut versteckt haben.“

„Und in Korea?“

„Das reicht jetzt, Andrei“, sagte Ravenstone hastig. „Vielleicht können Harrington und mein Vater dir den Dachboden zeigen und dir ein Schwert finden?“

Der Junge strahlte und sprang auf. Alle anderen verstanden, dass der höflich formulierte Vorschlag eigentlich ein Befehl war. Harrington schaute sehnsüchtig auf die Kiste, die *Shǎndiàn* enthielt, und Ashton folgte seinem Blick neugierig, aber sie fügten sich beide.

„Und ich meinte ein Holzschwert!“, rief Ravenstone seinem Vater als Nachsatz hinterher.

„Soll ich auch gehen?“, bot Wan Mei an.

„Natürlich nicht. Ich entschuldige mich für meinen verrückten Haushalt.“

Tozzi starrte immer noch dem Jungen nach. „Haben Sie jemals einen Energieabsorbierer gesehen, Master Wu?“

„Nein. Ich dachte, sie seien nur ein Mythos.“

„Aber sagen Ihre Mythen etwas darüber, dass sie ihre Kräfte auf andere übertragen können? In allem, was ich gelesen habe, war kein Wort darüber zu finden“, bemerkte Tozzi.

„Sie sagen nicht viel. Solche Hexen werden immer als gefährlich beschrieben. Dämonisch. Ihnen wird nicht einmal ein Name gegeben. Nur abwertende Beschreibungen wie ‚stehlendes Ungeziefer‘. Ich habe von alten Gesetzen gelesen, in denen steht, dass solche Hexen ohne Gnade ausgerottet werden müssen. Selbst oder sogar vor allem, wenn sie in den eigenen Clan geboren wurden. Aber ich weiß nicht, ob sie jemals angewendet wurden“, erklärte Wan Mei.

„Das ist ziemlich extrem“, sagte Ravenstone, aber er schien nicht so beunruhigt wie Tozzi.

„Das Töten von Säuglingen ist mehr als nur ziemlich extrem“, protestierte der ältere Hexenmeister.

„Sie können nicht Säuglinge gewesen sein, als diese Kräfte sich manifestierten. Aber ich verstehe schon, was Sie meinen“, bemerkte Ravenstone.

„Andrei ist zu jung, um eine vollständig entwickelte Hexe zu sein“, kommentierte Wan Mei vorsichtig.

„Er hat mehr durchgemacht, als man einem Kind zumuten kann“, seufzte Tozzi unglücklich, bot jedoch keine weitere Erklärung an.

Ravenstones Gedanken schienen offenbar in eine andere Richtung zu wandern. „Sie scheinen für Ihr Alter sehr viel gelesen zu haben“, bemerkte er und hielt seine Stimme sorgfältig neutral.

„Ich mag gute Geschichten“, antwortete Wan Mei ebenso neutral.

Tozzi sagte: „Sie sind ein wissbegieriger junger Mann. Haben Sie meinen Vorschlag in Erwägung gezogen, eine Weile in Europa zu bleiben? Vielleicht könnten Sie uns mit Andreis Ausbildung helfen. Sind Sie nicht neugierig?“

„Er ist ein Kind, kein interessantes Artefakt“, rügte Ravenstone seinen Vorgesetzten milde.

„Natürlich, natürlich. Ich schlage nichts Gefährliches vor. Aber sind das nicht wunderbare Zeiten? Ich habe in den vergangenen Wochen so viele neue Entwicklungen gesehen, wie seit Jahrzehnten nicht mehr“, sagte der Mann und sah dann hoffnungsvoll zu Wan Mei.

„Es wäre unangemessen für mich, mich in die Angelegenheiten europäischer Hexen einzumischen. Aber ich habe Ihnen den letzten Teil der Vereinbarung, die Sie mit *Wūshī Jūnzhǔ* getroffen haben, gebracht“, antwortete Wan Mei und reichte Tozzi die Schachtel als Ablenkung.

Die dunklen Augen des alten Mannes weiteten sich voller Erwartung, und Wan Mei sah, wie Ravenstone in seine Tasse grinste.

„Wartet der *Wūshī Jūnzhǔ* auf meine Erlaubnis, oder ist er bereits abgereist?“, fragte Tozzi und öffnete die Schachtel mit großer Ehrfurcht.

„Ich habe mich darum gekümmert“, informierte Ravenstone ihn.

Tozzi dankte ihm und breitete das Tuch aus, als würde es ein heiliges Relikt enthalten. Er atmete tief ein, als er das umhüllte Schwert sah und sagte: „Welch exquisite Handwerkskunst.“

Er legte einen Finger auf die Schwertscheide und schloss die Augen. Für einen Moment war eine blassblaue Energie sichtbar und etwas wie ein goldener Faden ging von seinem Finger aus. Wan Mei zuckte zusammen, erinnerte sich dann aber daran, dass es nicht mehr sein Schwert war.

„Keine Sorge, Master Wu. Ich würde mir lieber die Hand abschneiden, als ein solches Kunstwerk zu beschädigen. Ich versuche nur herauszufinden, wie alt die Schwertscheide ist. Ich benutze lediglich Psychometrie“, erklärte Tozzi.

„Haben Sie etwas gesehen?“, fragte Wan Mei, bevor er sich zurückhalten konnte.

„Nein. Aber wenn ich mich nicht irre, stammen diese Verzierungen aus der frühen Ming-Dynastie. Um das 14. Jahrhundert herum. Das Holz hingegen fühlt sich älter an. Jahrhunderte älter. Auch die Jade am Griff. Ich habe nie Jade von solcher Reinheit gesehen, außer bei dieser verfluchten Haarnadel“, schwärmte Tozzi. Er versuchte, das Schwert herauszuziehen, und Ravenstone verbarg sein Grinsen wieder in seiner Tasse. „Ich glaube, es steckt fest“, beschwerte sich der alte Hexenmeister und zog am Griff.

„Vielleicht kann es nur von denen gezogen werden, die reinen Herzens sind“, erwiderte Ravenstone trocken.

Tozzi schaute ihn mit verengten Augen an und fragte: „Womit habe ich bloß solch undankbare Kinder verdient? Wo ist der Trick?“

„Ich habe keine Ahnung. Wenn es nur du oder ich wären, würde ich an der Theorie der reinen Herzen festhalten, aber Harrington kann es auch nicht.“

Tozzi sah ganz bestürzt aus. „Lin Yuchen hätte doch nicht einfach Sekundenkleber in ein solches Kunstwerk geschüttet, nur um mir eins auszuwischen, oder?“

„Das hat er nicht. Ich weiß nicht, warum es Ihnen widersteht“, sagte Wan Mei unbehaglich. Ravenstone amüsierte sich immer noch, aber er begann eine schlechte Vorahnung über diese ganze Sache zu haben. Er zog das Schwert und präsentierte es Mr. Tozzi mit beiden Händen. Der alte Mann sah verblüfft aus und machte keine Anstalten, es anzunehmen.

„Siehe da – der einstige und zukünftige König!“, rief Ravenstone aus und lehnte sich mit einem Lächeln in seinen Stuhl zurück.

Wan Mei runzelte die Stirn, unsicher, worum es ging. „Ich bin kein König.“

„Ich bezog mich nur auf die Geschichte von König Arthur. Wie kann es sein, dass Sie die nicht kennen? Es ist eine der besten Geschichten überhaupt.“

„Es ist sehr vermessen von dir zu denken, dass die ganze Welt die Legenden dieser kleinen Insel kennen muss“, bemerkte Tozzi und nahm endlich das Schwert aus Wan Meis Händen.

„Als Arthur ein Junge war, steckte ein mächtiges Schwert in einem Stein. Der große Zauberer Merlin hatte es mit Magie dort verankert. Wer das Schwert aus dem Stein ziehen konnte, war dazu bestimmt, der nächste König von England zu werden. Jeder Ritter und Adelige im Königreich versuchte es herauszuziehen, aber es rührte sich keinen Zoll, bis der junge Arthur kam und es in einem Ruck herauszog“, erklärte der junge Hexenmeister.

„Ist es nicht ziemlich unverantwortlich, so über die Regierung eines Landes zu entscheiden?“, fragte Wan Mei schmunzelnd.

„Immerhin besser als wenn man nur deshalb König wird, weil man in eine inzestuöse Adelsfamilie geboren wurde“, sagte Ravenstone mit einem Schulterzucken, fing dann jedoch Tozzis ironischen Blick auf. „Und ja, ich bin mir der Ironie bewusst.“

„Durften nur Ritter und Adelige es versuchen?“, fragte Wan Mei.

„Jeder konnte es versuchen.“

„Warum ist er auch der zukünftige König?“

„Weil er vor seinem Tod zur Insel Avalon gebracht wurde und dort nur ruhen sollte, bis Britannien ihn wieder brauchte.“

„Und hat es ihn wieder gebraucht?“

„Er scheint das nicht so zu sehen“, erwiderte Ravenstone und lächelte dann. „Sie verstehen schon, dass es nur eine Geschichte ist, oder?“

„Lass das, Julien. Master Wu muss auch gedacht haben, dass die Lin Jade oder dieses Schwert nur erfundene Gegenstände aus Geschichten waren, und doch wissen wir es jetzt alle besser. Und du hast auch nicht geglaubt, dass die Zauberinsel oder der Florentiner Ring wirklich existierten, bis du sie mit eigenen Augen gesehen hast“, erinnerte Tozzi ihn.

„Ja, aber das sind Objekte und Orte, keine Menschen.“

Tozzi legte das Schwert nieder. Er schien nichts von seinem Gewicht zu spüren. Vielleicht hatte er irgendwelche magischen Kräfte verwendet, um seinen Arm zu stärken.

„Was ist denn mit diesem Albtraum, von dem Lia und Jass mir erzählt haben?“, fragte er.

„Er ist keine Person“, klärte Wan Mei ihn auf.

„Man sagte mir, er sei eine Manifestation. Ich habe einige Schatten gesehen, die einmal Götter und Dämonen gewesen sein mochten. Auch ein paar verblassende Naturgeister, an die Leute einst geglaubt haben. Aber ihre Macht war längst verblichen und auch die meisten ihrer Erinnerungen. Das scheint aber bei diesem Albtraum nicht der Fall zu sein.“

Wan Mei zuckte mit den Schultern. „Er ist der Einzige seiner Art, dem ich begegnet bin“, behauptete er. Zumindest in diesem Leben, fügte er gedanklich hinzu.

Er wandte sich an Ravenstone. „Waren Sie nicht auch auf eine gewisse Art und Weise dabei, als wir das Wesen trafen?“

„Ich konnte nur durch Nicos Augen sehen. Seine Wahrnehmung der Magie ist eingeschränkter als die eines Hexenmeisters. Außerdem kam ich erst am Ende hinzu, als Lia das Wesen schon praktisch auseinandergenommen hatte.“

„Laut Legende wurden Schattenhexen genau für diesen Zweck erschaffen – um die Menschheit vor Dämonen und übernatürlichen Manifestationen zu schützen.“

„Kann ich dieses Buch der Legenden auch mal lesen? Es scheint eine ziemlich nützliche Sache zu sein.“

„Ich habe dieselbe Geschichte in einem byzantinischen Manuskript gelesen“, mischte sich Tozzi ein. „Da stand, die ersten Hexen seien von einer wohlwollenden Gottheit erschaffen worden. Zuerst kamen die Spruchmagier und die Elementhexen, die die Energien der natürlichen Welt durch Magie zu ihrem Vorteil nutzen konnten. Dann kamen die

Wächter, die Menschen und Hexen vor ihren natürlichen Feinden beschützen sollten."

„Vor wilden Tieren und so was?", fragte Ravenstone.

„Auch, aber vor allem vor anderen Menschen und Hexen. Vor Fremden."

„Ich bin sicher, Mrs. Robinson würde das gefallen."

„Wem?"

„Schon gut. Erzählen Sie weiter."

„Die Wächter waren jedoch nicht mächtig genug, um sich gegen die zunehmende Bedrohung durch übernatürliche Kreaturen zu verteidigen, als diese begannen, die Welt der Menschen zu durchstreifen. Deshalb erschuf diese Gottheit Schattenhexen."

„Diese Gottheit wusste wirklich nicht, wo sie aufhören sollte", sagte Ravenstone amüsiert, als Tozzi kurz innehielt, um Luft zu holen.

„Sie hat bei den Schattenhexen aufgehört. Oder besser gesagt, das Manuskript, das ich gelesen habe, hört dort etwas abrupt auf. Über die restlichen Hexenarten gibt es andere Entstehungslegenden. Meist wird behauptet, dass sie aus den Verbindungen zwischen Sterblichen und Unsterblichen entstanden sind. Sie wissen schon – Götter, Feen, Dämonen und sonstige solche Wesen. Aber ist die Ursprungsgeschichte ähnlich wie die, die Sie kennen, Master Wu?"

„Ja. Abgesehen von den Hexenbezeichnungen. Schattenhexen werden Bluthexen oder Nachthexen genannt. Das Wort für Wächter ist eher wie ‚Hirte' oder ‚Herdenmeister'. Es ist schwierig, die Begriffe zu übersetzen. Nur die Quelle der Magie wird jemand anderen zugeschrieben. Es wird gesagt, die Magie entsprang aus den drei Kräften des Chi. Ich möchte Lord Ravenstone aber nicht mit einer Erklärung des Konzepts des Chi langweilen. Es ist eine komplizierte Angelegenheit."

„Danke", sagte Lord Ravenstone sarkastisch und Tozzi grinste.

„Was sagt denn Ihre Version über die Entstehung der Hexenmeister? Wurden sie als himmlisches Geschenk gesandt?", fragte der Hohe Hexenmeister.

„Nein. Die Hexen paarten sich untereinander, um noch mächtigere Wesen zu erschaffen. Die stärksten Hexen wurden zur Zeugung genutzt und führten dabei unheilige Rituale durch. Einige dieser Versuche gingen furchtbar schief und produzierten einige abscheuliche Wesen. Deshalb fielen sie bei den himmlischen Mächten in Ungnade."

„Siehst du? Hochmut ist die größte Sünde. Genauso wie bei den alten Griechen und so", informierte Tozzi Julien.

Der jüngere Hexenmeister ignorierte das und fragte: „Welche unheiligen Rituale?"

„Sie wurden nicht genauer beschrieben", antwortete Wan Mei.

„Es gibt Gegenden auf der Welt, wo man bis ins letzte Jahrhundert hinein versucht hat, Hexenmeister zu züchten. Es funktionierte nicht gut. Die meisten Kinder, die bei diesen Ritualen gezeugt wurden, waren missgestaltet und starben direkt nach der Geburt. Die wenigen Überlebenden starben später, als sie die Pubertät erreichten und ihre Kräfte aktiviert wurden. Ich weiß nicht, warum. Vielleicht wendet sich die Natur selbst gegen so einen Versuch. Doch alle paar Generationen funktionierte es, und diejenigen, die überlebten, waren unglaublich stark. Ich habe als Kind einen solchen afrikanischen Hexenmeister aus Ghana getroffen. Er war mächtiger als jeder andere, den ich gesehen habe", fuhr Tozzi fort.

„Mächtiger als Sie?", fragte Wan Mei skeptisch.

„Na ja, auf jeden Fall mächtiger, als ich es war, bevor ich zum Hohen Hexenmeister wurde. Wenn Sie ein bisschen bei uns bleiben wollen, dann erzähle ich Ihnen vielleicht, woher meine jetzige Macht kommt."

„Ihnen wurden die Kräfte anderer gegeben. Und sie müssen freiwillig gegeben worden sein, oder Sie wären inzwischen dem Wahnsinn verfallen", vermutete Wan Mei.

„So ähnlich, ja. Woher wissen Sie das?", fragte Tozzi beeindruckt.

„Ich erinnerte mich daran, wie die Hexenklingen gemacht wurden, und ich dachte, es muss etwas Ähnliches sein."

„Und Sie missbilligen es?"

„Ich würde mir nicht anmaßen, das zu tun. Es scheint nur sehr riskant, einer Person so viel Macht zu geben. Sie sind praktisch eine lebende Massenvernichtungswaffe."

„Das war so gar nicht missbilligend", kommentierte Julien belustigt.

„Ich habe es nicht so gemeint …"

„Schon gut. Ich nehme keinen Anstoß daran", beruhigte Tozzi ihn mit einem Lächeln.

Wan Mei neigte den Kopf und sagte: „Ich werde Sie nicht länger aufhalten.“

„Sie halten uns nicht auf. Planen Sie sofort nach Seoul zurückzukehren?“, fragte Julien.

„Ich habe mich noch nicht entschieden. Ist es Ihr Wunsch, dass ich sofort abreise?“

„Nein. Es tut mir leid, wenn ich Ihnen diesen Eindruck vermittelt habe. Und niemand fragt mich jemals nach meinen Wünschen, sonst läge ich jetzt an einem tropischen Strand mit einem Gin Tonic. Mit einem dieser kitschigen Papierschirme darin.“

„Du solltest keinen Gin bei heißem Wetter trinken, Julien“, riet Tozzi.

„Äh …“, begann Wan Mei, verwirrt über diese unerwartete Wendung des Gesprächs.

„Ich wollte eigentlich nur sagen, dass ich mich freuen würde, wenn Sie eine Weile hierblieben. Wenn Sie nicht im Herrenhaus bleiben möchten, gibt es andere Unterkünfte. Das Rosenhaus ist frei und Sie hätten dort Privatsphäre. Nun ja, außer vielleicht, dass Harrington Ihnen ständig seltsame Tees bringen würde. Und der alte Sam käme auch vorbei, um die Rosen zu schneiden oder was auch immer man mit den verdammten Blumen im Herbst macht. Und da sind noch Lia und Jass, die sich manchmal durch die Fenster ihrer Häuser anbrüllen wie zwei Wilde, die noch nie ein Telefon gesehen haben …“ Ravenstone hielt inne und runzelte die Stirn. „Ich merke gerade, dass ich einen Aufenthalt hier nicht als sehr attraktiv beschrieben habe. Dabei habe ich noch nicht einmal die Dämonenkatze erwähnt“, gab er zu.

„Sie haben eine Dämonenkatze?“, fragte Wan Mei amüsiert. Alles, was Ravenstone bisher gesagt hatte, klang in seinen Ohren nach Spaß.

„Nein, Lia hat eine Dämonenkatze. Oder besser gesagt, die Katze hat Lia. Das Tier denkt, das ganze Ravenstone-Anwesen sei sein Revier, also geht es überall hin. Selbst dann, wenn man alle Türen und Fenster schließt. Ich hege schon lange den Verdacht, dass es sich in schwarzen Rauch verwandelt und durch das Schlüsselloch hereinkommt, aber ich war bisher nicht in der Lage, es zu beweisen.“

„Es ist ein Glück, dass du nicht auf eine Karriere als Verkäufer angewiesen bist, mein Sohn“, brummte Tozzi.

Wie aufs Stichwort betrat Ravenstones richtiger Vater den Raum.

„Meine Herren, Mrs. Smithy möchte wissen, wie viele wir zum Mittagessen sein werden. Ich hoffe, Sie bleiben noch ein bisschen, Mr. Wu. Es wäre schön, eine junge Person am Tisch zu haben, die nicht immerzu bockig ist.“

„Ich bin nicht bockig“, protestierte sein Sohn.

„Was ist das für ein Theater, meine Herren!“, rief Harrington von der Tür, aber in seinen Augen lag ein amüsiertes Funkeln.

„Wo ist Andrei?“, fragte Ravenstone und ignorierte die Zurechtweisung.

„Er nimmt ein Bad. Wir hatten ein kleines Missgeschick auf dem Dachboden. Wer hat diese schreckliche Quittenmarmelade dort oben verstaut?“

„Ich habe sie nicht dort hingestellt, aber du hast gesagt, ich müsste etwas auf der Kirchenmesse kaufen. Also habe ich das Nächstbeste genommen, was nicht ganz so ekelhaft aussah wie Kalbsfüße in Gelee.“

„Wann habe ich das gesagt?“

„Vor etwa fünf Jahren?“

„Das erklärt den Geruch.“

Wan Mei versuchte, einen Lachanfall zu unterdrücken. Diese Leute waren komplett irre, aber sie waren amüsant. Sowohl Madam Wu als auch Master Su hätten sich eher die Kehle durchgeschnitten, als auch nur die geringste häusliche Meinungsverschiedenheit vor einem Gast auszutragen.

Er hatte nie zugestimmt, zum Mittagessen zu bleiben, aber irgendwie ging jeder davon aus, dass er es getan hatte. Am Ende manövrierte Julien ihn aus dem Haus und sagte: „Ich werde Mr. Wu das Rosenhaus zeigen.“

„Das ist wirklich nicht nötig …“, begann Wan Mei.

„Ich bringe Andrei zu Lia, also liegt es auf dem Weg. Sie sagte, Sie sind auch willkommen.“

* * *

Sie gingen durch den Garten hinter dem Haus und bogen links in einen Obstgarten ab. Die Äste der Bäume hingen schwer mit noch reifenden Äpfeln, Pflaumen und Birnen.

„Was machen Sie mit all dem Obst?“, fragte Wan Mei.

„Alles Mögliche. Einiges ist für den Eigenbedarf, aber der Überschuss wird verkauft. Harrington hat von Lias Vater gelernt, wie man Pflaumenschnaps herstellt. Dieses Jahr will er es auch mit Birnen versuchen. Er hat dort drüben in der Scheune eine Brennerei eingerichtet. Er und mein Vater haben den größten Teil des Lockdowns dort verbracht. Sie haben ausgesehen wie die Hexen aus Macbeth, als sie sich über ihren Riesenkessel beugten."

„Doppelte Mühe, Schwefelblase. Feuer brenne und Kessel blase", zitierte Wan Mei in seiner besten Imitation einer alten Frau.

Ravenstone lachte und zog einen Baumzweig herunter, damit Andrei die Pflaumen darauf erreichen konnte. Der Junge gab sie Wan Mei und rannte weiter.

„Kommt Andrei aus dem gleichen Land wie Lia? Ich kenne mich mit der Geografie Osteuropas nicht aus", gab Wan Mei zu.

„Andrei kommt aus Bulgarien. Das liegt weiter östlich als Kroatien. Aber die Sprachen sind ähnlich. Sie können sich nicht hundertprozentig genau verstehen, aber gut genug, wenn es sich nicht gerade um komplexe Angelegenheiten handelt."

„Als ich ihn zum ersten Mal sah, dachte ich, er müsste aus Ägypten oder Indien stammen."

Ravenstone zögerte einen Moment und sagte dann: „Er ist ein Roma." Als er Wan Meis Verwirrung sah, fügte er hinzu: „Was die Leute früher einen Zigeuner nannten."

Wan Mei erinnerte sich vage daran, einige von ihnen im 19. Jahrhundert in London gesehen zu haben, aber mehr wusste er über dieses Volk nicht. Bevor er jedoch weiter fragen konnte, kam der Junge zurück, um ihnen stolz seine Ausbeute an Birnen zu zeigen.

Sie hatten das Ende des Obstgartens erreicht. Links befanden sich Felder voller Kohl und anderem Gemüse, das er aus der Ferne nicht erkennen konnte. Geradeaus weiterzugehen hätte bedeutet, sich in den Wald zu wagen, doch Ravenstone bog nach rechts ab. Wan Mei konnte die Straße sehen, die das Ravenstone Anwesen mit der Landstraße verband, aber die rechte Seite des Obstgartens endete in einer kleinen Straße. Vier kleine Steinhäuser standen da einander gegenüber sowie ein Gebäude, welches wie eine Scheune aussah.

Sie näherten sich den Hinterhöfen zweier Häuschen. Jemand hatte das Ende der Hecke, die die Höfe trennte, in die Form einer fröhlichen, fetten Larve mit Antennen geschnitten. Um ein Haus wuchs überall Lavendel und um das andere Heidekraut. Wan Mei tat sein Bestes, nicht durch Fenster zu spähen, als er sich fragte, in welchem dieser Häuser Lia wohl lebte.

Ravenstone kam ihm entgegen, als könnte er seine Gedanken lesen. „Lia ist im Lavendelhaus und Jass gegenüber im Kiefernhaus. Das Rosenhaus ist daneben. Ich mochte das Rosenhaus immer lieber, aber Jass wollte es nicht. Hat irgendwas davon gebrummt, dass Rosen nicht männlich seien. Wenn Sie den gleichen Einwand haben, würde ich Ihnen das Heidehaus anbieten, aber es ist noch nicht vollständig renoviert. Die Arbeiten haben irgendwie zum Beginn der Pandemie aufgehört und wurden nie fortgesetzt“, erklärte Julien, als er die Tür öffnete.

Wan Mei fühlte sich leicht überwältigt. „Es ist ein wunderschönes Haus, aber ich kann hier nicht bleiben.“

„Nun, wenn Sie Ihre Meinung ändern …“, begann Ravenstone ruhig, dann fluchte er plötzlich. In demselben Moment registrierte Wan Mei eine Bewegung auf dem Holzboden und sah nach unten. Eine mollige Katze rannte davon.

„Lilly!“, rief Ravenstone ihr drohend nach.

„War das die Dämonenkatze?“, fragte Wan Mei mit einem Grinsen.

„Haben Sie gesehen, wie sie hereinkam?“

„Nein, aber Sie haben die Tür offengelassen, also muss sie einfach hereinspaziert sein.“

Ravenstone murrte etwas in einer Sprache, die Wan Mei nicht verstand, dann sah er zu Andrei, der vor Ungeduld von einem Fuß auf den anderen hüpfte.

„Dann lass uns der fetten Dämonin nach Hause folgen.“

# Kapitel 24

*Lia / Ainsley upon Thine*

Lia fragte sich, wie sie Julien zur Vernunft bringen könnte. Er hatte sie angerufen und um Erlaubnis gebeten, Wan Mei mitbringen zu dürfen, wenn er Andrei vorbeibrachte.

„Er ist mir gegenüber misstrauisch, aber dich mag er. Du kannst ihn am ehesten zum Bleiben überreden", hatte er gesagt.

„Warum brauchst du ihn so unbedingt hier? Was verschweigst du mir?"

„Ich brauche ihn nicht unbedingt, aber er weiß Dinge, die nützlich sein könnten. Es ist nur ein Gedankenexperiment, aber was wäre, wenn die Höhle die Jade neutralisieren könnte?"

Ihr war übel geworden. „Bist du verrückt? Was, wenn es schlimmer wird? Was, wenn …"

„Wir können später darüber reden."

„Wenn du ihn dorthin bringst, könnte es ihn umbringen!"

„Das bezweifle ich sehr. Er wird in meiner Begleitung sicher sein, selbst wenn die Höhle feindselig wird. Aber bist du nicht neugierig?"

„Nein! Wenn es nach mir ginge, würde ich den verdammten Ort in sich zusammenstürzen lassen."

„Das hätte ich schon längst selbst getan, wenn ich könnte. Aber nicht einmal Onkel Gio ist mächtig genug, um das zu tun."

„Weiß er von deinem Plan?"

„Ich hatte noch keine gute Gelegenheit, es ihm gegenüber zu erwähnen. Aber ich werde es bald tun, bevor er nach Italien zurückfliegt."

„Julien, du musst mir schwören, dass du deinen Plan nicht umsetzt, ohne mich vorher zu informieren", insistierte sie und er gab nach.

* * *

Als sie schließlich ankamen, strahlte Andrei sie an und bot ihr einen Armvoll Birnen an.

Sie bedankte sich und Julien fragte: „Ist das eine Art Balkan Tradition, Zuneigung durch Essen auszudrücken?“

„Das ist ein Zeichen der Zuneigung in vielen Kulturen“, sagte Wan Mei leise.

Sie lächelte ihn an, als sie an die Scones dachte, die er irgendwie für sie in Seoul aufgetrieben hatte.

Während sie Wasser für Tee kochte, hörte sie einen Fluch aus dem Wohnzimmer und rannte zurück. Julien und Lilly zischten sich aus ihren jeweiligen Sesseln an. Sie trug Lilly nach oben, und als sie zurückkam, saß Andrei neben Julien, der aus einem Buch über König Arthur vorlas. Sowohl Andrei als auch Wan Mei schienen von der Geschichte so gebannt, dass sie sich nur leise hinsetzte. Nachdem Julien die Geschichte beendet hatte, bot sie Ihnen das Käsegebäck an, dass sie gemacht hatte, weil es Andrei Lieblingsspeise war.

„Man könnte denken, wir lassen ihn auf Ravenstone Manor verhungern“, kommentierte Julien mit einem Lächeln, als der Junge sich darauf stürzte.

„Magische Energie verbraucht viele Kalorien. Besonders bei jemandem, der noch wächst“, sagte Wan Mei.

Lia sah den Jungen an, „Atmest du noch Feuer?“

Der Junge begann auf Bulgarisch zu sprechen und zeigte mit seiner Gabel auf Ravenstone. Sie legte sanft ihre Hand auf seine, um die Gabel zu senken, aber ihre Augen weiteten sich vor Schreck, als er fertig war.

„Wie hat er das gemacht?“, fragte sie Julien.

„Ich weiß es nicht. Er hat es einfach auf mich übertragen. Wie eine Bluttransfusion. Anscheinend bin ich ein universeller Empfänger.“

Er sah Andrei nachdenklich an, aber sie sagte eilig: „Lass ihn essen.“

Dann wandte sie sich an Wan Mei, der das Gebäck auf dem Tisch anschaute, aber nichts nahm.

„Ich habe nicht so viel Energie verbraucht wie der hungrige kleine Drache“, erklärte er.

„Du musst mehr essen“, erinnerte ihn der hungrige kleine Drache ernsthaft.

„Ich glaube nicht, dass ich so groß und stark wie Jass werden kann", neckte Wan Mei.

„Wer will wetten, dass sie gerade Jass anrufen, um ihn zu bitten, das Schwert zu ziehen?", sagte Julien mit einem Grinsen und erzählte Lia dann, was vorgefallen war.

Lia lächelte. „Hast du deshalb diese Geschichte vorhin gelesen? Ich dachte, du liest sie für Andrei vor", sagte sie.

„Habt ihr dieses Schwert? Excalibur?", fragte Wan Mei.

„Nein, wir haben es nicht. Am Ende der Geschichte wird es in einen verzauberten See geworfen, während Arthur im Sterben liegt. Aber es ist nur eine Legende und es hat wahrscheinlich ohnehin nie existiert. Es ist auch nur ein Symbol. Ich erinnere mich nicht, dass irgendwo stand, das Schwert selbst hätte magische Kräfte gehabt", sinnierte Julien.

„Ich habe einmal gelesen, dass Excalibur von Gobannon, dem keltischen Schmiedegott, geschmiedet wurde. Eine von einem Gott geschmiedete Waffe kann andere Götter töten. Aber das war vielleicht nur in einem Fantasy Roman."

„Das war es. Du hast mir davon erzählt", sagte Julien.

„Und hat es einen Gott getötet? Auch wenn es nur in einem Roman war?", fragte Wan Mei mit einem seltsamen Lächeln.

„Niemand hat es je ausprobiert. Merlin versucht ständig, die Götter zurück nach Britannien zu rufen. Er will, dass sie Arthur helfen, die Sachsen und Christen zu vertreiben, aber sie kommen nie."

„Wer waren diese Sachsen?"

„Alte germanische Stämme."

Sie gab ihm einen kurzen, vereinfachten Überblick über die verschiedenen Eroberungen der Britischen Inseln und er sah skeptisch aus dem Fenster.

„Die Völker Europas müssen Regen lieben, wenn sie alle hierherkommen wollen."

„Es wird behauptet, die Sachsen und Wikinger wollten kommen, weil es so viele Orte der Macht in Britannien gab und ihre eigenen schwächer wurden", bot Julien an.

„Was sind Orte der Macht?", fragte Wan Mei und Lias Herz sank.

„Orte, die Hexen stärker machen. Stonehenge war vielleicht einst so ein Ort, aber die Magie dort ist nur ein nachhallender Geist dessen, was einst stark gewesen sein mag. Es ist, als ob die Magie umso schwächer wurde, je mehr Menschen dort waren. Als wäre sie über die Jahrhunderte ausgelaugt worden. Ich habe so einen Ort einmal in Island gesehen. Dort war das Gefühl starker Magie immer noch vorhanden, weil es nicht oft besucht wurde."

„Ich habe solche Orte in Korea nie gesehen", sagte Wan Mei nachdenklich.

„Ich weiß auch von keinem in Korea, aber in China soll es solche Orte auch gegeben haben. Sie wurden normalerweise irgendwo in den Bergen vermutet. Wie dort, wo der letzte Hexenmeister und seine Anhänger starben", erzählte Lia ihm.

„Das ist ein sehr weites Gebiet. Ich habe von verfluchten Orten gelesen. Sie befinden sich normalerweise irgendwo in den Bergen, wo Hexen sich in Legenden versteckten."

„Warum sind sie verflucht?"

„Ich weiß es nicht. Vielleicht habe ich nur den Eindruck gewonnen, weil die Hexen, die in Legenden dahingingen, nie ein gutes Ende fanden."

Andrei hob plötzlich die Hand, als wäre er in der Schule.

„Ja, Andrei?", fragte Lia und versuchte, nicht zu lachen, um die ernsthafte Würde des Jungen nicht zu verletzen.

„Ich weiß darüber Bescheid."

„Andrei, du darfst keine Geheimnisse der Roma verraten. Nicht einmal mir oder Lia", warnte Julien vorsichtig.

„*Baro Chovexani* sagt, ich bin kein Roma mehr", entgegnete der Junge trotzig. „Es ist eine bulgarische Geschichte."

„Die kannst du uns erzählen", sagte Lia.

„Hexen tanzen auf dem *Belin Tash* und dem *Beglik Tash*. Es macht ihre Kräfte stärker. Aber nur an besonders heiligen Tagen. Mr. Tozzi hat dort auch getanzt. Vor sehr, sehr langer Zeit. Als er jung und schön war", sagte der Junge.

Lia war stolz auf ihn, weil er so schnell Englisch lernte, aber Julien prustete in seinen Tee.

„Wenn du das vor Onkel Gio erwähnst, lass bitte den Teil mit ‚vor sehr, sehr langer Zeit' weg", sagte er grinsend.

„Er hat mir gesagt, er ist alt. 64. Es ist gut für eine Hexe, alt zu sein. Die Leute respektieren das."

„Vielleicht sollte ich mir einen Bart wachsen lassen“, brummte Julien.

„Warst du an einem dieser Orte?“, fragte Lia den Jungen.

„Nein. Aber in Aleksandrovo haben sie etwas gefunden …“

Er sah Lia um Unterstützung an und sie erläuterte: „Es gibt ein thrakisches Grab, das im Jahr 2000 zufällig entdeckt wurde. Es ist etwa 2500 Jahre alt und hat einige hervorragend erhaltene Malereien. Mir ist aber nicht bekannt, dass es etwas mit Magie zu tun hat.“

„*Baro Chovexani* sagt, es war eine Schlafstätte der Göttersöhne“, erklärte Andrei.

„Wer ist diese Baro Person? Wenn du es mir sagen darfst?“, fragte Wan Mei neugierig.

Andrei sah Julien an und dieser sagte: „Das ist kein Geheimnis. Sie will, dass andere Hexen wissen, dass sie existiert und sich um die Roma kümmert.“

„*Baro Chovexani* ist die Große Hexe“, flüsterte Andrei, als hätte er Angst, sie könnte ihn sogar aus tausend Meilen Entfernung hören.

„Sie ist eine Hexenmeisterin?“, mutmaßte Wan Mei und der Junge nickte.

„Also schlafen diese Göttersöhne einfach in Steinkammern? Das scheint ziemlich unbequem“, sagte Lia in dem Versuch Wan Mei abzulenken, bevor er mehr über Andreis Hintergrund fragen konnte.

„Laut Legende sind sie unsterblich, schlafen aber Hunderte von Jahren an solchen Orten, wenn sie der Menschenwelt müde werden“, erklärte Julien.

„Meine Oma sagte, dass es die Göttersöhne wirklich gibt. Sie stiegen vor langer Zeit auf die Erde hinab, um zu kämpfen. Deshalb hat man sie aus dem Himmel verbannt. Wenn sie aber viele gute Taten vollbringen, lassen die Götter sie vielleicht zurück“, erzählte Andrei Lia auf Bulgarisch.

„Gegen wen kämpften sie?“, fragte sie.

„Monster, böse Menschen und manchmal gegeneinander. Sie langweilten sich im Himmel. Da konnten sie nur auf die Welt hinabschauen und dürften nicht miteinander kämpfen. Also kamen sie hierher, um zu kämpfen und unter den Menschen Abenteuer zu erleben.“

Sie übersetzte die Geschichte für die anderen und lächelte dann Wan Mei an. „Wie dein Junge, der auf der Wolke schwebte.“

„Er schwebte nicht auf einer Wolke“, korrigierte Wan Mei sie geduldig.

„Wer war auf einer Wolke?“, fragte Andrei verwirrt, also versprach sie, ihm die Geschichte später zu erzählen.

Julien blickte auf die Uhr und sagte: „Wir müssen zurück. Bist du sicher, dass du nicht mitkommen möchtest?“

Sie lehnte ab, lächelte dann aber Wan Mei an und fragte: „Hast du es eilig, einen Flug zu bekommen?“

„Ich habe noch keine Pläne gemacht, aber ich denke, ich werde noch ein paar Tage in London bleiben.“

„Jass und ich würden uns gern revanchieren und dir die Stadt zeigen, wenn du möchtest.“

„Das wäre großartig.“

# Kapitel 25

*Wan Mei / London*

Tage später war Wan Mei immer noch in London. Er hatte viel Zeit damit verbracht, mit Jass und Lia durch die Stadt zu streifen. Er hatte seit langem nicht so viel Spaß gehabt und hatte es daher nicht eilig, wieder nach Seoul zurückzukehren. Es war ihm bewusst, dass der Hohe Hexenmeister sie gebeten haben musste, ihn zum Bleiben zu bewegen, aber er war sich auch ziemlich sicher, dass sie gerne in seiner Gesellschaft waren. Er hatte auch eine Einladung zu Harringtons Geburtstag angenommen, denn die ungekünstelte Herzlichkeit des Wächters war einfach unwiderstehlich.

Er verbrachte den Vormittag mit Einkaufen und fand sogar seinen Weg nach Chinatown in Soho. Das Chinatown, das er gekannt hatte, hatte sich in einem anderen, schrecklich heruntergekommenen Teil der Stadt an den Docks befunden und hatte chinesische und andere Seefahrer bedient. Dieses hier war einfach nur kitschig, hatte aber einige ziemlich interessante Läden. Er kaufte erstklassigen weißen Tee für Harrington und einige Süßigkeiten für sich selbst und war gerade im Begriff zu gehen, als ihm ein relativ kleiner Laden auffiel, eingeklemmt zwischen einem Kosmetikgeschäft und einem Massagesalon. Im schmalen Fenster befand sich eine Schneiderpuppe mit einer leuchtend roten traditionellen Jacke. Er blieb davor stehen und zwei junge Frauen kamen kichernd aus dem Laden. Sie sahen ihn an und kicherten noch mehr. Eine von ihnen warf ihm einen Kuss zu und dann rannten sie weg. Als er den Laden betrat, kündigte eine altmodische Glocke seine Anwesenheit an. Der Ort roch schwach nach neuen Seiden- und Baumwollstoffen. Es gab einen langen, schmalen Korridor, der zu einem breiteren, hell erleuchteten Raum im Hintergrund führte. Es war kein sehr einladender Ort, aber trotzdem faszinierend. Ein kleiner Mann in mittleren Jahren erschien hinter dem Tresen.

„Guten Tag, mein Herr. Darf ich fragen, ob Sie einen Termin haben?"

„Ich bin nur aus Neugier hereingekommen", gab Wan Mei zu.

Der Mann lächelte. „Das passiert nicht sehr häufig. Wir sind ziemlich ausgebucht, aber ich kann Ihnen einen Termin Anfang Dezember anbieten, wenn Sie morgens Zeit haben."

„Ich interessiere mich nur für diese Jacke im Fenster."

Der Mann lächelte immer noch. „Dies ist eine Schneiderei. Wann ist das freudige Datum?"

„Was für ein Datum?", fragte Wan Mei verwirrt.

„Ihre Hochzeit, junger Herr. Sie sind nicht von hier, nicht wahr?"

„Nein. Ich komme aus Seoul."

Der Mann neigte den Kopf. „Ich war mir sicher, Sie seien ein Chinese."

„Das bin ich. Aber ich heirate definitiv nicht."

Der Mann lachte und drehte sich um, als die Tür hinter ihm aufging. Eine mürrische ältere Dame taumelte heraus, gefolgt von einer jüngeren Frau in einem exquisit schönen grünen Qipao-Kleid. Beide sahen Wan Mei überrascht an. Die ältere Frau machte ein Geräusch des Missfallens, verengte dann aber die Augen.

„Komm näher, Junge", sagte sie in einem schweren Min Dialekt.

„Mutter …", begann der Mann, aber sie brachte ihn mit einer brüsken Geste zum Schweigen.

Wan Mei kam näher und sie spähte zu ihm hoch. Sie war so winzig, dass ihr Kopf gerade an seine Brust reichte. Ihre Hand schoss hoch und sie berührte seine Wange. „So schön", flüsterte sie.

„Mutter", versuchte der Mann es erneut. Er klang verlegen, aber sie brachte ihn wieder zum Schweigen und machte dann einen Rundgang um Wan Mei.

„Schlank, groß und schön. Was für ein Vergnügen es wäre, dich zu kleiden."

„Madam, ich wollte wirklich nicht eindringen und Ihre kostbare Zeit in Anspruch nehmen", sagte Wan Mei und neigte den Kopf. Er wurde ebenfalls ziemlich verlegen.

„Mutter, deine Termine sind bis …"

„Meine Termine, meine Termine. Das sind meine Termine, du miserabler Sohn! Das ist immer noch mein Geschäft! Und ich bin gelangweilt von all diesen Männern mit ihren schlaffen Bäuchen und schlechter Haut, die nur dann gut gekleidet sein wollen, wenn sie heiraten."

Sie richtete einen spitzen Blick auf den Bauch ihres Sohnes. Der Mann war nicht dick, aber sein eleganter Seidenanzug spannte etwas eng über seinen Bauch.

Die alte Dame wandte sich der jüngeren Frau zu, die mit gesenkten Augen dastand. „Jing'er, bitte bring uns etwas Tee und dann mach eine Pause. Nimm deinen miserablen Ehemann mit, damit ich etwas Ruhe habe."

Die Frau neigte respektvoll den Kopf und verließ sie, gefolgt von ihrem zögernden Ehemann.

„Madam, ich wollte wirklich nicht Ihre Pause unterbrechen …", begann Wan Mei, aber sie winkte ab und öffnete die Tür zum Hinterzimmer, also folgte er. Es war ein großer, gut beleuchteter Raum, der auf eine ziemlich schmuddelige Hintergasse blickte. Das fiel aber kaum auf, denn er war voll von wunderbaren Stoffen und Kleidungsstücken in verschiedenen Fertigungsstadien.

„Sie haben eine wunderbare Gabe, Madam", sagte Wan Mei.

Sie seufzte. „Ich werde alt. Meine Augen und meine Hände sind nicht mehr so gut wie früher."

„Ich hoffe, Ihre Kinder kümmern sich gut um Sie."

„Sie sind gute Kinder. Mein Sohn ist ein guter Geschäftsmann und A-Jing ist eine adäquate Schneiderin, aber es fehlt ihr an Fantasie."

„Es tut mir leid, das zu hören, Madam."

„Also, warum bist du hierhergekommen?"

„Ich habe nur den roten *Tang* im Fenster gesehen und bin hereingekommen. Ich habe in dem Moment nicht bemerkt, dass es eine Schneiderei ist."

„Heiratest du bald oder bist du einfach nur ein eitler Geck?", fragte sie mit einem Lächeln, das den Worten die Schärfe nahm.

„Wenn das die einzigen beiden Optionen sind, dann bin ich ein eitler Geck", sagte er und erwiderte das Lächeln.

Sie gluckste und bedeutete ihm dann, dass er sich in einen alten, aber bequemen Sessel neben einem niedrigen Tisch setzen solle. Die Schwiegertochter brachte den Tee. Die alte Dame ließ sich Wan Mei gegenüber nieder und sagte: „Also, möchtest du einen *Tangzhuang*?"

Wan Mei sah sich um. „Ich würde gerne einen *Tang* wie diesen haben und einen wie jenen", sagte er und deutete auf einen einfachen, aber sehr eleganten *Tang* in Schwarz mit weißen Stickereien am Ärmel und weißen Details an den Knopfleisten sowie einen anderen, der auf der einen Seite leuchtend blau und auf der anderen leuchtend rot war. Dann entdeckte er einen Seidenschal in demselben leuchtenden Rot, aber bestickt mit winzigen schwarzen Blütenzweigen, der über eine Schaufensterpuppe drapiert war. „Und das", fügte er hinzu.

„Wo wirst du so etwas tragen?", fragte sie amüsiert.

„Es soll ein Geschenk für eine Freundin sein."

Sie warf einen Blick auf seine schwarze Jacke mit den großen silbernen Knöpfen und fragte dann ungewöhnlich direkt: „Hat jemand, der so jung ist, eine Vorstellung davon, was das alles kostet?"

„Ich kenne die Preise von Habotaiseide, Madam, aber ich würde es nie wagen, einen Preis für Ihre Kunst festzulegen. Wenn Sie mir die Ehre erweisen, einen Auftrag anzunehmen, werde ich den Preis zahlen, den Sie verlangen."

„Ist deine Familie in Seidenhandel tätig?"

„Meine Pflegemutter ist es."

„Kommst du vom Festland oder aus Taiwan?"

„Ich lebe in Seoul, Madam."

„Darf ich fragen, warum du in London bist?"

„Ich kam, um einem Bekannten bei einer persönlichen Angelegenheit zu helfen, und habe dann beschlossen, noch ein paar Tage zu bleiben."

Wieder musterte sie ihn mit ihren scharfen alten Augen und sagte dann: „Vor kurzem war hier eine hochnäsige junge Herrin aus Taiwan, die Ärger für alle verursachte. Ein sehr bedeutender Herr kam, um nach ihr zu suchen. Das warst nicht du, oder?"

Wan Mei wurde vorsichtig. Hatte Yanlin wirklich so viel Aufsehen erregt, dass jeder von ihr wusste, oder wusste diese Frau mehr?

„Das war ich nicht, aber ich weiß, wen Sie meinen. Der Herr hat sie gefunden, und sie sind nach Taiwan zurückgekehrt."

„Sind sie deine Freunde? Familie?“

„Er ist ein Bekannter. Sie bedeutet mir nichts.“

Ein weiterer Moment der Stille, dann fragte er: „Was hat sie getan?“

„Ich habe sie nicht persönlich gesehen. Aber es gab großen Aufruhr bei denen, die sie besuchte. Sie war nicht diskret, und die Leute hier fürchten sich vor Spionen. Ich habe nicht nach Details gefragt, denn manchmal ist es besser, nichts zu wissen.“

„Sie ist nicht geistig stabil. Aber sie ist keine Spionin für die chinesische Regierung“, erklärte Wan Mei vorsichtig.

„Die Leute sagen, ihre Augen brennen wie die einer Verrückten. Die junge Herrin Li schwört, sie hätten wie Feuer gebrannt. Aber sie sagen auch, sie sei außergewöhnlich schön.“

„Vielleicht ist sie es, wenn ihr Gesicht nicht von Wahnsinn verzerrt ist.“

„Ich verstehe“, sagte sie nachdenklich, dann wechselte sie abrupt das Thema: „Deine Freundin, für die du den Schal willst, wie sieht sie aus?“

Er war ziemlich überrascht, antwortete aber: „Sie ist hellhäutig, mit rosigen Wangen, hellbraunem Haar und grünen Augen. Ich habe sie in solch einer Farbe gesehen, und sie steht ihr ausgezeichnet.“

„Das Muster ist sehr zart und passt nicht zu jeder Frau. Hast du ein Bild? Ich möchte dir nichts verkaufen, was die Schönheit deiner Geliebten beeinträchtigen würde.“

Er lächelte über die schamlose Neugier. „Sie ist nicht meine Geliebte.“

„Das ist wohl nur eine Frage der Zeit, wenn du so von ihr angetan bist.“

Er lächelte nur erneut.

Sie grinste zurück und sagte dann: „Ich werde deine Kleidungsstücke schneidern und du kannst den Schal sofort mitnehmen. Ich habe ihn aus dem Rest der Seide für ein Brautkleid gemacht.“

Sie plauderten eine Weile über ihre Entwürfe und ihren Laden. Er zeigte ihr sogar einige seiner eigenen, die er für eine kleine koreanische Marke entworfen hatte. Nachdem sie sich entspannt hatte, wagte er zu fragen: „Wissen Sie zufällig, ob diese hochnäsige Herrin, die Sie erwähnten, hier Freunde hatte?“

Sie wurde vorsichtig und er fügte hastig hinzu: „Ich meine nicht Leute, die hier leben. Ich dachte nur, sie sei in Begleitung anderer angekommen."

Das schien ihr einige Sorgen zu bereiten, aber sie gab zu: „Ich habe von keinen anderen gehört."

„Sie sind wahrscheinlich auch abgereist, also müssen Sie sich keine Sorgen über weitere Unruhestifter machen", versuchte er sie zu beruhigen.

Sie sah nicht ganz überzeugt aus, sagte aber nichts, da es an der Tür klopfte.

„Entschuldige die Störung, Mutter, aber Frau Chang und ihre Töchter werden in zehn Minuten hier sein", sagte die Schwiegertochter mit einer leichten Verbeugung.

Die alte Frau seufzte. „Ich hoffe, diese Mädchen haben etwas abgenommen. Aber andererseits ist es meine Aufgabe, pummelige Mädchen trotzdem gut aussehen zu lassen. Ruf deinen nutzlosen Ehemann hierher, damit er die Maße des jungen Herren nehmen kann."

***

Nachdem er fertig war, überlegte Wan Mei wo er mehr Informationen über Yanlins Begleiter bekommen könnte. Wenn sie noch hier waren, verhieß das nichts Gutes. Er holte sein Telefon heraus, um die Hotels in der Umgebung zu überprüfen, und sah, dass er einen verpassten Anruf von Ravenstone hatte. Vielleicht hatte der Neuigkeiten über diese Angelegenheit.

Er rief zurück und erklärte, was er vorhatte.

„Der Seelenspieler und der Spruchmagier sind noch in derselben Nacht nach Serbien abgereist", informierte ihn der junge Hexenmeister.

„Gibt es in Serbien etwas besonders Interessantes?"

„Davon gehe ich nicht aus. Sie haben wahrscheinlich einfach den ersten Flug aus dem Land genommen und sind von dort aus weitergereist."

Wan Mei fühlte sich ziemlich dumm. Natürlich hatte Ravenstone nicht einfach auf ihn gewartet, bis er etwas unternahm.

„Wissen Sie, wer sie sind?", fragte er.

„Nur die Namen, aber sie könnten gefälscht sein. Ich habe Leute, die daran arbeiten. Können wir uns treffen? Ich habe eine Idee und würde gerne Ihre Meinung dazu hören."

„Was für eine Idee?", fragte Wan Mei misstrauisch.

„Es geht um das Artefakt. Vielleicht gibt es einen Weg, es loszuwerden. Die zerstörerische Kraft darin zu vernichten."

Wan Mei erstarrte. Der Mann war verrückt! Doch er selbst hatte schon mal ein paar Ideen gehabt, die bei anderen als verrückt galten und trotzdem hatten sie funktioniert. Seine angeborene Neugier siegte über seine Bedenken.

# Kapitel 26

*Wan Mei / London*

Ravenstone holte ihn im Hotel ab und Wan Mei folgte ihm die belebte Straße hinunter. Sie plauderten über Belangloses, bis Julien vor einem indischen Restaurant stehen blieb.

„Das ist mein Lieblingsrestaurant, aber wenn Sie etwas anderes möchten, gibt es viele andere in der Umgebung."

Der Ort war geschäftig und laut. Eine junge Frau sah Julien und kam sofort, um seine Bestellung aufzunehmen.

„Es kann eine halbe Stunde dauern. Du musst nicht hier warten. Sharif bringt es zu dir, wenn es fertig ist."

„Danke, Lakshmi. Geht es deinem Vater besser?"

„Ja, er ist aus dem Krankenhaus entlassen worden, und wenn wir ihn nicht aufgehalten hätten, wäre er schon wieder in der Küche. Nächste Woche, so Gott will."

„Ich freue mich darauf, mich wieder von ihm anschreien zu lassen", sagte Julien mit einem Grinsen.

Als sie draußen waren, fragte Wan Mei: „Warum schreit er Sie an?"

„Ohne besonderen Grund. Er ist alt und schwerhörig, aber er liebt es, mitten im Geschehen zu sein. Je mehr er einen mag, desto mehr schreit er, um sicherzugehen, dass man ihn gehört hat. Wenn Harrington auftaucht, kann man Mr. Khan drei Straßen weiter hören."

„Das kann ich mir gut vorstellen. Harrington ist ein sehr charmanter Mann."

„Ich kenne niemanden, der ihn nicht mag. Er ist einer dieser seltenen Menschen, die sich wirklich für andere Leute und ihr Leben interessieren."

„Uns Sie nicht?"

„Nicht besonders. Wie die meisten Menschen interessiere ich mich nur wirklich für die wenigen Personen, die ich mag und die mir nahe sind.“

„Und diejenigen, für die Sie Verantwortung tragen?“

„Ich interessiere mich für ihre Sicherheit, aber nicht für Dinge wie die Bilder ihrer Kinder und Enkelkinder und dergleichen. Und Mr. Khan hat viele. Lakshmi ist seine jüngste Tochter, aber die älteste ist fast doppelt so alt. Der Mann war sehr beschäftigt.“

Julien führte ihn zu einem dreistöckigen weißen Steinhaus und sie gingen in die zweite Etage.

„Machen Sie es sich bequem. Was möchten Sie trinken? Oder soll ich einfach Tee machen?“, bot Julien an.

Er muss etwas in Wan Meis Gesicht gesehen haben, denn er fuhr fort zu erklären: „Harrington war mit meiner Erziehung beauftragt, seitdem ich acht Jahre alt war. Ich bin vielleicht sonst nicht gut in der Küche, aber Tee machen kann ich. Sogar grünen Tee.“

„Was auch immer Sie möchten, Eure Lordschaft.“

„Besteht eine Möglichkeit, dass Sie aufhören, mich so zu nennen?“

„Oh, muss ich das?“, fragte Wan Mei mit einem Grinsen.

„Muss ich weiterhin Mr. Wu sagen?“

„Die Leute nennen mich normalerweise Wan Lao.“

„Ich bin gleich zurück. Bitte fühl dich wie zu Hause“, sagte Julien und verschwand durch eine Schiebetür, die zur Küche führte.

Wan Mei sah sich um und entdeckte einige gerahmte Fotos, die im Raum verteilt waren. Da war ein älteres von Lia mit zwei anderen Mädchen. Ihr Gesicht war damals runder gewesen, aber ansonsten hatte sie sich nicht viel verändert. Sie musste in dem Bild fünfzehn oder sechzehn Jahre alt gewesen sein. Links von ihr saß ein dunkelhaariges, blasses Mädchen, das ziemlich groß und dünn schien. Das dritte Mädchen hatte blonde Locken, die fröhlich um ihr rundes Gesicht sprangen, und große wasserblaue Augen. Wie Lias war auch ihr Körper bereits der einer Frau, wenn auch etwas fülliger. Sie erinnerte ihn an eine Porzellanpuppe, die er einmal vor langer Zeit im Haus eines russischen Adeligen in der Grenzregion gesehen hatte. Der Mann war ein absoluter Barbar gewesen, hatte aber eine nette Frau und eine charmante Tochter gehabt. Auch sie waren blond und füllig gewesen und hatten runde Gesichter. Er hatte sie gemocht, weil sie warm und freundlich gewesen waren. Dieses Foto bezauberte ihn ebenfalls. Die Mädchen saßen in einer Art Café und schienen sehr vertraut miteinander zu sein. Alle drei trugen Sommerkleider. Lia trug auch einen Strohhut mit einem roten Band, passend zu ihrem rot-weißen Kleid.

Julien kam zurück und sagte: „Ich hoffe, Assam ist in Ordnung? Ich war in letzter Zeit nicht oft hier und hatte keine Zeit zum Einkaufen."

„Ich bin sicher, es ist perfekt."

„Und ich bin sicher, du wirst das auch dann sagen, wenn es nicht so ist", seufzte Julien und goss den Tee ein. Er war gut, aber ein bisschen stark. „Ich nehme an, ich sollte dir keine Milch oder Zitrone anbieten?", fragte Ravenstone mit einem Lächeln.

„Nein, danke."

„Nein, danke, du Barbar?"

„Ich werde es dir nicht übelnehmen. Aber ich bin neugierig auf die Idee, die du erwähnt hast."

Ravenstone schöpfte eine wahrhaft barbarische Menge Zucker in seinen Tee und gab zu: „Ich ringe damit, einen geeigneten Anfang zu finden. Erinnerst du dich an diese Orte der Macht, über die wir neulich gesprochen haben?"

„Ja."

„Es gibt so einen in der Nähe von Ravenstone Manor."

„Ist das der Ort, den Yanlin in den Wäldern gesucht hat? Lin Yuchen hat mir erzählt, er habe Gerüchte über seltsame Dinge gehört, die dort passieren."

Ravenstone schien über diese Nachricht nicht erfreut, sagte aber nur: „Hätte sie es geschafft, es zu finden, hätte sie damit ihr eigenes Schicksal besiegelt."

„Du beabsichtigst, die Jade dort hinzubringen?"

„Ja. Ich dachte, vielleicht könnten sich ihre magischen Kräfte gegenseitig aufheben."

„Und wenn sie sich gegenseitig verstärken?"

„Deswegen wollte ich deine Meinung hören. Ich kann Master Sus Magie und Fähigkeiten nicht einmal ansatzweise verstehen, noch kann es eine Hexe koreanischer Herkunft, die hier aufgewachsen ist. Ich kann die Macht der Jade spüren, aber ich verstehe sie nicht. Ich kann die Macht des Stabes eines Aborigine-Schamanen spüren, aber ich wüsste nicht, wie er entstanden ist oder wie man ihn benutzt."

„Aber du verstehst den Ort der Macht in deinem Wald?"

„In jeder Hinsicht? Nein. Was ich verstehe, ist, dass ich ihn nutzen und zum Teil auch kontrollieren kann. Nicht weil ich ein Hexenmeister bin, sondern weil ich die notwendige DNS habe. Das richtige Blut. Die genetischen Marker. Nenne es, wie du willst."

„Und Leute, die das nicht haben?"

„Es mag keine fremden Hexen. Normalen Menschen passiert normalerweise nichts. Zumindest so lange sie nicht hineingehen können. Es ist eine Höhle. Wie viele solche Orte."

„Und sie öffnet sich nur für Hexen?"

„Nicht wie 'Sesam öffne dich' oder so etwas. Es ist grausamer. An bestimmten Tagen, an denen sie am stärksten ist, versucht sie alles und jeden mit magischen Kräften anzulocken. Wenn du nicht die ‚richtige' Art von Hexe bist, saugt sie deine Magie aus dir heraus und tötet dich. Es ist wie eine viel dunklere Version der Hexenklingen."

Wan Mei schwieg. Das war sogar für ihn ganz neu.

Schließlich fragte er: „Und wenn du die richtige Art von Hexe bist?"

„Dann macht sie dich mächtiger."

„Ist Lia die richtige Art von Hexe? Ist es gefährlich für sie? Oder Jass? Sie teilen nicht deine DNS."

„Jass kann der Höhle widerstehen und würde niemals alleine hineingehen. Lia ist an mich gebunden. Die Höhle akzeptiert sie als das Blut meines Blutes."

„Was hast du ihr angetan?"

Julien verengte die Augen. „Ich liebe meine Hexenschwester. Ich würde nie etwas tun, was ihr schaden könnte."

Das weist mich in meine Schranken, dachte Wan Mei, aber er war trotzdem beunruhigt und fragte: „Weiß der Hohe Hexenmeister davon?"

„Er weiß von dem Blutsband und von der Höhle. Von der Idee, die Jade in die Höhle zu legen, weiß er bislang nicht."

„Wenn die Höhle Yanlins Magie ausgesaugt hätte, könnte sie sie dir geben?"

„Ich weiß nicht, was damit passiert. Ich habe abtrünnigen Hexen schon mal die Magie mit Gewalt entzogen. Ich weiß, wie sich das anfühlt. Ich würde diese Kräfte niemals in mir behalten wollen. Es fühlt sich an, als würde man von jemandem berührt, den man verachtet. Ich lasse die Energien frei und sie verflüchtigen sich. In der Höhle fühlt es sich aber nicht so an. Irgendwie scheint sie die Magie zu behalten."

Wan Mei hatte noch viele Fragen, rief sich aber zur Ordnung. Sie waren zu weit vom eigentlichen Thema abgewichen. Er atmete tief durch und sagte: „Deine Idee ist also, die Jade in die Höhle zu legen und zu hoffen, dass sie ihre Macht neutralisiert?"

Julien nickte.

„Woher kommt die Macht des Ortes?"

„Ich kann nicht mit Sicherheit sagen, ob der Ort schon vor den Menschen so war, oder ob sie ihn irgendwie dazu gemacht haben. Es ranken sich einige Legenden darum. Einige sagen, der Ort war einmal das Tor zwischen der Feenwelt und der unseren. Andere wiederum behaupten, man konnte dadurch an manchen Tagen in die Anderswelt - das keltische Jenseits - hinabsteigen und unversehrt wieder zurückkommen. Was ich einigermaßen sicher weiß, ist, dass die Druiden die Höhle zu ihrem Heiligtum gemacht hatten. Nachdem sie der römischen Eroberung unterlagen und ihre Anführer verloren, haben sie den Eingang versiegelt und einen meiner Vorfahren dazu bestimmt, den Ort zu bewachen. Aber eine 2000 Jahre alte Überlieferung ist selten zuverlässig. Niemand in Britannien schrieb irgendetwas nieder, bevor die Römer kamen."

„Vor wem sollte dein Vorfahr die Höhle bewachen?"

„Das ist der unklare Teil. Ich bin mir nicht einmal sicher, ob er die Höhle vor den Menschen bewachen sollte oder umgekehrt. Ich neige eher zu der letzteren Annahme."

Beide zuckten ein wenig zusammen, als die Türklingel läutete.

„Es ist nur Sharif mit dem Essen", sagte Ravenstone und ging, um es zu holen.

Wan Meis Gedanken überschlugen sich. Der Mann war verrückt. Oder vielleicht doch nicht?

Er schaffte es, seine Überlegungen zumindest ein wenig zu ordnen, und als Julien zurückkam, sagte er: „Wenn du damit beauftragt bist, den Ort zu bewachen, warum willst du dann seine Macht zerstören? Du scheinst sicher zu sein, dass du es kontrollieren und sogar davon profitieren kannst."

„Wer wird es tun, wenn ich tot bin? Bisher gibt es keine Hexen unter den Nachkommen meiner Tante. Eines Tages vielleicht, aber dann könnte es zu spät sein. Jemand von außen könnte kommen, der ebenfalls die richtigen genetischen Marker hat und die Macht des Ortes missbrauchen könnte. Ich kann nicht einfach wie im Mittelalter jedem bei Todesstrafe verbieten, in den Wald des Herrn zu gehen. Ich habe bereits zwei tote Kinder auf dem Gewissen. Ich will nicht mehr."

„Welche toten Kinder?"

„Vor etwa zwei Jahren, um Halloween herum, gingen ein paar Teenager in den Wald. Zwei waren niederrangige Hexen. Sie wurden am Morgen tot aufgefunden."

„Warum bist du dir so sicher, dass deine Höhle sie umgebracht hat?", fragte Wan Mei, der sich daran erinnerte, dass Lin Yuchen ihm diese Geschichte bereits erzählt hatte.

„Ich kann dir keinen wasserdichten Beweis dafür liefern. Ich weiß es einfach. Sie wurden praktisch daneben gefunden."

„Du denkst, sie hat sie geschluckt, ausgesaugt und wieder ausgespuckt?", fragte Wan Mei spöttisch.

„Das könnte man so sagen", sagte Julien, während er in seinem Curry herumstocherte.

„Dein Geheimnis ist vielleicht nicht so gut gehütet, wie du es dir wünschen würdest. Lin Yuchen hat sich in London umgehört und wusste bereits genug, um mir diese Geschichte zu erzählen."

Julien sah auf. „Was genau hat er gesagt?"

Wan Mei erzählte es ihm und fügte dann zögernd hinzu: „Er sagte auch, deine Mutter sei in diesen Wäldern gestorben. Es hieß, es sei ein Jagdunfall gewesen, aber ihr Körper wies keine Schusswunden auf."

Ravenstone versteifte sich einen Moment lang, sagte dann aber: „Meine Mutter starb aus anderen Gründen. Was das andere angeht – fast jede Hexe in England weiß, dass in den Ravenstone Wäldern etwas Mächtiges lauert. Doch die meisten von ihnen sind auch klug genug, sich davon fernzuhalten."

„Gibt es denn keine andere Hexe auf dieser ganzen Insel, die die richtige DNS hat? Wie viele von euch gibt es überhaupt, wenn ich fragen darf?“

„Es gibt ungefähr 250 Hexen auf den britischen Inseln.“

„Das ist viel für ein relativ kleines Land.“

„Ich weiß. Es gibt vergleichsweise viele Hexen hier, auf dem Balkan und in Italien. Kaum welche in Deutschland, Skandinavien, Polen und anderen Orten. Manche Gebiete sind mit Hexerei kompatibler als andere. Ich weiß nicht genau, woran es liegt. Einige der Hexen in Britannien stammen aus den ehemaligen Kolonien. So war es bei den beiden, die starben. Soweit ich es erkennen kann, toleriert die Höhle hauptsächlich Hexen druidischer Abstammung. In Großbritannien und Irland gibt es etwa 100, aber nur wenige sind hochrangige Hexen und Hexer. Harrington ist einer von ihnen.“

„Könnten sie einfach hineingehen und die Macht des Ortes nutzen?“

„Sie könnten nicht einfach hineingehen, aber wenn sie hineinkämen, könnten sie sie nutzen. Angenommen, sie kennen das richtige Ritual.“

„Aber du lädst sie nicht einfach dazu ein, es zu tun?“

„Nein, das tue ich nicht. Hast du jemals eine Hexe gesehen, die so viel magische Energie innehat, dass sie sie nicht mehr kontrollieren kann?“

„Ich habe von jungen Hexen gehört, deren Macht sich so stark und plötzlich manifestierte, dass sie sie tötete.“

„Du hast auch diese verfluchten Orte in den Bergen Chinas erwähnt. Oder dass du dachtest, sie seien verflucht, weil es denen, die dorthin gingen, normalerweise schlecht erging.“

„Ja. Sie wurden danach mächtiger, aber sie blieben entweder zu lange oder gingen zu häufig zurück. Es trübte ihren Verstand und ihre Energie wurde verunreinigt. Es ist so wie in den Legenden über die Hexenmeister, die den Verstand verloren, nachdem sie die Energien vieler anderer Hexen in sich aufnahmen.“

„Es ist wie jede andere gefährliche Sucht, die einen letztendlich tötet. Aber so funktioniert es auch mit der Höhle, glaube ich. Ich habe in alten Texten immer wieder die gleiche Warnung gefunden – nutze die Macht der Höhle nicht zur Steigerung der eigenen Magie, außer in extremen Notfällen. Wahnsinn und Niedergang werden unweigerlich folgen, wenn man es oft tut.“

„Und wie viele deiner Vorfahren haben diesen weisen Ratschlag befolgt?“

„Wenn ich davon ausgehe, dass diejenigen, die ein langes und glückliches Leben führten, dem Rat gefolgt sind, und diejenigen, die unter eher mysteriösen Umständen starben, es nicht getan haben, dann muss ich schlussfolgern, dass erstaunlich viele sich an die Warnung hielten.“

„Kannst du mir sagen, wie es funktioniert? Muss man etwa nackt in dieser Höhle herumtanzen oder so etwas?“

„Natürlich nicht. Die ganze Vorstellung von Hexen, die nackt um Feuer und Steine und was auch immer tanzen, stammt aus den Köpfen mittelalterlicher Mönche. Es gab ihnen wohl einen legitimen Grund, über nackte Frauen zu schreiben. Aber das Ritual ist einfach - man legt eine Hand auf den Altar in der Höhle und spricht eine Beschwörung aus.“

„Hast du es versucht?“

„Ich habe es einmal benutzt, um meine eigene Kraft schneller zu regenerieren. Aber ich habe gesehen, wie jemand anderes versuchte, seine eigene Magie darin zu erweitern.“

Wan Mei wartete auf zusätzliche Informationen, aber als keine kamen, fragte er: „Also, was ist dein Plan? Die Jade einfach auf den Altar legen und mal schauen, was passiert?“

„Signora Visconti hat so etwas mit einem magischen Objekt in Italien gemacht. Sie legte es an einen Ort, der der Druidenhöhle ähnlich ist. Allerdings war das Objekt weder so mächtig noch so zerstörerisch wie die Jadenadel. Es war ein Saphirring, der seinem Träger die Macht verlieh, Menschen zu verführen. Der Ring enthielt mächtige Seelenspielermagie und etwas Zusätzliches, das sie nicht identifizieren konnte. Es waren gemahlene Stücke menschlicher Knochen in die Goldfassung des Saphirs gemischt, aber mehr konnte sie nicht herausfinden. Als sie nach einer Woche zurückkam, war der Ring nur noch ein kaputtes Schmuckstück ohne jegliche Magie. Die Fassung war gebrochen und das Knochenpulver verschwunden.“

„Die Verwendung der Knochen anderer Hexen zur Herstellung solcher Objekte ist das größte Tabu in der chinesischen Hexerei“, sagte Wan Mei nachdenklich.

„Hier war das auch schon immer verboten, aber das bedeutet nicht, dass manche Hexen es nicht trotzdem getan haben. Ich habe es sogar als eine Art Rezept geschrieben gesehen. Es war relativ harmlos, verglichen mit anderen Dingen. Man brauchte einen Zungenbeinknochen eines Eidbewahrers. Ein Eid auf das Objekt hätte dann angeblich die gleiche Wirkung wie ein Eid an die entsprechende Hexe. Die Anleitung besagt, man solle den Knochen spätestens innerhalb einer Stunde nach dem Tod der Hexe herausnehmen. Dann steckt man ihn unter bestimmten Zaubersprüchen in etwas Organisches wie Holz oder Wollpuppen."

„Hat die italienische Hexe geplant, die Jade an denselben Ort zu legen, an dem sie den Ring vernichtet hatte?"

„Ich weiß es nicht. Die anderen hätten es nie erlaubt, wenn sie es gewusst hätten. Es ist der heiligste Ort für italienische Hexen und sie hätten es bestimmt nicht riskiert, ihn zerstört zu sehen."

Wan Mei nahm einen Bissen von seinem Hähnchen und schwieg. Die Idee war nicht unlogisch. Aber er hatte die Jadenadel auch an einen verfluchten Ort gelegt. Soweit er es wusste, war sie dort für Hunderte von Jahren geblieben und trotzdem war nichts passiert. Zumindest der Jade nicht. Selbst wenn er nach China reisen könnte, so wusste er nicht, ob er den Ort nach so langer Zeit wiederfinden würde, also konnte er nicht überprüfen, ob er noch verflucht war.

„Du hast hier eine weitere Variable. Der Legende nach haben die Hexen des Lin Clans die Jade an einen solchen Ort in den Tianmen Bergen gelegt. Es hat nichts geändert", sagte er schließlich.

„Haben sie? Wie lange war sie dort?"

„Ich weiß es nicht. Es ist eine Legende. So wie euer König Arthur immer noch auf Avalon ist, wenn seine Geschichte endet, ist die Jade immer noch zwischen den verfluchten Steinen von Tianmen begraben, wenn ihre Geschichte endet."

Julien sah ziemlich enttäuscht aus. Schließlich fragte er: „Warum sagst du, es waren die Hexen des Lin Clans? In der Geschichte, die Onkel Gio uns immer erzählt hat, war es immer nur einer von ihnen. Der weiße Krieger. Die weiße Blume. Der Herr des Lichts oder so etwas."

„In der Version der Geschichte, die ich kenne, war es nicht nur ein Mann, sondern auch Lin Bowen und seine Hexenbrüder."

Julien schien nicht an Lin Bowen interessiert, also fragte Wan Mei: „Wie kam die Jade in den Besitz des Hohen Hexenmeisters?"

„Sie wurde 1942 aus Hongkong gebracht, kurz nachdem die Stadt an die Japaner gefallen war. Der Mann, der sie brachte, war ein junger Korporal und starb bald darauf an seinen Verletzungen. Er hatte von jemandem die Anweisung, sie meinem Urgroßvater zu übergeben, aber dieser fand nie heraus, wer sie geschickt hatte und warum an ihn. Die einzige Hexe, die er in Hongkong kannte, war ein alter Schulfreund von ihm gewesen. Aber der Mann wurde in der Schlacht getötet, noch bevor die Jade England erreichte, daher ließ sich nichts mit Sicherheit sagen. Das Paket enthielt keinen Begleitbrief. Zumindest keinen, der ihn erreichte."

„Und dein Urgroßvater gab sie dem Hohen Hexenmeister?"

„Nein. Zu der Zeit gab es keinen anerkannten Hohen Hexenmeister. Mein Vorfahre versteckte das Artefakt dort, wo es am wenigsten auffallen würde – in den endlosen Gewölben des British Museum in London."

„Zumindest ist er nicht in die Versuchung geraten, sie zu benutzen."

„Ich bin mir nicht sicher, ob er wusste, was für eine Waffe er vor sich hatte. Vielleicht hatte er als Wächter auch instinktiv die Gefahren für seine eigene Gemeinschaft erkannt. Oder zumindest möchte ich das glauben."

„Also besteht keine Möglichkeit herauszufinden, wer die Jade aus ihrem Versteck geholt hat und wann?"

„Keine, die mir einfällt. Es könnte genauso gut etwas völlig Alltägliches gewesen sein. Vielleicht sind irgendwelche Wanderer darauf gestoßen und haben es dann an einen reichen Sammler in Hongkong verkauft."

„Irgendwie kann ich mir nicht vorstellen, dass Leute einfach so zum Spaß in dieser Region wandern gehen."

„Welche Region? Sagt deine Version, wo es war?"

Wan Mei schalt sich für seinen Mangel an Vorsicht und verbarg sein Unbehagen. „Nein, aber wenn ich es gewesen wäre, hätte ich es an dem unzugänglichsten Ort versteckt, den ich finden könnte."

„Ein unzugänglicher Ort bleibt häufig nicht einmal ein paar hundert Jahre unzugänglich. Heutzutage nicht einmal für Jahrzehnte. Die Höhle auf meinem Anwesen war einst tief in einem dichten, unübersichtlichen

Wald versteckt, weit entfernt von menschlichen Siedlungen. Und jetzt kommen die Leute permanent auf ihrem Spaziergang von Danby nach Middleton daran vorbei."

Aber es ist kein verdammt riesiger Berg! wollte Wan Mei einwenden. Er tat es jedoch nicht und sagte nur: „Es tut mir leid, dass ich nicht hilfreicher sein konnte."

„Denkst du, ich sollte es nicht versuchen?"

„Ich denke, es ist zu gefährlich. Die Jade aus dem Drachenglas zu nehmen, ist schon gefährlich genug, geschweige denn, sie etwas auszusetzen, das sie aktivieren könnte."

„Im schlimmsten Fall werden wir alle vergessen, dass die Höhle jemals existiert hat, oder?"

„Nein, im schlimmsten Fall werden wir vergessen, dass *du* jemals existiert hast."

„Wie funktioniert das Ding?"

„Wie meinst du das?"

„Wie vernichtet man jemanden damit? Muss man diese Nadel auf ihn richten? Ihn damit erstechen?"

Das war wieder gefährliches Terrain. Verdammt, deshalb hatte er nicht kommen wollen!

„Davon stand in der Geschichte nichts", sagte er.

„Ich glaube, es funktioniert wahrscheinlich wie diese Talismane. Man aktiviert es mit Blut."

Der Mann war wirklich nicht dumm, dachte Wan Mei und versuchte, seine Panik nicht zu zeigen.

„Aber selbst dann – wie befiehlt man dieser Magie, eine bestimmte Person oder einen geografischen Bereich zu vernichten?", fuhr Julien fort.

„Davon stand in der Geschichte nichts", wiederholte Wan Mei und hielt sein Gesicht völlig ausdruckslos, fürchtete aber, dass dies an sich schon verräterisch war. Die Jade war unberechenbar, aber nicht ziellos. Wenn eine Hexe stark genug war, die zerstörerische Magie durch ihr Blut zu aktivieren, konnte sie diese einfach durch Gedanken steuern. Das war eine der Gefahren. Sie reagierte nicht nur auf direkte Befehle, sondern auch auf unterschwellige Wünsche und Ängste.

„Warum willst du wissen, wie es funktioniert?", fragte er schließlich.

„Weil ich es nur zerstören kann, wenn ich es verstehe."

„Es ist zu gefährlich, damit zu experimentieren, Julien."

„Ich verstehe, dass es gefährlich ist. Aber ich halte es trotzdem für notwendig, es zu versuchen."

Wan Mei wünschte, er hätte die verfluchte Haarnadel einfach ins Meer geworfen. Sie wäre in ein paar Jahrzehnten irgendwo wieder aufgetaucht, aber zumindest hätte Ravenstone sie dann nicht. Andererseits hätte sie dann später in Nordkorea oder China oder auf den Schlachtfeldern von Myanmar auftauchen und in noch schlimmere Hände geraten können. Nein, darüber wollte er gar nicht nachdenken.

„Hattest du Gelegenheit, dir diese Talismane anzusehen?", fragte Julien.

„Ja, aber nur kurz. Es wird eine Weile dauern."

„Hast du schon Pläne gemacht?"

„Bezüglich der Talismane? Ich werde sie verbrennen, wenn …"

„Das meinte ich nicht. Hast du dich entschieden, ob du für eine Weile hierbleiben willst?"

„Ich habe noch nichts entschieden."

„Ich verstehe, dass du nach Hause willst, aber manchmal ist es interessanter, eine Weile woanders zu sein. Hast du geschäftliche Verpflichtungen, die deine Anwesenheit in Südkorea erfordern? Wir haben die beste Glasfaserinternetverbindung für Videokonferenzen auf dem Anwesen."

„Wurden diese Häuschen für deine Bediensteten gebaut?"

„Sie wurden für die Witwen und die alten Jungfern gebaut. Unverheiratete Frauen der Familie, die nicht die finanziellen Mittel für ein eigenes Haus hatten, aber dennoch ihre Unabhängigkeit bewahren wollten."

„Kann ich Jass sagen, dass er eine alte Jungfer ist?"

„Bitte nicht. Er ist schon paranoid, weil jeder will, dass er heiratet."

„Ist Lia alt genug, um eine alte Jungfer zu sein?"

„Vielleicht nach viktorianischen Maßstäben."

„Kann ich dir eine Frage stellen? Du musst nicht antworten, wenn sie zu unangebracht ist."

„Was ist es?"

„Warum ist Lia die einzige Frau hier?"

„Wie meinst du das?"

„So wie ich es sehe, hat ein Hexenmeister immer ein Gefolge. Sie und Jass sind an dich gebunden. Harrington auch, denke ich."

„Sie sind nicht mein Gefolge. Sie sind meine Familie."

„Was ist mit den zwei anderen Mädchen auf dem Foto mit Lia? Ich nehme an, du hättest ihre Bilder nicht hier, wenn sie dir nichts bedeuteten."

Julien erblasste. „Sie waren meine Freundinnen."

„Und jetzt sind sie es nicht mehr?"

„Ein abtrünniger Seelenspieler hat sie ermordet."

Das war nicht das, was Wan Mei erwartet hatte, und er stotterte: „Es tut mir leid."

Julien fasste sich und sagte: „Mir ist lieber, du fragst mich als Lia. Sie vermisst sie immer noch so furchtbar."

Wan Mei zögerte, fragte dann aber: „War dieser Seelenspieler ein Ire mit blauen Augen und schwarzen Haaren?"

Julien starrte auf sein Naanbrot und fragte zurück: „Hast du ihn gesehen, als der Albtraum Lia angegriffen hat?"

„Ja. Aber er hat einen Fehler gemacht. Das hat sie wütend gemacht."

„Ja, das ist Lia. Man kann sie nicht lange einschüchtern", sagte Julien mit einem schwachen Lächeln und zerlegte das Brot in Krümel, ohne etwas davon zu essen.

„Es tut mir leid, dass ich so eine traumatische Erinnerung angesprochen habe", entschuldigte sich Wan Mei.

„Ist schon in Ordnung."

„Nein, das ist es wahrscheinlich nicht. Aber ich habe nachgedacht – wenn dein Angebot noch steht, würde ich auch gerne für ein paar Wochen eine alte Jungfer sein." Julien sah endlich auf, und Wan Mei fügte hinzu: „Ich würde gerne bleiben und sehen, wie sich deine Idee entwickelt."

„Ich bin froh, dass du bleiben willst. Auch wenn du dich nur spontan dazu entschieden hast, weil du denkst, dass ich eine Dummheit begehen werde."

Wan Mei wusste nicht ganz, was er darauf sagen sollte. Das war zweifellos einer der Gründe. Aber er war es auch leid, darüber nachzudenken, ob er bleiben oder gehen sollte. Er fühlte auch, dass er den schlimmsten Teil der Befragungen über die Jade überstanden hatte. Außerdem schien das Leben hier gerade interessanter als in Seoul. Er hatte das Abenteuer immer einem Leben in Frieden und Langeweile vorgezogen. Und du dachtest, du seist solch jugendlicher Torheit endlich entwachsen, verspottete er sich selbst. Aber was hatte er wirklich zu verlieren? Wenn die Dinge zu heikel wurden, könnte er jederzeit verschwinden, und die Jade mitnehmen.

Und dann war da noch Lia mit ihren großen grünen Augen und einem Körper, der für Liebe erschaffen worden war. Wenn er aus seinen früheren Leben etwas gelernt hatte, dann war es, dass das Glück flüchtig und nur im Moment zu finden war. Es wäre töricht, davor zu fliehen, wenn es sich anbot.

„Vielleicht habe ich das. Aber ich werde wirklich stinksauer sein, wenn deine Höhle mich frisst. In dem Fall werde ich aus meinem Grab auferstehen, um dich heimzusuchen“, versprach er.

# Epilog

*Isola Incantata / Die Zauberinsel auf der italienischen Seite der Adria*

Giovanni Tozzi eilte durch die tiefen Katakomben unter seiner Villa auf der Zauberinsel.

„Marius!“, rief er.

Etwas bewegte sich im Schatten. Es war eine ätherische Gestalt mit einem seltsam glatten Gesicht. Der Mann wirkte gleichzeitig jung und uralt, denn seine Haut schien dünn wie Papier zu sein. Die dunklen Augen wirkten groß und fiebrig in dem faltenlosen Gesicht, das im starken Kontrast zu seinen wuschigen schneeweißen Haaren und Augenbrauen stand.

„Ist er wie ich?“, fragte Marius begierig, ohne Zeit auf höfliche Begrüßungen zu verschwenden.

„Ich kann nichts mit Sicherheit sagen. Master Wus schöne Gestalt ist in viele geheimnisvolle Schleier gehüllt. Und das meine ich fast wörtlich. Es könnte eine Art Illusion sein, aber ich kann sie nicht durchdringen, ohne dass er misstrauisch wird. Ich bin mir aber sicher, dass er keine menschliche Hexe ist. Doch wenn er wie du ist, dann ist er nicht … Dann ist er ist immer noch stark.“

„Du meinst, er ist nicht dem Tode nah, wie ich es bin?“, sagte Marius leise, als er das Zögern seines Freundes bemerkte.

Der Hohe Hexenmeister nickte unglücklich.

„Hast du die Jade zurückgebracht?“

„Nein.“

Die fiebrigen schwarzen Augen betrachteten den Hohen Hexenmeister mit Zuneigung, aber auch mit Mitleid.

„Du wirst sie brauchen, Gio. Die Gefahr kommt von allen Seiten. Amadeo erzählte mir, dass die Konflikte zwischen afrikanischen Hexen in unsere Gebiete überschwappen. Es gibt Gerüchte, dass dieser verfluchte Franzose in den Wüsten von Algier jetzt versucht Kreaturen wie mich zu erschaffen."

Der Hohe Hexenmeister zögerte einen Moment, erinnerte sich dann aber daran, dass er schon lange nicht mehr der verunsicherte Junge war, der der Anleitung des Ewigen Soldaten bedurfte.

„Ich werde ein so unkontrollierbares magisches Objekt nicht verwenden", erklärte er mit fester Stimme.

Marius lächelte nur traurig und sagte: „Ich erinnere mich an eine Zeit, als du mir vertraut hast."

„Das tue ich immer noch."

„Also hast du nicht zugelassen, dass Agatha die Jade von dieser Insel nimmt, nur um sie von mir fernzuhalten?", fragte das uralte Wesen ruhig.

In der Frage lag weder Bosheit noch Vorwurf, aber Giovanni zuckte dennoch zusammen. Agathas Tod war der neueste Eintrag auf einer schmerzhaft langen Liste der Dinge, die ihm Schuldgefühle verursachten.

„Ich bin einfach nicht überzeugt, dass der Zweck jedes Mittel rechtfertigt."

„Ich würde nichts gegen deinen Willen tun. Du weißt, dass ich es nicht könnte, selbst wenn ich wollte."

„Manchmal ist es besser, die Versuchung einfach zu entfernen", sagte Giovanni trotzig.

Marius wandte sich ab und starrte auf eine große Karte von Italien, die eine ganze Steinwand bedeckte.

Nach einer Weile sagte er: „Dann stelle sicher, dass der Junge auf unserer Seite bleibt. Ich werde nicht mehr lange hier sein, und Jupiter weiß, du wirst bald alle magischen Kräfte und Verbündete brauchen, die du finden kannst."

# Glossar

## *Hexen*

(Hinweis: Unterschiedliche Kulturen haben verschiedene Bezeichnungen für jeweilige Hexenkräfte. Die Begriffe Hexen/Hexer und Magier / Magierinnen werden hier synonym verwendet.)

### *Höhere Ränge*

***Elementhexen*** kontrollieren die vier klassischen Elemente: Feuer, Wasser, Erde und Luft.

***Spruchmagier*** wirken Magie durch gesprochene (oder geschriebene) Worte und Absichten.

***Die Trugseher*** umhüllen Individuen in einen magischen Nebel, der es ihnen ermöglicht, deren Absichten zu lesen und zu erkennen, ob man lügt oder ehrlich ist.

***Eidbewahrer*** binden Menschen an ihren Eid wie magische Katalysatoren. Wird der Eid gebrochen, wird derjenige, der den Eid geleistet hat, gemäß den vorab festgelegten Bedingungen bestraft.

***Seelenspieler*** können die Gedanken und Emotionen normaler Menschen beeinflussen. Die stärksten unter ihnen können sogar in die Psyche unvorsichtiger und schwächerer Hexen eindringen, was oft zu irreparablen Schäden führt.

***Bestienmeister*** kontrollieren alle Tiere und können ihre Geister herbeirufen, um ihre eigenen physischen Fähigkeiten zu verstärken.

***Wächter*** besitzen Verteidigungskräfte, wie das Abschirmen größerer Bereiche vor Gefahren und das Abwehren von Angriffen. Sie können auch Visionen von unmittelbaren Bedrohungen für ihre Gemeinschaft erhalten.

***Schattenhexen*** können ihre Energie zur Zerstörung nutzen, insbesondere um die Anatomie von Menschen und übernatürlichen Kreaturen negativ zu beeinflussen. Sie sind gegen die Magie der meisten anderen Hexen immun.

***Energieabsorbierer*** können die Kräfte anderer Hexen absorbieren und diese dann selbst nutzen.

***Hexenmeister*** haben alle Hexenkräfte und entscheiden selbst, welche sie besonders kultivieren wollen.

## *Niedere Magieränge*

***Natur- oder Erdhexen*** beeinflussen das Wachstum von Pflanzen und Ernten in kleinerem Maßstab. Einige haben die Macht, kleinere Nutztiere und Haustiere zu kontrollieren und zu heilen.

***Empathen*** spüren die Emotionen von Menschen und können sie vorübergehend verstärken.

***Telekinetiker*** bewegen Objekte mit ihrer Energie.

***Psychometriker*** sehen Erinnerungen, die mit Objekten verbunden sind, die sie berühren.

***Fährtenleser*** können Menschen finden, indem sie deren Blut aufnehmen.

***Heiler*** können Teile der Lebensenergie von einem lebenden Organismus auf einen anderen übertragen, um kleinere Verletzungen zu heilen.

***Wissenshüter*** erinnern sich an alles, was sie hören und lesen, und können diese Informationen reproduzieren.

***Sucher*** lokalisieren Quellen der Magie in Menschen oder Orten, die nahe sind.

***Shénxiān*** - Unsterblicher
***Wūshī Jūnzhǔ*** – (erfundener Begriff für) der König der Hexen
***Fúlù*** – magische Symbole und Beschwörungen, die auf Talismane (genannt ***Língfú***) geschrieben oder gemalt werden
***Huáxià*** - ein Begriff aus der chinesischen Kultur, der die traditionelle chinesische Zivilisation oder die chinesische Nation bezeichnet.
***Wuxia*** (wǔ xiá) – ein Genre der Kampfkunst in Film und Literatur
***zhōng liè*** – ein Akt der Selbstaufopferung für das Gemeinwohl
***Tang (Tangzhuang )***– traditionelle Jacke (oder Anzug), die auch heute noch zu besonderen Anlässen getragen wird

# Extra

*Samarkand, Usbekistan, 1220*

Changchun hatte sich geschworen, in der Gegenwart des mongolischen Khans nicht zu zittern. Allerdings hatte er nicht erwartet, dass es ihm so schwerfallen würde.

„Diese Stadt bereitet mir Schwierigkeiten", verkündete Dschingis Khan und blickte auf die festen Mauern von Samarkand.

Der Dao-Meister schluckte nervös. Es gab wenige Orte, die so gefährlich waren wie der, an dem ein Schattenhexer bald in den Krieg gegen die stärksten Hexenkrieger der Welt ziehen würde. Azamat von Samarkand war der erfahrenste Krieger und Hexengeneral der Welt. Es war ein offenes Geheimnis, dass er der Hauptgrund war, warum Dschingis hierhergekommen war. Der Khan war nun ein alter Mann und trotz all seiner Schlachterfolge wurde sein Ruhm für immer von Azamats Ruf und Eroberungen im Norden und Westen überschattet sein.

„Großer Khan, warum haben Sie mich hierher gerufen? Ich bin kein Experte für Schlachten und Belagerungen. Ich kann Ihnen nicht helfen, diese Stadt einzunehmen“, gestand Changchun ein und bereitete sich auf einen schmerzhaften Tod vor.

„Man sagt, Sie seien der weiseste Mensch unseres Zeitalters, und einer, dessen Beobachtungsgabe weit über die der gewöhnlichen Sterblichen hinausgeht. Ich habe Sie als Zeugen gerufen.“

„Was soll ich bezeugen, großer Khan?“, fragte der Mann mit schlotternden Knien.

Dschingis Khan blickte auf ihn herab und lächelte auf eine Weise, die Meister Changchun für den Rest seines Lebens in seinen Albträumen heimsuchte.

Er wandte den Blick ab und sah eine prächtige goldene Gestalt auf der Mauer über dem Stadttor erscheinen. Azamat der Eroberer. Azamat der Große. Azamat der Goldene. Changchun konnte seine immensen Kräfte sogar aus mehreren hundert Metern Entfernung spüren.

„Es heißt, Azamat und seine Hexenkrieger seien unbesiegbar“, stellte der Khan ruhig fest, und Changchun sah keinen Grund, diese offensichtliche Wahrheit zu kommentieren.

Dschingis nahm einen Beutel von seinem Gürtel und Changchun war überrascht zu sehen, dass er eine hübsche Haarnadel herausholte. Sie wirkte lächerlich klein in der Riesenpranke des alten Kriegers.

„Planen Sie, eine neue Frau zu umwerben, oh großer Khan? Eine Allianz durch Heirat zu schmieden?“, fragte der Daoist hoffnungsvoll.

Der Mongole gab keine Antwort, lächelte aber sein gefährliches Lächeln und zog einen Dolch aus seiner Scheide. Changchun zwang sich, stillzustehen. Weglaufen würde ihm sowieso nicht retten. Zu seiner Erleichterung richtete der Khan die Waffe nicht gegen ihn, sondern schnitt tief in die eigene Handfläche, die er dann um die Haarnadel schloss. Blut tropfte in den Sand. Für einen Moment hatte der Dao-Meister das Gefühl, dass die ganze Welt stillstand. Er atmete tief ein, um sich zu beruhigen und schloss die Augen.

Als er sie wieder öffnete, blickte er auf die Mauern von Samarkand. Was für eine Stadt hielt ihre Schutzmauern in so schlechtem Zustand? Hatte die Schlacht bereits begonnen? Wo waren die Goldenen Horden?

Und warum war er überhaupt hier? Er erinnerte sich vage an etwas über eine Allianz durch Heirat. War er hier, um das zu bezeugen?

„Wer ist der größte Eroberer der bekannten Welt, Meister Changchun?“, fragte der Khan ihn plötzlich.

Der Daoist blinzelte zu der großen Gestalt empor, die über ihm aufragte. „Jeder weiß, dass Sie es sind, großer Khan. Sie haben ein Reich geschaffen, das über jedermanns Vorstellungskraft hinauswachsen wird.“

„Und was ist mit dem mächtigen Hexenmeister von Samarkand und seinen Hexenkriegern?“

Changchun runzelte die Stirn. Verlor Dschingis im Alter seinen Verstand und erfand nun imaginäre Feinde? Was für eine Tragödie, wenn ein so großer Mann so enden sollte. Trotzdem antwortete er wahrheitsgemäß: „Es gibt keine Hexen in Samarkand, großer Khan. In dieser Gegend wurden seit Jahrzehnten keine Magier mehr geboren. Das weiß doch jeder.“

# Nachwort

Als ich diese Charaktere zum Leben erweckte, konnte ich nicht ahnen, wie tief sie sich in mein Herz graben würden. Mein größter Wunsch ist, dass ihr, die Leserinnen und Leser, einen ähnlichen Zauber in ihrer Gesellschaft gefunden habt. Mögen sie euch die guten Zeiten verschönern und euch eine Flucht aus den schlechten Zeiten bieten, genau wie sie es bei mir getan haben.

Das Ende dieses Buches markiert nur den Anfang einer größeren Saga. Wan Mei, Lia und die anderen Hexen, Hexer und Unsterbliche haben noch viele Geschichten zu erzählen, Abenteuer zu bestreiten und Geheimnisse zu lüften. Ich hoffe, ihr seid bereit, sie weiterhin zu begleiten. Der nächste Band der Reihe „Schatten der Blutmagie" heißt „Der Fluch des Unsterblichen" und wird im Frühsommer 2024 erscheinen, um euch in neue Abenteuer zu entführen. Danke, du ihr bis hierher mitgereist seid!

Wenn euch das Buch gefallen hat, würde mich über eine Rezension bei Amazon sehr freuen.

Printed in Poland
by Amazon Fulfillment
Poland Sp. z o.o., Wrocław

33881834R00136